汲取先贤智慧
铺就成功阶梯

万卷楼

万卷楼国学经典　珍藏版

乐府诗集

[北宋] 郭茂倩 编著

夏华 等 编译

北方联合出版传媒（集团）股份有限公司

万卷出版公司

2020年·沈阳

ⓒ　郭茂倩　夏华等　2020

图书在版编目（CIP）数据

乐府诗集／（北宋）郭茂倩编著；夏华等编译. —
沈阳：万卷出版公司，2020.11
（万卷楼国学经典：珍藏版）
ISBN 978-7-5470-5445-1

Ⅰ.①乐… Ⅱ.①郭… ②夏… Ⅲ.①乐府诗—诗集
—中国—古代 Ⅳ.① I222.6

中国版本图书馆 CIP 数据核字（2020）第 179646 号

出 品 人：王维良
出版发行：北方联合出版传媒（集团）股份有限公司
　　　　　万卷出版公司
　　　　　（地址：沈阳市和平区十一纬路25号　邮编：110003）
印 刷 者：辽宁新华印务有限公司
经 销 者：全国新华书店
幅面尺寸：170mm×240mm
字　　数：425千字
印　　张：22
出版时间：2020年11月第1版
印刷时间：2020年11月第1次印刷
责任编辑：朱婷婷
装帧设计：徐春迎
责任校对：高　辉
ISBN 978-7-5470-5445-1
定　　价：48.00元

联系电话：024-23284090
邮购热线：024-23284050

出版说明

"读万卷书，行万里路"这是中国古人"修身"的两条基本途径。晋代著名史学家陈寿给自己的书斋命名为"万卷楼"，此后，历代以"万卷楼"命名的书斋，由宋至清有数十家：宋代有方略、石待旦等；元代有陈杰、汪惟正等；明代有项笃寿、杨仪、范钦等；清代有孙承泽、黄彭年等。可见，"读万卷书"的理想在中国传统知识分子中是何等的根深蒂固。

读"万卷书"不仅是古人的理想，当我们懂得了读书的意义，都会自然而然地产生强烈的"博览群书"的愿望。然而，人类历史悠久，书籍浩如汪洋大海，时代发展到今天，科技与经济的发展更使得人类的精神领域空前丰富，获取信息与知识的途径不断增加。"万卷书"早已不再是一个象征性的概念，如何从这"万卷"之中，找到最值得细细品读的作品，已经成为人们必须解决的问题。

爱因斯坦曾说过："在阅读的书中找出可以把自己引到深处的东西，把其他一切统统抛掉。"这正是在阐述读书时选择的重要性。而他所说的把我们"引到深处的东西"无疑就是我们所需要深度阅读的作品，也就是我们常说的经典作品。

卡尔维诺对经典作出的定义之一是：经典就是我们正在重读的。的确，在对经典作品反反复复的品味中，人们思想得到了升华，从浅薄走向思考，最后走到通达。我们都曾有这样的感触，面对海量的书籍和信息，一方面，人们在向着功利性浅阅读大张其道，另一方面，我们的精神深处又在不断地呼唤能够滋养自己内心的深度阅读。因此，经典的价值不仅没有因为浅阅读时代的到来而有所损失，反而更显示出其珍贵来。

在惜字如金的中国传统典籍当中，从来不乏这种需要反复品味的经典。从先秦诸子到历代的经史子集，这些经典为一代代的中国人提供了取之不尽的精神滋养，为中华文化的传承和发展建立了基础。我们把这种包蕴中国文化的学问称为国学。国学的范围非常广泛，它包含了文学、历史、哲学、艺术、语言、音韵等在内的一系列内容。

包罗万象的国学经典为我们提供了广泛的教育。阅读国学经典，也就是在与我们的"先圣先贤"对话和交流，一步步地揳进我们的历史和传统。这个过程可以让我们领会先贤的旨趣，把握他们的神髓，形成恢宏的历史意识，可以让我们通晓文义、熟习经史、通彻学问，让我们成为博学之士。另一方面，国学经典所代表的传统学问，更是具有极为厚重的伦理色彩。阅读国学经典的过程，不仅是增进知识的过程，而且是一个熏陶气质、改善性情、提高涵养的过程，这个过程在潜移默化中培养着行谊谨厚、品行端方、敦品厉行的谦谦君子。

当然，随着时代的发展，国学早已不再是人们追求事功的唯一法典，我们也不赞成对国学的功能无限夸大。但毫无疑问，阅读国学经典，必能促进我们对真、善、美的崇敬之心，唤起我们对伟大、深邃、美好事物的敏感和惊奇，同时也让我们了解到先贤们在探寻知识过程中思考的重大课题和运用的基本原则。这些作品体现着我们民族精神的精髓，如《周易》所阐述的"自强不息"的君子人格，《论语》所强调的"和而不同"的包容精神，《诗经》所培养的温柔敦厚的情感，《道德经》所闪耀的思辨智慧，等等，它们共同构筑了中华民族传统的精神范式。品读先贤留下的经典，恰如与他们进行一次次心灵的直接触碰，进而去审视我们自己的内心，见贤思齐，激浊扬清。

正是基于对国学经典的这种认识，我们精选了这套《万卷楼国学经典》系列丛书，以期引导步履匆匆的现代人走近国学经典、了解国学经典。在选编过程中，我们希望能够体现这样一些特点。

首先，我们希望这套丛书能够最具代表性。在选目中，我们注重于最经典、最根源的作品，在有限的时间内，把那些最具影响力，最应该知道的作品提交给读者。四书五经、先秦诸子、唐诗宋词等这些具有符号意义的作品无疑是最应该为我们所熟知的，因此，我们首先推出的30种作品都是这些经典中的经典。

其次，我们希望能够做出好读的经典。在面对国学作品时，佶屈的文言和生僻的字词常让普通读者望而却步。所以，我们试图用简洁易懂的形式呈现经典，使普通读者可随时随地以自己的时间、自己的速度来进入阅读。因此，我们为原著精心添加了大量的注音、注释和译文，使读者能够真正地"无障碍阅读"。需要说明的是，我们对部分作品做了一些删减，将那些专业研究者更关注的内容略去，让普通读者能够更快地了解经典概况。作为一名普通读者，也许你会常常感慨，以前没有花更多的时间去读更多的经典，如今没有机会或能力来细读，但实际上，读经典什么时间开始都不算晚，"万卷楼"就是一个极好的途径。重读或是初读这些经典，一样可以塑造我们未来的生活。

第三，我们希望呈现一套富有美感的读物。对于经典而言，内容的意义永远排在第一位，但同时，我们也希望有精彩的形式与内容相匹配，因而，我们在编辑过程中选取了大量的古代优秀版画作为本书的插图，对图片的说明也做了精心设计，此外，图书的编排、版式等细节设计都凝聚了我们大量的思索。我们希望这套经典不只是精神的食粮，拥有文本意义上的价值，更能带来无限美感，成为诗意的渊薮。

"经典作品是这样一些书，我们越是道听途说，以为我们懂了，当我们实际读它们，我们就越是觉得它们独特、意想不到和新颖。"卡尔维诺经典的评论让人击节叹赏，我们也希望这套丛书能够彰显经典的价值，使读者在细细品读中真正融化经典，真正做到"开茅塞、除鄙见、得新知、增学问、广识见"。同时，经典又是可以被享受的。当我们走进经典之时，不能只作为被动的接受者，也可用个人自我的方式进入经典，做精神的逍遥之游，对经典作品进行贴近个体生命的诠释和阅读，在现实社会之中营造自由的人生意境和精神家园，获取一种诗意盎然的人生。

怎样阅读本书

原文： 根据权威版本，精心核校，确保准确性，对生僻字反复注音，使读者无障碍阅读。

注释： 准确、简明，极具启发性。

诗解： 流畅、贴切，以现代白话完整展现原著全貌。

插图： 精选历代精品古版画，美妙传神，增强美感。

图注： 以图释义，扩展阅读，丰富全书知识含量。

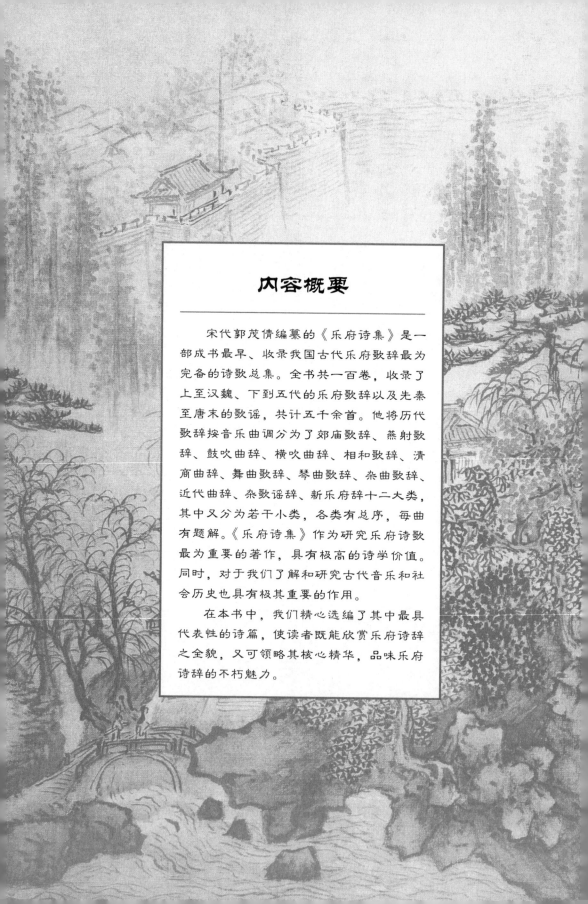

内容概要

　　宋代郭茂倩编纂的《乐府诗集》是一部成书最早、收录我国古代乐府歌辞最为完备的诗歌总集。全书共一百卷，收录了上至汉魏、下到五代的乐府歌辞以及先秦至唐末的歌谣，共计五千余首。他将历代歌辞按音乐曲调分为了郊庙歌辞、燕射歌辞、鼓吹曲辞、横吹曲辞、相和歌辞、清商曲辞、舞曲歌辞、琴曲歌辞、杂曲歌辞、近代曲辞、杂歌谣辞、新乐府辞十二大类，其中又分为若干小类，各类有总序，每曲有题解。《乐府诗集》作为研究乐府诗歌最为重要的著作，具有极高的诗学价值。同时，对于我们了解和研究古代音乐和社会历史也具有极其重要的作用。

　　在本书中，我们精心选编了其中最具代表性的诗篇，使读者既能欣赏乐府诗辞之全貌，又可领略其核心精华，品味乐府诗辞的不朽魅力。

卷一　郊庙歌辞

卷二　鼓吹曲辞

卷三　横吹曲辞

卷四　相和歌辞

卷五　清商曲辞

卷六　舞曲歌辞

卷七　琴曲歌辞

卷八　杂曲歌辞

卷九　近代曲辞

卷十　杂歌谣辞

卷十一　新乐府辞

卷十二　古诗十九首

卷一 郊庙歌辞

郊庙歌辞，古时是祭祀用的，用来祭天地、太庙、明堂、籍田、社稷。

卷一　郊庙歌辞

天　地

西汉·刘彻

题解

　　《天地》是古代用来祭祀天地的乐曲——《郊祀歌辞》中的一首。此首是汉武帝的歌辞。

原文

　　《汉书·礼乐志》曰："丞相匡衡奏罢'黼(fǔ)绣周张'，更定诗曰'肃若旧典'。"

　　天地并况①，惟予有慕②，爰熙紫坛③，思求厥路④。恭承禋(yīn)祀⑤，缊(yūn)豫为纷⑥，黼绣周张⑦，承神至尊。千童罗舞成八溢⑧，合好效欢虞泰一⑨。九歌毕奏斐然殊，鸣琴竽瑟会轩朱⑩。璆(qiú)磬(qìng)金鼓⑪，灵其有喜，百官济济，各敬其事。盛牲实俎进闻膏⑫，神奄留⑬，临须摇。长丽前掞(shàn)光耀明⑭，寒暑不忒况皇章⑮。展

●天神太一

太一，即东皇太一，汉武帝祭祀的天帝、至高神。

诗应律铅玉鸣，函宫吐角激徵清。发梁扬羽申以商，造兹新音永久长。声气远条凤鸟翔，神夕奄虞盖孔享。

注 释

①况：赏赐。②予：我，皇帝自称。③熙：兴建。④厥路：这里指与神相通的路。⑤禋祀：专心一意地祭祀天地。⑥缊：阴阳和同相互辅助的样子。⑦黼绣：黑白相间、画成斧形的刺绣品。⑧八溢：古代天子祭神和祖先，用八行八列共六十四人来表演舞蹈。⑨泰一：又叫太一，是天神中的至尊者。⑩轩朱：两个人名。轩是黄帝轩辕；朱指朱襄。⑪璆磬：指用美玉做的磬。璆，美玉。⑫盛牲：指献上丰盛的牺牲和供品，又焚烧香草和动物脂油以请神下凡享受。⑬奄留：通"淹留"，停留的意思。⑭长丽：传说中的一种神鸟。⑮不忒：不出差错。

诗 解

祈求天上和地下的神仙精灵都能赐予我洪福，因为我虔诚地敬慕他们。我兴建了紫色的坛宇作为专门祭神的场所，寻求与神相通的路。我一心一意、虔诚无比、恭敬地继承前代祭祀天地的重任，使神灵祭祀的典礼隆重，把刺绣品画成黑白相间的斧形图案，遍挂于祭坛之上，用隆盛的仪式来供奉至尊的神灵。把六十四个童子排成八行八列跳舞以取悦天神太一。音乐一起响起，琴、竽、瑟、美玉做成的磬和金鼓并陈杂奏，希望神灵能够愉悦身心。百官济济一堂，都恭敬地向神灵祭祀。他们献上丰盛的牺牲和供品，又焚烧香草和动物脂油以请神下到凡间享受。神虽然停留很久，但对于天上而言，那只是片刻。只见神鸟展翅在坛前发出光芒，神赏赐我寒暑准时交替，阴阳调和，使君主的德行得以彰显。琅琅的音律发出玉器般的鸣声，音乐中具备了古乐中的五个音阶——宫、商、角、徵、羽。这动听的声音达到远处，祥瑞之鸟听了不禁欢乐地飞翔。神灵，请久留，享用这些祭祀的供品吧。

日出入

题 解

本首诗是写汉武帝想成仙上天的强烈愿望。

日出入安穷①？时世不与人同②。故春非我春，夏非我夏，秋非我秋，冬非我冬。

泊如四海之池③，遍观是邪谓何④？吾知所乐，独乐六龙⑤，六龙之调⑥，使我心若⑦。訾黄其何不徕下⑧。

①**安穷**：无限循环。②**时世**：指时间。这句是说世间的事物在不断发展，而人的生命却很短促，与永恒的自然不同。③**泊**：大的样子。④**谓何**：应该怎么办呢？⑤**独乐**：只喜欢，只爱好。独，单独。乐，喜欢，爱好。**六龙**：传说中日神乘坐的车，由六龙驾驭。⑥**调**：调动、支配、驾驭的意思。⑦**若**：若然。⑧**訾黄**：古代中国神话传说中的异兽名或神马。

●日 神

日神又称太阳神，中国的日神是羲和和东王公。屈原在《离骚》中，则把羲和写成驾驭太阳车的神。

太阳每天照常日出日落，往复循环，没有穷尽。世间的事物在不断发展，而人的生命却很短促，不会永恒存在。四季的更迭交替不以人的意志为转移，所以春并非我想要的春，夏并非我想象中的夏，秋并非我期盼的秋，冬并非我中意的冬。宇宙之大好比大海一样宽广博大，没有尽头，而人生短促，好比一个小池。看遍了这些事实，应该怎么办呢？我了解怎样才能快乐，唯独偏爱六龙，只有驾驭六龙上天，才能使我心满意足。我希望神马降下凡间，载我到仙界去。

卷一 郊庙歌辞

天　马

西汉·刘彻

题　解

　　前113年，汉武帝刘彻通西域，平南夷，得乌孙马，称天马，作
《天马歌》。后李广利出征大宛，得大宛马，复称大宛马为天马，改称
乌孙马为西极马，又作《天马歌》。

原　文

其　一

　　太一况①，天马下，沾
赤汗，沫流赭②。

　　志俶傥③，精权奇④，筴
浮云⑤，晻上驰⑥。体容与⑦，
迣万里⑧，今安匹，龙为友。

注　释

　　①**太一**：天神中的至尊者。
况：赏赐。②**沫**：洗脸。**赭**：红褐
色。③**俶傥**：与"倜傥"相通，
洒脱不受拘束的意思。④**精**：又
作"情"。**权奇**：奇特不凡。⑤**筴**：
同"蹀"，踏着。⑥**晻**：朦胧不清
的样子。⑦**容与**：放任无诞。⑧**迣**：
超越。

●天马

汉武帝元鼎四年（前113）秋，有个名叫"暴利长"
的敦煌囚徒，在当地捕得一匹汗血宝马献给汉武帝。
汉武帝得到此马后，欣喜若狂，称其为"天马"。

诗　解

　　天神太一降下福祉，派遣天马下凡。这天马流出的汗是红色的，好像满脸红血，

因而得名汗血宝马。这天马的状态不同凡响，情志洒脱不受拘束。它步伐轻盈，踏着浮云，一晃就飞上了天。它放任飞驰，超越万里，凡间没有什么马可以与它匹敌。现在这匹马，唯有神龙才配做它的朋友。

其　二

天马徕①，从西极，涉流沙，九夷服。天马徕，出泉水②，虎脊两③，化若鬼④。天马徕，历无草⑤，径千里，循东道⑥。天马徕，执徐时⑦，将摇举⑧，谁与期？天马徕，开远门，竦予身⑨，逝昆仑。天马徕，龙之媒⑩，游阊阖⑪，观玉台⑫。

①徕：通"来"。②出泉水：从水中出生。③虎脊两：指马有双脊梁，皮毛颜色如同老虎。④化若鬼：指天马能任意变化，如同鬼神。⑤无草：这里指没有草、不生长草的地方。⑥循：顺着，沿着。⑦执徐：指日期。太岁在辰曰执徐。这里是说天马在辰年来到。⑧将摇举：将奋翅高飞。⑨竦：同"耸"，高高地飞跃。⑩龙之媒：这里是说天马是神龙的同类，现在天马已经到来，龙就一定会来了。后人因此把骏马称为"龙媒"。⑪阊阖：天门。⑫玉台：天帝居住的地方。

天马从遥远的西方而到，途经沙漠之地。四海八荒都被它的神勇和气魄折服了。汉人都以为天马是龙种，出自水中，它生得十分神威，长有双脊，皮毛

●天马之来

《史记·大宛列传》："（汉武帝）得乌孙马好，名曰'天马'。及得大宛汗血马，益壮，更名乌孙马曰'西极'，名大宛马曰'天马'云。"

颜色像老虎一样。天马还有一身奇异的本领，能变化，如同鬼神那样灵异。天马穿越千里，迅速越过无草的区域，在辰年（太初四年为庚辰）来到东方。汉武帝将驾着天马，高飞到遥远的地方，无期限地去遨游万里。天马既来，开通了上远方之门，可以使汉武帝上昆仑山去会神仙了。天马来了，它的同类龙也即将到来，那样的话我就可以乘龙上天去天门游玩和拜谒天帝了。

天 门

题解

　　此首诗也是表达了汉武帝的求仙思想。诸神大开天门，并想象神灵已经允许了汉武帝的请求，让他得以上升天界，成为神仙。

原文

　　天门开，诛荡荡[1]，穆并骋[2]，以临飨（xiǎng）[3]。光夜烛[4]，德信著，灵浸鸿[5]，长生豫[6]。太朱涂广[7]，夷石为堂[8]，饰玉梢以舞歌[9]，体招摇若永望[10]。星留俞[11]，塞陨光，照紫幄，珠烦黄[12]。幡比翅回集[13]，贰双飞常羊[14]。月穆穆以金波[15]，日华耀以宣明[16]。假清风轧忽[17]，激长至重觞（shāng）[18]。神裴回若留放[19]，殣（jìn）冀亲以肆章。函蒙祉福常若期，寂漻（liáo）上天知厥时。泛泛滇滇从高游（yóu）[20]，殷勤此路胪（lú）所求。佻（tiāo）正嘉吉弘以昌[21]，休嘉砰隐溢四方[22]。专精厉意逝九阂[23]，纷云六幕浮大海[24]。

注释

　　①诛：忘记。②穆：和乐。③临飨：下来享受祭祀。④烛：照耀。据史书记载，汉武帝祭祀天神太一时，当晚夜空便有了美妙的光泽。汉武帝信以为真，认为是恩德信义感动了上天的明证。⑤灵：指神灵。浸：指德泽所沾盖。鸿：大。⑥豫：安乐。⑦太朱涂广：指祭神的场所，用红漆涂刷的宫殿的大屋。⑧夷石为堂：也指祭神的场所，用平整的石块砌成的殿堂。⑨梢：舞动的人手里拿的道具杆子。⑩体：象征。招摇：北斗七星中斗柄内端的那颗星。⑪俞：答应。⑫烦黄：发出黄光的样子。⑬回集：回

旋的样子。⑭**贰**：不止一个。**常羊**：通"徜徉"，指逍遥的样子。⑮**穆穆**：美好。⑯**华耀**：光华照耀。**宣**：普遍。⑰**轧忽**：长远的样子。⑱**激长至重觞**：祭祀者迅速地多贡献祭品。激，迅速。⑲**裴回**：与"徘徊"相通。**放**：寄托。⑳**泛泛**：形容向上飘浮的样子。**滇滇**：形容众多丰盛的样子。**斿**：指旗上的飘带。㉑**佻**：开始。㉒**休**：美好。**砰隐**：盛大的意思。㉓**九阂**：九重天。古人认为天有九重。㉔**六幕**：天地四方。

诗 解

　　天门大开，天空广远空旷，众神神情严肃，一同驰骋而来，光临祭祀。神光夜照，德行和信义显著，神灵恩泽广大，我能长生，这是让人很高兴的。到处都涂满朱丹，把路上石头弄平以建造明堂，装饰着玉的旗杆用来跳舞唱歌，上面画着北斗经常可以望见。众星留住神灵，要求享受自己的祭品，他们竞相闪烁光芒，照耀着紫幄，珠色成了黄色。翻腾回旋就像鸟翅双击，逍遥自在。月色柔和发出金色光波，阳光灿烂发出夺目光芒。假借清风而来，虽急速但也较长远，只好不停地进献。神灵往返回旋，好像要停留不走，我就可以觐见，希望能亲自去表明诚意。得到幸福就会指日可待，寂寥的上天知道这个时间。浩浩荡荡跟随向上飞游，一路殷勤侍奉是为了陈述所要请求的事。幸福美满所以要加以弘扬昌大，美好洪大声传四方。专心致志振奋精神飞上九天，雄心勃勃游遍大地漂浮大海。

●**汉武帝**

　　汉武帝是中国封建王朝中最杰出的君主之一，奠定了汉王朝强盛的局面，成为中国封建王朝第一个发展高峰，还开辟了辽阔的疆域，奠定了汉地的基本范围。

青 阳

古代，在祭祀大典上，用来祭祀春天之神的诗，歌颂了春天的恩泽。

原 文

青阳开动，根荄以遂①，膏润并爱②，跂行毕逮③。霆声发荣④，坋处顷听⑤，枯槁复产，乃成厥命。众庶熙熙⑥，施及夭胎⑦，群生啿啿⑧，惟春之祺⑨。

● 青 阳

青阳，指春天。汉代举行祭天大典的时候，也祭祀四时之神。这首《青阳》是专为祭祀春天之神而作的。

注 释

①遂：发芽。②膏润：指雨露滋润。爱：覆蔽。③跂行：这里是泛指动物用脚走路。④荣：指草木开花。⑤坋处顷听：蛰伏在岩洞里的动物都倾听而起。坋，与"岩"相通。顷，与"倾"相通。⑥众庶：众多的生命。熙熙：和乐的样子。⑦施：延伸。夭：还没有生长的生物。胎：处于母胎中的生物。⑧啿：丰厚的样子。⑨祺：福，福祐。

诗 解

春来了，万物复苏，草地上冒出了新绿。春雨滋润万物，一切动植物都得到了雨露的覆蔽。春雷阵阵，听到春雷的声响后，蛰伏在岩洞里的动物无不欢欣，随之而起，结束了漫长的冬眠，开始了春天新的生活。冬天枯萎了的草木也都已萌芽，一切生命在春的季候里都得以成长。春天万物和乐，春天的恩泽广及尚在胎中和正在成长的生命。万物丰厚、不断繁衍，都是因为受到了春天的福泽。

景　星

　　景星是瑞祥的星，在天空出现代表了祥瑞、国泰民安。相传舜治天下，有景星显现于空中。

　　景星显见，信星彪列[1]，象载昭庭[2]，日亲以察。参侔开阖[3]（móu yuán），爰推本纪[4]，汾脽出鼎[5]（shuí），皇佑元始。五音六律，依韦飨昭，杂变并会，雅声远姚[6]。空桑琴瑟结信成[7]，四兴递代八风生[8]。殷殷钟石羽籥鸣[9]（yuè）。河龙供鲤醇牺牲[10]。百末旨酒布兰生[11]。泰尊柘浆析朝醒[12]（chéng）。微感心攸通修名[13]，周流常羊思所并[14]（ráng）。穰穰复正直往宁[15]，冯蠵切和疏写平[16]（xǐ）。上天布施后土

● 河　伯

河伯是古代中国神话中的黄河水神。原名冯夷，也作"冰夷"。河神是尊贵的地祇，商周以来一直列入祀典的主要对象。

成，穰穰丰年四时荣。

乐府诗集

[注 释]

①**信星**：填星，镇星。**彪列**：排列分明。②**象**：悬象，指日月星辰。**载**：指事情，天象所显示的人事。**昭庭**：明显地呈现于庭前。③**参**：三，指星和日、月合而为三。**侔**：相等。**开阖**：指天地。开，指乾；阖，指坤。④**爰推本纪**：指推原于祥瑞的出现以定纪元。⑤**汾脽**：汾水旁隆起的土堆。元鼎四年（前113）曾在这里出土过一口古鼎。⑥**姚**：与"遥"相通。遥远的意思。⑦**空桑**：地名，此地出产良好的木材，可以造琴瑟等乐器。⑧**四兴**：指春夏秋冬四季。**八风**：指四面八方来的风。⑨**殷殷**：声音盛大的样子。**羽籥**：古代舞蹈者手中拿的舞具。⑩**河龙供鲤**：指河伯提供鲤鱼。**醇**：毛色纯一不杂。⑪**百末**：各种香草做成的粉末香料。**布**：陈列。⑫**泰尊**：古代祭祀用的大酒杯。**柘**：甘蔗。**醒**：指喝醉了酒神志不清的状态。⑬**微感心攸通修名**：皇帝内心精微处所通能远达神灵，以保佑得到久远的盛名。⑭**周流**：通行周遍。**常羊**：逍遥。**思所并**：想寻求与神的道理相合。⑮**穰穰**：多的样子。⑯**冯**：指冯夷，即河伯。**蠵**：龟类。**疏写平**：指元封二年（前109），汉武帝亲自到瓠子黄河决口处，命令群臣背柴薪，堵塞决口，使黄河水患得以平息。

[诗 解]

　　景星显现在天空，镇星排列分明，从天象上就可以看出朝廷的运势，每日监测。景星出现等同于天地重生，推测祥瑞的出现的年份以重新定纪元年号。元鼎四年（前113）在汾脽出现古鼎是上天降达福祐的开始。祭神的音乐依合于五音六律，声响要明朗，乐声要繁复多变，这样雅正的声音才能远扬。优美的乐舞可以调节四季的风向，使之风调雨顺。舞者要随乐声翩翩起舞，供品要精美。祭神的美酒要用各种香料配制，美酒陈列后散发的香气要如同兰花盛开那样浓郁。祭神还要陈列一些能醒酒的甘蔗，以防神灵喝醉了酒神志不清。皇帝内心精微处能通过神灵，以保佑他得成久远的美名。皇帝逍遥周游于上天，想寻求与神相合的道理。既然已经获得众多的福祐，归于正道，就能达成自己的心愿。上天降福，成就其功绩，收获丰厚。

华烨烨

卷一 郊庙歌辞

题解

华烨烨，光芒盛大的样子。这首诗通过人的神仙化，神仙的世俗化，表达了想与天人沟通的理想，达到天伦之乐。

原文

华烨烨，固灵根①。神之斿②，过天门，车千乘，敦昆仑③。神之出，排玉房④，周流杂⑤，拔兰堂。神之行，旌容容⑥，骑沓沓⑦，般纵纵⑧。神之徕，泛翊翊⑨，甘露降，庆云集。神之揄⑩，临坛宇，九疑宾⑪，夔龙舞⑫。神安坐，翔吉时，共翊翊⑬，合所思。神嘉虞⑭，申贰觞⑮，福滂洋，迈延长。沛施佑⑯，汾之阿⑰，扬金光，横泰河⑱，莽若云，增阳波。遍胪欢，腾天歌。

● 帝 舜

舜执政后，传说有一系列的重大政治行动，一派励精图治的气象。他重新修订历法，又举行祭祀上天、祭祀四时、祭祀山川群神的大典。

注释

①**固灵根**：指神所乘的车辆。皇帝的车辆，有金根车，以金为装饰。形容神的车辆放着金光。祭祀者从远处望见，就知道神灵降临了。②**斿**：同"旒"，指旗上的飘带。③**敦**：与

"屯"相通，聚集的意思。④**排玉房**：列队于华丽的房屋前。⑤**杂**：聚集。⑥**容容**：飞扬的样子。⑦**骑**：指骑马的人和其坐骑。**沓沓**：行进迅速。⑧**般**：相连。⑨**翊翊**：飞翔的样子。⑩**揄**：相互牵引。⑪**九疑**：这里指九疑山之神，指舜。⑫**夔**：舜的乐官。⑬**共翊翊**：共，与"恭"相通。翊翊，恭敬的样子。⑭**虞**：娱乐，欢快。⑮**贰觞**：再次敬酒。⑯**沛**：广泛。⑰**阿**：水流曲折处。⑱**横**：充满。

诗　解

　　神出游的车辆放着金光，场面真是盛大呀！从远处望，便知道神灵降临了。祭祀者远远地看见神的旗子已经越过天门。神驾的车千乘万乘，都聚集在昆仑山前。神灵出游了，他的车子列队于华丽的房屋前。神周游太空，聚集于用兰花熏香的祭殿。神出行时人马众多，行动迅速。神已经来临了，他浮游飞翔而降，他飞来时降下了吉祥的甘露，出现了象征太平的祥云。神的到达引着虞舜来做客，舜的臣下夔和龙也来舞蹈娱神。神飞翔着赶在吉时来到，安坐下来。祭祀者感到了神带来的祥和。神对祭祀十分满意，祭祀者再次向神敬酒。神降下丰厚的恩泽，延伸长久。神普施福祐于汾河曲折处。神的金光像云一样升起，激起黄河的波浪。参加祭典的人见了神光，都列队欣喜雀跃，他们快乐的歌声响彻天空。

卷二 鼓吹曲辞

鼓吹曲辞，又称短萧铙歌，古代主要用作军乐。

卷二　鼓吹曲辞

朱　鹭

题解

朱鹭，又称朱鹮。涉禽类，体形如鹤，而羽色淡红，嘴与脚亦呈淡红色。古代印在用来向皇上进谏的大鼓上，先击鼓，方能入内进谏。

原文

朱鹭，鱼以鸟①。鹭何食？食茄下②。不之食，不以吐，将以问诛者③。

注释

①**鱼以鸟**：指鹭鸟吃鱼，但吃掉鱼后又想吐。②**茄**：荷茎。③**问诛者**：诛，一作"谏"。意思是问进谏者。

诗解

鹭鸟吃鱼，吃进去又想吐出来。鹭鸟在哪进食？它在荷茎下进食。是要咽下去呢，还是要吐出来？这得去问击鼓的进谏者。他们究竟是要直言进谏呢，还是把真实情况咽下去，不说给皇帝听呢？

战城南

乐府诗集

题 解

　　《战城南》是一首民歌。这首民歌是为在战场上阵亡的将士而作，诗中描写了战争的残酷，道出人民只是战争牺牲品的社会现实，表达了人民反对并诅咒战争的意愿。

原 文

战城南，死郭北①，野死不葬乌可食。

为我谓乌②："且为客豪③，野死谅不葬④，腐肉安能去子逃⑤？"

水深激激⑥，蒲苇冥冥⑦。

xiāo　　　　　　nú

枭骑战斗死⑧，驽马徘徊鸣⑨。

梁筑室⑩，何以南？何以北？

shǔ

禾黍不获君何食？愿为忠臣安可得？

思子良臣⑪，良臣诚可思，朝行出攻，暮不夜归。

注 释

　　①郭：城外。②我：作诗者自称。③客：战死的士兵都来自他乡，所以称"客"。豪：与"嚎"相通，号哭吊唁的意思。④谅：当然。⑤子：指乌鸦。⑥激激：清澈的样子。⑦冥冥：茂盛繁密，显得晦暗。⑧枭：勇敢的人。⑨驽马：劣马，跑得慢的马。用于比喻怯懦者。⑩梁筑室：在桥上筑营，违背常态。⑪良臣：指忠心为国的战士。

诗 解

　　城南城北，到处都在进行战争，到处都有流血和死亡。战争过后，大地上横七竖八，躺满了尸体，成群的乌鸦，"呀呀"地叫着，争啄着这些无人掩埋的战士的尸体。我对乌鸦说："死难战士的尸体得不到埋葬，那腐烂的肉体，难道还能逃离啄食的命运吗？你们何不先为他们恸哭一番呢？"清凉的河水流淌着，茫茫的蒲苇显得晦暗。身受重伤的战马，已经不中用了，但仍然徘徊在死去的勇士身旁，悲鸣着不肯离

去。在桥梁上筑起了营垒工事，南北两岸的人民如何交往？劳动生产怎么能够正常进行？没有收成，君王你将吃什么？将士们饥乏无力，如何去打仗？怀念这些战死疆场的人！你们实在令人怀念！清晨发起攻击之时，你们个个都还是那样生龙活虎，怎么到了夜晚，却见不到归来的身影了呢？

x

 客固不惜一己殣之尸，但我为国捐躯，首虽离兮心不惩，耿耿孤忠，豪气未泯，乌其少缓我须臾之食焉。

——清·陈本礼《汉诗统笺》

巫山高

【题解】

《巫山高》是一首汉乐府民歌。这是一首抒写游子怀乡思归的诗作，诗中描写了一个身在异地、漂泊难归的游子站在淮河边上遥望故乡的情景。

【原文】

巫山高，高以大①；淮水深②，难以逝③。

我欲东归，害梁不为④？

我集无高曳⑤，水何 汤汤回回⑥。（shāng）

临水远望，泣下沾衣。

远道之人心思归，谓之何！

【注释】

①**高以大**：高而且大。②**淮水**：淮河，源出于河南桐柏山，流经豫、皖等省至江苏入洪

●巫山高

"巫山"之名源自上古时代今山西晋南一带的宗教神话"巫咸山"。中国古代诗词歌赋中的"巫山"，除地理特定的写实之外，大多时候只是泛指，纯粹写意。

卷二 鼓吹曲辞

〇一九

泽湖。③**逝**：速。这句说水深且流急。④**梁**：桥。⑤**集**：济。**高曳**：当作篙栧。⑥**汤汤**：大水急流的样子。**回回**：水流回旋的样子。

诗 解

　　巫山高高眼望穿，又高又大行路难。淮水深深不见底，水流急难以渡过。含辛吞悲想东归，为何凤愿总成灰？我想渡水无舟楫，为什么水势浩荡波涛急。临水远望家乡地，伤心的泪儿湿衣襟。远方游子心思归，有什么办法回家呢？

上 陵

题 解

　　　　这是汉宣帝时歌颂所谓祥瑞的诗。此诗写到了神仙的出现及各种祥瑞之物到来时的景象。

原 文

上陵何美美①，下津风以寒②。
问客从何来③，言从水中央。
桂树为君船，青丝为君笮④，木兰为君棹⑤，黄金错其间⑥。
沧海之雀赤翅鸿，白雁随。
山林乍开乍合，曾不知日月明。
醴泉之水⑦，光泽何蔚蔚⑧。
芝为车，龙为马，览遨游，四海外。
甘露初二年⑨，芝生铜池中⑩，仙人下来饮，延寿千万岁。

注 释

　　①**上陵**：上林，为汉代天子的著名游猎之苑。②**下津**：指从陵上下来到达水边。③**客**：指仙人。④**笮**：竹子做的绳索，西南少数民族用以渡河。这里指维系船的绳索。⑤**木兰**：树木名。**棹**：划船的工具。⑥**错**：涂饰。⑦**醴泉**：甘甜的泉水。醴，甜酒。⑧**蔚蔚**：茂盛的样子。⑨**甘露**：汉宣帝年号。⑩**芝生铜池中**：古人以生出芝草为吉祥之兆。

　　上林树木的蓊郁繁美，苑中水津的凉风澹荡。林木幽幽，风声飒然，衣袂飘飘的仙客突然现身，问他从哪里来，他说来自烟水迷离的水中。仙人出现时所乘的船极其豪华，用桂木造的船，连系船用的绳索都是用青丝做成的。划船的船桨是用木兰做的，有黄金涂饰其间。这时，只见水面上凤凰出现，众鸟随从，出现于山林中，望去只见山林忽开忽合，连日月的光芒也被众鸟所遮蔽。甘甜的泉水，光泽熠熠。人们还沉浸在对种种仙瑞的欣喜若狂之中，仙人却冉冉升天、飘忽而去了。他来的时候，乘的是兰棹桂舟，浮现在烟水迷茫之间；离去时则又身登金芝、驾驭龙马，消失在青天白云之上。此刻海天青青，仙人已渺无影踪。他究竟去向了哪里？大概是到四海之外去览观遨游了吧？传说，甘露二年，铜池中生出芝草，吉祥之兆引得仙人也下来饮于此泉中，人们喝了此泉的水更是延年益寿，千秋万岁。

有所思

　　这是一首情诗。本篇用第一人称，表现一位女子在遭到爱情波折前后的复杂情绪。

　　有所思，乃在大海南。

　　何用问遗君[①]？双珠玳瑁簪[②]（dài mào zān），用玉绍缭之[③]（liáo）。

　　闻君有他心，拉杂摧烧之[④]。

　　摧烧之，当风扬其灰。

　　从今以往，勿复相思。相思与君绝！

　　鸡鸣狗吠[⑤]，兄嫂当知之。

　　秋风肃肃晨风飔（sī），东方须臾高知之。

注 释

①**何用**：何以。**问遗**：赠予。②**玳瑁**：一种龟类动物，其甲壳光滑而多纹彩，可制装饰品。**簪**：古人用以连接发髻和冠的首饰，簪身横穿髻上，两端露出冠外，下缀白珠。③**绍缭**：缠绕。④**拉杂**：堆集。⑤**鸡鸣狗吠**：借指男女幽会。

诗 解

我所思念的人啊，就在大海的南边。我拿什么赠给他呢？这是一支玳瑁簪，上面装饰有珍珠和玉环。听说情人另有所爱了，就把原拟赠送给他的玉、双珠堆集在一块儿砸碎，烧掉。烧掉它，风把灰尘扬起！从今往后，不再思念你，我同你断绝相思！当初与你约会时，不免引起鸡鸣狗吠。兄嫂也可能知道了此事，唉……听到屋外秋风声里鸟儿飞鸣，情绪更乱，一会儿天亮了，我就会知道该怎么做了。

●**有所思**

"从今以后，勿复相思！"一刀两断，又何等决绝！非如此，不足以状其"望之深，怨之切"。

雉子斑

题 解

本诗写雉鸟对雉子的爱护之情和死别之痛，蕴含与亲人生离死别之情，是一首以人格化动物为描述对象的寓言诗。

原 文

雉子^{zhì}①，斑如此②。

之于雉梁③。

无以吾翁孺④，雉子。

知得雉子高蜚止，黄鹄^{fēi}^{hú}蜚⑤，之以千里⑥，王可思⑦。

雄来蜚从雌，视子趋一雉。

雉子，车大驾马滕^⑧，被王送行所中。

尧羊蜚从王孙行^⑨。

注 释

①**雉子**：野鸡雏。②**斑**：斑斓。③**雉梁**：野鸡寻觅粱粟之所。④**翁孺**：老人和孩童，泛指人类。⑤**黄鹄**：黄鹤。⑥**以千里**：以千里计算，极言飞速之快。千里，原作"重"，"重"字旁有"千里"两个小字，"重"当为"千里"之误，《宋书》及左克明《古乐府》均作"千里"，据改。⑦**王**：通旺，指旺盛。⑧**滕**：通"腾"，飞驰。⑨**尧羊**：当读作"翱翔"，振翅飞翔。**王孙**：指猎获雉子的贵人，和雉子同在车上。

诗 解

老雉呼唤小雉，夸赞它羽毛斑斓好看。幼雉飞到了可以吃粱粟的地方，老雉嘱咐小雉对于人类无论老少都要避着点儿，赶紧高飞。老雉知道幼雉被捉就飞来了，但它们没有黄鹄那样强壮有力，它们真羡慕黄鹄能够高飞，如果在这个时候能有力高飞，那就可以救幼雉了啊！可惜它们没有那样的才能。见幼雉被捉，母雉和公雉都赶来救自己的孩子。但猎人已经将幼雉捉住，驾上车迅速飞驰而去。老雉在天上振翅飞翔追随着猎人的车，不舍离去。

上 邪

题 解

《上邪》是一首感情强烈、气势奔放的民间情歌。诗中女子为了表达她对情人忠贞不渝的感情，指天发誓，指地为证，要永远和情人相亲相爱。

原 文

上邪^①，我欲与君相知^②，长命无绝衰^③。

山无陵^④，江水为竭，冬雷震震夏雨雪^⑤，天地合，乃敢与君绝^⑥。

注 释

①**上邪**："老天哪"的意思。上，指上天。邪，语气助词，表示感叹。②**相知**：相亲相爱。③**无绝衰**：指爱情永不衰绝。④**陵**：山峰。⑤**雨雪**：降雪。雨，名词活用作动词。⑥**乃敢**：才会，才敢。敢，委婉的用语。

●天地合，乃敢与君绝

诗 解

　　天哪！我要和君相爱，让我们的感情永久不破裂，不衰减。要想背叛我们的誓言，除非出现山平了，江水干了，冬日里雷雨阵阵，夏天里大雪纷纷，天与地合而为一！直到这样的事情全都发生时，我才敢与你断情绝义！

临高台

题 解

　　这首古诗借描述高台之景，表达作者心胸豁达之感以及渴望长寿的愿望。

原 文

　　临高台以轩①，下有清水清且寒。
　　江有香草目以兰，黄鹄高飞离哉翻②。
　　关弓射鹄，令我主寿万年。

注释

①**轩**：高。②**离哉翻**：这三字是音节词，没有实际意义。

诗解

面临这高高的台阁，台阁既高大又轩昂。台下缓缓的流水啊，清澈之中透出冰凉；岸边的香草散发着像兰花一样迷人的芬芳。抬头望去，一只黄鹄高飞空中，飞向远方。弯弓射鹄，我期盼自己能活一万年。

上之回

唐·李白

题解

《上之回》是汉《鼓吹铙歌十八曲》之一。此诗不仅有借古讽今之意，还有怀才不遇之叹。

原文

三十六离宫①，楼台与天通。

阁道步行月②，美人愁烟空。

恩疏宠不及，桃李伤春风。

淫乐意何极，金舆向回中③。

万乘出黄道④，千旗扬彩虹。

前军细柳北，后骑甘泉东⑤。

岂问渭川老⑥，宁邀襄野童⑦。

但慕瑶池宴⑧，归来乐未穷。

注释

①**三十六离宫**：意思是说离宫别馆数量之多。上林苑有离宫三十六所，有建章、承光等一十一宫，平乐等二十五馆。②**阁道**：复道，高楼之间架空的通道。③**金舆**：

天子的车驾。**回中**：汉宫名。④**黄道**：这里指天子所行之道。《汉书·天问志》："有中道。中道者，黄道。一曰光道。"后来文人附会，以喻天子所行之道。⑤**"前军"二句**：描述了天子出行车驾扈从队列之长的情景。细柳，观名，在今陕西省咸阳市西南。甘泉，宫名，一曰云阳宫。故址在今陕西省淳化县甘泉山上。意即前军车骑已到细柳观，后军车骑还在甘泉宫之东。⑥**渭川老**：指渭水河畔垂钓的姜太公。⑦**襄野童**：这里运用的是一个典故。黄帝出访圣人，到了襄阳城，迷了路，

●明皇射鹤

就向一个牧童问路，又问他治国之道。牧童以"除害马"为喻作答，被黄帝称为"天师"。后来就用之歌咏皇帝出巡。⑧**瑶池宴**：指神仙之会。瑶池是古代神话中神仙居住之地，在昆仑山上。西王母曾于此宴请远道而来的周穆王。

诗 解

　　皇家有三十六离宫，其楼台馆阁之高上与天通。在阁道上行走，仿佛可直通月宫，美人有高处不胜寒之感。因皇帝的恩宠不能遍及宫人，致使宫人有桃李伤春之悲。皇帝犹嫌欢乐之意未尽，要起銮驾金舆到回中宫去游乐。如今万乘銮驾行出黄道，有千骑打着彩旗开道。前军已至细柳营之北，后骑尚还在甘泉宫之东。是前去向渭川老人或襄野之童请教治国之道吗？非也。原来是像周穆王西行与王母开瑶池之宴一样去游宴了，现在正是兴冲冲地打道回府呢。

战城南

梁·吴均

题 解

　　《战城南》系乐府旧题，是一首民歌。作者在此诗中表达了渴望

建功立业、报效祖国的豪迈之情。

xiè dié　lí　　　　　　jī
蹀躞青骊马^①，往战城南畿^②。
五历鱼丽阵^③，三入九重围^④。
名慑武安将^⑤，血污秦王衣。
为君意气重^⑥，无功终不归。

注 释

①**蹀躞**：迈着小步行走的样子。**骊马**：
黑马。骊，黑色。②**畿**：区域。③**鱼丽阵**：
古代作战时军队布置的阵势。④**九重围**：
形容多层的围困。⑤**武安将**：指战国时期
秦国名将白起，他曾被封为武安君。和后
一句借用历史上秦的强大和白起的威名
来衬托战士的英勇。⑥**意气重**：倒装句法，
即"重义气"，实际指报国立功的义气。

●**白 起**
　　白起是继中国历史上孙武、吴起之后
又一个杰出的军事家、统帅，与廉颇、李
牧、王翦并称为战国四大名将，位列战国
四大名将之首。

诗 解

　　战士骑着迈着小步的黑色战马向城南走去，去参加那里的战斗。他曾经五次参加
作战，多次突入敌军多层的包围。他的声名可与秦国名将白起齐名，他曾经跟随秦王
作战立下了不朽的功勋。他对君王和国家十分重义气，立誓不立战功绝不回。

战城南

唐·卢照邻

题 解

　　《战城南》是初唐诗人卢照邻的一首五言律诗，生动地描绘了雁
门关城南一场抗击匈奴的激烈的战斗场面，全诗表现了唐军同仇敌忾，

誓与敌人血战到底的坚强决心。

将军出紫塞①，冒顿在乌贪②。
笳喧雁门北③，阵翼龙城南④。
雕弓夜宛转⑤，铁骑晓参潭。
应须驻白日，为待战方酣⑥。

注　释

①**紫塞**：长城。南梁周兴嗣编撰的《千字文》，把长城称为"紫塞"。秦始皇筑长城，西起临洮，东至朝鲜，其长万里，土色皆紫，故称"紫塞"。②**冒顿**：姓挛鞮，冒顿单于在夺取匈奴首领单于之位后，统一了现在的蒙古草原，建立了强大的匈奴帝国，并对当时的秦国产生了极大的威胁。**乌贪**：汉代西域乌贪訾离国的省略称呼，为西域三十六国之一，在今新疆昌吉回族自治州玛纳斯县、昌吉市以北一带。③**雁门**：雁门关东临隆岭、雁门山，西靠隆山，两山对峙，其形如门，每年大雁往飞其间，故称雁门，在今天的山西代县，春秋战国时期，赵武灵王在此置有雁门郡，唐朝置关，名曰西陉关、东陉关，两关合称雁门关。④**阵翼**：战阵的两侧。⑤**宛转**：同"婉转"，这里指雕弓的鸣声抑扬动听。⑥**为待**：为的是等待。

诗　解

能征善战的单于冒顿，杀父自立，灭东胡，逐月支，征服丁零，侵入秦之河南（今内蒙古河套一带），势力强盛。西汉初年，时常南下侵扰，严重影响西汉王朝的安宁。如今将军率军出了长城，去迎战驻扎在乌贪的冒顿。两军在雁门关的北面展开了战争，我军与敌军在城南布下了阵势。战争一夜未停，战士们的雕弓发出的鸣声抑扬动听，铁骑的奔跑声到次日天亮还未断绝。白日即将结束，战斗还在激烈地进行。将士们等待迎接决战的胜利，从心底发出了呼唤："太阳呀！请您留下来，让我们与敌军决一雌雄！"

战城南

唐·李白

卷二 鼓吹曲辞

题 解

　　《战城南》是唐代伟大诗人李白借乐府古题创作的旨在抨击封建统治者穷兵黩武的一首古体诗。这首叙事诗带有浓厚的抒情性，事与情交织成一片。

原 文

　　去年战，桑干源①；今年战，葱河道②。

　　洗兵条支海上波③，放马天山雪中草④。

　　万里长征战，三军尽衰老。

　　匈奴以杀戮为耕作，古来惟见白骨黄沙田。

　　秦家筑城避胡处⑤，汉家还有烽火燃。

　　烽火燃不息，征战无已时。

　　野战格斗死，败马号鸣向天悲。

　　乌鸢啄人肠，衔飞上挂枯树枝。

　　士卒涂草莽，将军空尔为⑥。

　　乃知兵者是凶器，圣人不得已而用之。

●战城南

去年战，桑干源；今年战，葱河道。

注 释

①**桑干源**：桑干河，为今永定河之上游。在今河北省西北部和山西省北部，源出

山西管涔山。唐时此地常与奚、契丹发生战事。②**葱河**：葱岭河，今有南北两河。南名叶尔羌河，北名喀什噶尔河。俱在新疆西南部。发源于帕米尔高原，为塔里木河支流。③**洗兵**：指战斗结束后，洗兵器。**条支**：汉西域古国名。在今伊拉克底格里斯河、幼发拉底河之间。此泛指西域。④**天山**：一名白山。春夏有雪，出好木及金铁，匈奴谓之天山。过之皆下马拜。在今新疆境内北部。⑤**秦家筑城**：指秦始皇筑长城以防匈奴。避，一作"备"。⑥**空尔为**：一无所获。

诗 解

去年在桑干河打仗，今年又在葱河边上交战。在海边清洗过兵器，在天山的雪中也曾放过战马。这些年不断地万里奔驰南征北战，使我三军将士皆老于疆场。要知道匈奴是以杀戮为业的，就像我们以种庄稼为业一样。在他们领域中的旷野里，自古以来就只能见到白骨和黄沙。秦朝的筑城备胡之处，汉朝依然有烽火在燃烧。从古至今，边疆上就烽火不熄，征战没完没了。战士在野战的格斗中而死，败马在疆场上向天低嘶悲鸣。老鹰叼着死人的肠子，飞到枯树枝上啄食。士卒的鲜血涂红了野草，将军们在战争中也是空无所获。要知道兵者是凶器呀，圣人是在不得已的情况下才用它的。

赏 析

陈古刺今，此乐府之至显者。

——清·陈沆《诗比兴笺》

将进酒

唐·李白

题 解

《将进酒》原是汉乐府短箫铙歌的曲调，内容大多咏唱饮酒放歌之事，属汉乐府《鼓吹曲·铙歌》旧题。唐代李白沿用乐府古体写的《将进酒》，影响最大。通篇都讲饮酒，字面上诗人是用豪迈的气势来写饮酒，把它写得很壮美，实质则是对怀才不遇的感叹以及对无力改变黑暗现实的无奈。李白"借题发挥"借酒浇愁，抒发自己的愤激情绪。

君不见，黄河之水天上来①，奔流到海不复回！

君不见，高堂明镜悲白发，朝如青丝暮成雪②！

人生得意须尽欢③，莫使金樽空对月④。

天生我材必有用，千金散尽还复来。

烹羊宰牛且为乐⑤，会须一饮三百杯⑥。

岑夫子，丹丘生⑦，将进酒⑧，杯莫停。

与君歌一曲，请君为我倾耳听。

钟鼓馔玉不足贵⑨，但愿长醉不愿醒。

古来圣贤皆寂寞，唯有饮者留其名⑩。

陈王昔时宴平乐，斗酒十千恣欢谑⑪。

主人何为言少钱⑫？径须沽取对君酌⑬。

五花马⑭，千金裘⑮，呼儿将出换美酒，与尔同销万古愁。

●青莲醉酒

注释

①**君不见**：乐府中常用的一种夸语。**天上来**：黄河发源于青海，因那里地势极高，故称。②**"高堂"二句**：在高堂上的明镜中看到了自己的白发而悲伤。③**得意**：有兴致的时候。④**金樽**：金杯，指华美的酒器。⑤**且为乐**：姑且作乐。⑥**会须**：应该。⑦**岑夫子，丹丘生**：岑勋和元丹丘，两人都是李白的好友。⑧**将**：请。⑨**钟鼓馔玉**：功名富贵的代称。钟鼓，即权贵人家的钟鸣鼎食；馔玉，以玉为馔，形容饮食精美。⑩**饮者**：饮酒的人。⑪**"陈王"二句**：意思是陈王曹植从前在平乐观举行宴会。陈王，即曹植，因封于陈（今河南淮阳一带），死后谥"思"，世称陈王或陈思王。这句和下句都出自曹植《名都篇》："归来宴平乐，美酒斗十千。"平乐，观名，汉明帝所建，在洛阳西门外，为汉代富豪

显贵的娱乐场所。斗十千，一斗酒值十千钱，极言酒美。恣，放纵、无拘束。谑，玩笑。
⑫**主人**：李白自称。⑬**沽**：这里指买。⑭**五花马**：毛色呈五种颜色的马，这里指名贵的马。
⑮**千金裘**：价值千金的狐裘。

乐府诗集

诗 解

　　你难道看不见那黄河之水从天上奔腾而来，波涛翻滚直奔东海，从不再往回流？你难道看不见那年迈的父母，对着明镜悲叹自己的白发，早晨还是满头的黑发，怎么才到傍晚就变成了雪白一片？（所以）人生得意之时就应当纵情欢乐，不要让这金杯无酒空对明月。每个人的出生都一定有自己的价值和意义，黄金千两（就算）一挥而尽，它也还是能够再得来。我们烹羊宰牛姑且作乐，（今天）一次性痛快地饮三百杯也不为多！岑夫子，丹丘生啊！快喝酒吧！不要停下来。让我来为你们高歌一曲，请你们为我侧耳倾听。整天吃山珍海味的豪华生活有何珍贵，只希望醉生梦死而不愿清醒。自古以来圣贤无不是冷落寂寞的，只有那会喝酒的人才能够留传美名。陈王曹植当年宴设平乐观的事迹你可知道，斗酒万千也豪饮，让宾主尽情欢乐。主人呀，你为何说钱不多？只管买酒来让我们一起痛饮。那些什么名贵的五花良马，昂贵的千金狐裘，把你的小儿喊出来，都让他拿去换美酒来吧，让我们一起来消除这无穷无尽的万古长愁！

赏 析

　　太白此歌，最为豪放，才气千古无双。

——清·徐增《而庵说唐诗》

将进酒

唐·李贺

题 解

　　这首诗将一个宴饮歌舞的场面写得缤纷绚烂，有声有色，形神兼备，兴会淋漓，并且以精湛的艺术技巧表现了诗人对人生的深切体验。

琉璃钟①，琥珀<ruby>浓<rt>hǔ pò</rt></ruby>②，小槽酒滴真珠红③。

烹龙<ruby>炮<rt>páo</rt></ruby>凤玉脂泣④，罗屏绣幕围香风。

吹龙笛⑤，击<ruby>鼍<rt>tuó</rt></ruby>鼓，皓齿歌，细腰舞。

况是青春日将暮，桃花乱落如红雨。

劝君终日<ruby>酩酊<rt>mǐng dǐng</rt></ruby>醉，酒不到刘伶坟上土。

注 释

①**琉璃钟**：形容酒杯之名贵。琉璃，名贵的水晶制品。钟，酒器。②**琥珀浓**：这里用以借喻酒香醇色透明。③**真珠红**：这里借喻酒色。真珠，珍珠。④**烹龙炮凤**：比喻菜肴豪奢珍异。烹，煮。炮，烧。⑤**龙笛**：长笛。

诗 解

酒杯是用水晶制成的，酒是琥珀色的，还有珠红的。经过烹、炮的马肉（龙）和雄雉（凤）拿到口中吃的时候，还能听到油脂被烧烤时的油爆声，像是在哭泣。用绫罗锦绣做的帷幕中充满了香气。罗帏之中，除了食品与酒的香气外，还有

●桃花乱落如红雨

白齿的歌伎的吟唱和细腰的舞女和着龙笛的吹奏、鼍鼓的敲击在舞蹈。宴饮的时间是一个春天的黄昏，他们已欢乐终日了，他们饮掉了青春，玩去了如花的大好时光。桃花被鼓声震散了，被舞袖拂乱了，落如红雨。我奉劝你们要像他们那样，终日喝个酩酊大醉吧，酒被喝光了，就没酒洒到酒鬼刘伶坟上了！

赏 析

悲咽，令人肠断（最后二句）。

——清·宋宗元《网师园唐诗笺》

卷二 鼓吹曲辞

君马黄

唐·李白

题解

《君马黄》，汉《鼓吹铙歌十八曲》之一。通过咏史来抒发诗人贵相知、重友谊的襟怀和赞颂朋友间彼此救助的美好情操。

原文

君马黄，我马白。

马色虽不同，人心本无隔。

共作游冶盘①，双行洛阳陌②。

长剑既照曜③，高冠何艳赫④。

各有千金裘⑤，俱为五侯客⑥。

猛虎落陷阱，壮夫时屈厄⑦。

相知在急难⑧，独好亦何益？

注释

① "共作"句：一起游乐。游冶，游荡娱乐。盘，游乐。②陌：道路，南北为阡，东西为陌。③曜：照耀，炫耀。④艳赫：赤色光耀貌。⑤千金裘：价值千金的皮裘。⑥五侯客：五侯之门客。汉代五侯颇多，这里当指东汉梁冀之亲族五人同时封侯，称为梁氏五侯。泛指公侯权贵。⑦屈厄：困窘。⑧急难：急人之难，即在患难时及时救助。

诗解

你的马儿黄，我的马儿白。马的毛色虽不相同，但我们二人的心相通无隔。我们一同游乐，共同行走在洛阳大道上。身佩的长剑在阳光下闪耀，头上的红冠是何等显赫。各穿着千金之裘，俱为五侯门上的贵客。就如同猛虎有时会落入陷阱，壮士也有倒下的时候。朋友的相知贵在急难之时相互救助，一个人自顾自身修好，那会有什么益处呢？

太白天仙之词，语多率然而成者，故乐府歌词咸善。

——明·高棅《唐诗品汇》

芳 树

梁·萧衍

题解

此乐府诗为梁武帝萧衍的感物兴怀之作，感叹年华易逝的伤感
情绪。

原文

绿树始摇芳，芳生非一叶。
一叶度春风^①，芳芳自相接。
色杂乱参差^②，众花纷重叠。
重叠不可思，思此谁能惬。

注释

①度：过，经历。②参差：长短、高低不齐的样子。

诗解

转眼间树木就变绿了，微风吹过，吹得树叶摇曳多姿、沙沙作响。这绿色并非是
一片叶子所能形成的。一叶经历春风，众叶都开始散发芳香，芳气相接，才有这般沉
醉的春色。只是秋天一来，树木的叶子就要变黄枯萎了，在秋风的吹动下呈现出衰败
时的不同的颜色，众花也纷纷而落。满眼都是黄花堆积，看到这般萧瑟的情景千万不
能想太多，年华易逝的感伤怎能让人心情舒畅呢？

芳 树

陈·李爽

乐府诗集

题解

这首诗是借季节的变迁而抒发自己客居他乡的思乡之情。

原文

芳树千株发，摇荡三阳时。

气软来风易，枝繁度鸟迟。

春至花如锦，夏近叶成帷。

欲寄边城客，路远谁能持。

注释

①**摇荡**：摇曳、飘荡。**三阳**：春天
阳光明媚、生机勃勃之意。

诗解

初春时期，千株树木都竞相发出新
芽，在春风吹拂下散发着阵阵芬芳。夏
日易多风，枝叶繁茂常易阻隔鸟儿远飞
的脚步。春来花似锦，夏日即将来临，
叶子繁茂如同帷幕低垂。远在他乡的游
子想寄平安到家中，可是山高水远，恐
怕这份思乡之情也无法到达。

●芳 树

卷三 横吹曲辞

横吹曲辞，从北方少数民族而来，是用鼓角在马上吹奏的军乐。

卷三　横吹曲辞

木兰诗

唧唧复唧唧，木兰当户织①。不闻机杼声，唯闻女叹息。

问女何所思，问女何所忆。女亦无所思，女亦无所忆。昨夜见军帖②，可汗大点兵，军书十二卷③，卷卷有爷名。阿爷无大儿，木兰无长兄，愿为市鞍马，从此替爷征。

东市买骏马，西市买鞍鞯，南市买辔头，北市买长鞭。且辞爷娘去，暮宿黄河边，不闻

●花木兰

爷娘唤女声，但闻黄河流水鸣溅溅④。且辞黄河去，暮至黑山头，不闻爷娘唤女声，但闻燕山胡骑鸣啾啾。

万里赴戎机⑤，关山度若飞。朔气传金柝⑥，寒光照铁衣。将军百战死，壮士十年归。

归来见天子，天子坐明堂。策勋十二转⑦，赏赐百千强⑧。可汗问所欲，木兰不用尚书郎，愿驰千里足⑨，送儿还故乡。

爷娘闻女来，出郭相扶将⑩；阿姊闻妹来，当户理红妆；小弟闻姊来，磨刀霍霍向猪羊⑪。开我东阁门，坐我西阁床。脱我战时袍，着我旧时裳。当窗理云鬓，对镜帖花黄。出门看火伴，火伴皆惊忙。同行十二年，不知木兰是女郎。

雄兔脚扑朔，雌兔眼迷离。双兔傍地走，安能辨我是雄雌？

注 释

①当户：对着门。②军帖：征兵的文书。③十二：表示多数。与下文的"十年""十二转""十二年"情形相同。④但闻：只听到。⑤戎机：战场。⑥金柝：古时军中守夜打更用的器具，也叫"刁斗"。⑦策勋：记功。转：升迁。⑧强：有余。⑨千里足：指千里马。这里运用了借代的手法。⑩出郭：出外城。⑪霍霍：磨刀的声音。

诗 解

织布机的声音像叹息声一声接着一声地传出来，木兰对着房门织布。听不见织布机织布的声音，只听见木兰在叹息。

问：木兰在想什么？木兰在惦记什么？木兰答道：我没有在想什么，也没有在惦记什么。昨天晚上看见征兵文书，知道君主在大规模征兵，那么多卷征兵文册，每一卷上都有父亲的名字。父亲没有大儿子，我没有兄长，木兰愿意为此到集市上去买马鞍和马匹，从此开始替代父亲去征战。

在集市各处购买马具，就踏上出征的旅程。早晨离开父母，晚上宿营在黄河边，听不见父母呼唤女儿的声音，只能听到黄河的流水声。第二天早晨离开黄河上路，晚上到达黑山头，听不见父母呼唤女儿的声音，只能听到燕山胡兵战马的啾啾鸣叫声。

木兰不远万里奔赴战场，翻越重重山峰就像飞起来那样迅速。北方的寒气中传来打更声，月光映照着战士们的铠甲。将士们身经百战，有的为国捐躯，有的转战多年胜利归来。

胜利归来朝见天子，天子坐在殿堂论功行赏。给木兰记很大的功勋，得到的赏赐不止千百金。天子问木兰有什么要求，木兰说不愿做尚书郎，希望骑上千里马，回到故乡。

父母听说女儿回来了，互相搀扶着到城外迎接她；姐姐听说妹妹回来了，对着门户梳妆打扮起来；弟弟听说姐姐回来了，忙着霍霍地磨刀杀猪宰羊。每间房都打开了门进去看看，脱去打仗时穿的战袍，穿上以前女孩子的衣裳，当着窗子、对着镜子整理漂亮的头发，对着镜子在面部贴上装饰物。走出去看一起打仗的伙伴，伙伴们很吃惊，都说同行数年之久，竟然不知木兰是个女儿身。

传说兔子静卧时，雄兔两只前脚时时动弹，雌兔两只眼睛时常眯着，所以容易分辨。但雄雌两兔一起并排跑时，怎能分辨哪个是雄兔哪个是雌兔呢？

折杨柳

唐·李白

题 解

《折杨柳》，乐府《横吹曲辞》，写闺妇思远戍之人。

原 文

垂杨拂绿水，摇艳东风年。

花明玉关雪①，叶暖金窗烟②。

美人结长想，相对心凄然。

●花明玉关雪，叶暖金窗烟

攀条折春色，远寄龙庭前③。

注 释

①**玉关**：玉门关。泛指边塞。 ②**金窗**：闺房之窗。 ③**龙庭**：匈奴单于祭祀的场所。这里指汉军屯兵戍守的西北边境。

诗 解

春天里，白云绿水间荡漾着垂杨，枝条随着温暖的春风飘荡，美不胜收。这里是一片春意盎然的景色，花儿争相开放，姹紫嫣红，但远在边塞的玉门关此时却是风雪交加。思妇看见春日柳色，激起一片思夫之情，心中更有无限离愁。折一支柳条，寄给远方的情郎所在的龙城，让他明白相思之深切。

紫骝马

唐·李白

题 解

《紫骝马》，乐府《横吹曲辞》旧题。此诗创作于盛唐时期，描写了一位远戍征人思念家中的妻子。

原 文

紫骝^{liú}行且嘶①，双翻碧玉蹄②。

临流不肯渡，似惜锦障泥③。

白雪关山远，黄云海戍迷。

挥鞭万里去，安得念春闺。

注 释

①**紫骝**：枣红马。 ②**碧玉蹄**：此句来自沈佺期的诗，说宝马"四蹄碧玉片"。 ③**障泥**：挡泥的马具。

　　紫骝马矫捷骄嘶，它那碧玉般的蹄子上下翻腾。来到河边却不肯渡河，好像怕弄湿锦缎障泥。与吐蕃接壤的白雪关山是那么的遥远，黄云海戍迷离不见。挥鞭驰骋万里去，怎么可以总是思念春闺的佳人呢？

赏 析

　　《紫骝马》横吹曲，六朝人拟作皆咏马，白咏马兼及从军，稍殊。

　　　　　　　　　　——明·胡震亨《李杜诗通》

梅花落

南朝宋·鲍照

题 解

　　此诗主要是托讽之辞。作者以梅花象征一般无节操的士大夫，纵使在艰难日子显示出抗霜抗露的特质，可是，一旦有权贵招手，就赶紧摇荡着腰肢去谄媚他们了。

原 文

　　中庭多杂树[①]**，偏为梅咨嗟**[②]**。问君何独然，念其霜中能作花，露中能作实，摇荡春风媚春日。念尔零落逐寒飙，徒有霜华无霜质**[③]**。**

注 释

　　①**中庭**：庭院中。②**咨嗟**：赞叹。③**霜华**：霜一般的光和色。**霜质**：耐寒的品质。

●**梅 花**
　　在中国传统文化中，梅以它高洁、坚强、谦虚的品格，给人以立志奋发的激励。在严寒中，梅开百花之先，独天下春。

　　庭院中有许许多多的杂树，却偏偏对梅花赞许感叹，请问你为何会如此？这是因为你能在寒霜中开花，在寒露中结果实。可是，一旦到了春天，在春风中摇荡、在春日里妩媚的你，却纷纷随风飘落净尽，徒有抗寒霜的外表，却没有抗寒霜的本质。

赏　析

　　明远才力标举，凌厉当年；如五丁凿山，开世人所未有。

——明·陆时雍

卷四 相和歌辞

相和歌辞，是用丝竹相和，大多是汉时的街陌讴谣，有相和曲、吟叹曲、四弦曲、平调曲、清调曲、瑟调曲、楚调曲。

卷四　相和歌辞

公无渡河

唐·李白

题解

　　《公无渡河》又作《箜篌引》，是《相和歌辞》之一，此诗是借乐府古题以及古老的渡河故事写下的一首悲歌。

原文

黄河西来决昆仑，咆哮万里触龙门。

波滔天，尧咨嗟。

大禹理百川①，儿啼不窥家②。

杀湍yín湮洪水，九州始蚕麻。

其害乃去，茫然风沙。

披发之叟狂而痴，清晨径流欲奚为？

旁人不惜妻止之，公无渡河苦渡之。

虎可搏，河难冯③，公果溺死流海湄。

有长鲸白齿若雪山，公乎公乎挂juàn罥于其间④。

箜kōng hóu篌所悲竟不还⑤。

注 释

①**理**：治理，唐人避高宗讳，改"治"为"理"。②**窥家**：大禹在外治水八年，三过家门而不入。③**冯**：通"凭"，这里指徒步渡过河。④**罥**：绳索。⑤**箜篌**：古代一种弦乐器。

诗 解

　　黄河之水从西而来，它决开昆仑，咆哮万里，冲击着龙门，尧帝曾经为这滔天的洪水发出过慨叹。大禹也为治理这泛滥百川的滔天洪水，不顾幼儿的啼哭，毅然别家出走。在治水的日子里，他三过家门而不入，一心勤劳为公，这才治住了洪水，使天下人民恢复了男耕女织的太平生活。虽然消除了水害，但是留下了风沙的祸患。古时有一个狂夫，他披头散发大清早便冲出门去，要徒步渡河。别人只是在一旁看热闹，只有他的妻子前去阻止他，在后面喊着要他不要渡河，可是他偏要向河里跳。猛虎虽可缚，大河却不可渡，这位狂夫果然被水所溺，其尸首随波逐流，漂至大海，被那白齿如山的长鲸所吞食。只留下其妻弹着箜篌唱着悲歌，可惜她的丈夫再也回不来了。

赏 析

　　"波滔天，尧咨嗟。大禹理百川，儿啼不窥家。其害乃去，茫然风沙。"太白之极力于汉者也，然词气太逸，白是太白语。

　　　　　　　　　　　　——明·胡震亨《李杜诗通》

江　南

题 解

　　《江南》是一首汉代乐府诗。诗中描写了江南劳动人民采莲时的愉快情景。

原 文

　　江南可采莲，莲叶何田田①。鱼戏莲叶间。
　　鱼戏莲叶东，鱼戏莲叶西，鱼戏莲叶南，鱼戏莲叶北。

注 释

①**田田**：叶子浮出水面相连接的样子，形容叶子茂盛。

诗 解

江南是采莲的绝代佳地，莲叶劲秀挺拔，十分茂盛。鱼儿活泼地在莲叶间嬉戏。一会儿嬉戏在莲叶的东面，一会儿嬉戏在莲叶的西面，一会儿嬉戏在莲叶的南面，一会儿嬉戏在莲叶的北面。

登高丘而望远海

唐·李白

题 解

《登高丘而望远海》为乐府《相和歌辞》旧题。此诗有托古讽今之意，托名刺秦始皇、汉武帝迷信求仙、穷兵黩武，实讽唐玄宗，具有深刻的社会意义。

原 文

登高丘而望远海，六鳌骨已霜①，
三山流安在？扶桑半摧折②，白日沉光彩。
银台金阙如梦中③，秦皇汉武空相待④。
精卫费木石⑤，鼋鼍无所凭⑥。
君不见骊山茂陵尽灰灭⑦，牧羊之子来攀登⑧。
盗贼劫宝玉⑨，精灵竟何能⑩？
穷兵黩武今如此，鼎湖飞龙安可乘？

注 释

①**六鳌**：神话中负载五仙山的六只大龟。②**扶桑**：传说中的神木，长在日出的地方。
③**银台金阙**：神仙居住的地方。④**秦皇汉武**：秦始皇、汉武帝。⑤**精卫**：传说中的鸟名。

《山海经》中记载：精卫的原型是炎帝的小女儿，名叫女娃，因在东海玩耍而被大海吞没，死后化为精卫鸟。它不停地从西山衔木枝石头，欲填平东海。⑥**鼋**：大鳖。**鼍**：鼍龙，鳄鱼的一种，俗称猪婆龙。⑦**骊山**：在今陕西临潼区东南，秦始皇的陵墓所筑之处。**茂陵**：汉武帝刘彻的陵墓，在今陕西省西安市兴平市东北。⑧**牧羊之子**：《汉书·刘向传》记载，有个牧童在骊山牧羊，有一只羊进入山洞中，牧童用火照明，到洞里去寻羊，以致引起一场大火，把秦始皇的外棺烧毁了。⑨**盗贼**：是作者沿用统治者对农民起义军的诬称。⑩**精灵**：指秦皇、汉武的神灵。

诗 解

登上高丘，向大海遥望，那传说中的东海六鳌，早已成了如霜的白骨，那海上的三神山如今已漂流到哪里去了？那东海中的神木扶桑可能早已摧折了吧，那里可是日出的地方。神话中的银台金阙，只有在梦中才会出现，秦始皇和汉武帝想成仙的愿望，只能是一场空梦啊。精卫填海只能是空费木石，鼋鼍架海为梁的传说也没有什么证据。君不见骊山陵中的秦始皇和茂陵中的汉武帝都早已成土灰了吗？他们的陵

●秦始皇遣使求仙

墓任凭牧羊的孩子攀来登去，无人来管。眼看着墓中的金珠宝玉已被盗贼劫夺一空，他们的精灵究竟有何能耐？像这样的穷兵黩武、不管百姓死活的帝王，今天早该有如此之下场，他们怎可能会像黄帝那样在鼎湖乘龙飞仙呢？

赏 析

后人称杜陵为诗史，乃不知此九十一字中有一部开元、天宝本纪在内。俗子非出像则不省，几欲卖陈寿《三国志》，以雇说书人打圖鼓，夸赤壁鏖兵。可悲可笑，大都如此。

——明·王夫之《唐诗评选》

东 光

题 解

《东光》系《相和歌辞》之一。梧州地方潮湿，多瘴气，出征士兵多有不满。这首诗写的就是这种怨愤之情。

原 文

东光乎①，苍梧何不乎②。
苍梧多腐粟③，无益诸军粮。
诸军游荡子，早行多悲伤。

注 释

①**东光**：天明。②**不**：同"否"。苍梧地多潮湿，多雾气，所以天迟迟不亮。③**腐粟**：由于陈年积贮而腐坏的五谷粮食。

诗 解

天亮了吗？苍梧为什么不亮？苍梧这里潮湿，陈年贮藏的粮食，多数已经败坏，无法做军粮食用。早起即将离乡行军的人，情绪都很悲伤。

饮马长城窟行

题 解

《饮马长城窟行》是一首汉乐府民歌，属乐府《相和歌辞》，又称《饮马行》。这首诗以思妇第一人称自述的口吻写出，笔法委曲多致，完全随着抒情主人公飘忽不定的思绪而曲折回旋。

青青河畔草，绵绵思远道①。

远道不可思②，宿昔梦见之③。

梦见在我旁，忽觉在他乡④。

他乡各异县，展转不相见⑤。

枯桑知天风⑥，海水知天寒。

入门各自媚⑦，谁肯相为言⑧！

客从远方来，遗我双鲤鱼⑨。

呼儿烹鲤鱼⑩，中有尺素书⑪。

长跪读素书⑫，书中竟何如？

上言加餐饭，下言长相忆。

注释

①**绵绵**：这里义含双关，由看到连绵不断的青青春草，而引起对征人的缠绵不断的情思。
②**远道**：远行。③**宿昔**：指昨夜。
④**觉**：睡醒。⑤**展转**：亦作"辗转"，不定。这里是说在他乡作客的人行踪无定，又是形容不能安眠之词，就是说思妇醒后翻来覆去不能再入梦。⑥**枯桑**：落了叶的桑树。⑦**入门**：指各回自己家里。**媚**：爱。⑧**言**：问讯。
⑨**双鲤鱼**：指藏书信的函，就是刻成鲤鱼形的两块木板，一底一盖，把书信夹在里面。一说将上面写着书信的绢结成鱼形。
⑩**烹**：煮。假鱼本不能煮，诗

●**客从远方来，遗我双鲤鱼**

久别的人唯有靠书信传递讯息。杜甫有诗句："烽火连三月，家书抵万金。"古代信函为双鲤鱼形，本诗中得到了家书的思妇，忙呼孩子打开，看到亲人平安和相忆的消息，相信她心里才得到平静。

人为了描写生动故意将打开书函说成烹鱼。⑪**尺素书：**古人写文章或书信用长一尺左右的绢帛，称为"尺素"。素，生绢。书，信。⑫**长跪：**伸直了腰跪着，古人席地而坐，坐时两膝着地，臀部压在脚后跟上。跪时将腰伸直，上身就显得长些，所以称为"长跪"。

诗　解

　　河边春草青青，连绵不绝伸向远方，令我思念远行在外的丈夫。远在外乡的丈夫不能终日思念，但在梦里很快就能见到他。梦里见他在我的身旁，一觉醒来发觉他仍在他乡。他去不同的地区，漂泊不能见到。桑树枯萎知道冬天的风已到，海水也知道天寒的滋味。同乡的游子各自回家欢聚，有谁肯告诉我丈夫的讯息？有位客人从远方来到，送给我装有绢帛书信的鲤鱼形状的木盒。呼唤童仆打开木盒，其中有尺把长的用素帛写的信。恭恭敬敬地拜读丈夫用素帛写的信，信中究竟说了些什么？书信的前一部分是说要增加饭量保重身体，书信的后一部分是说他经常想念我。

薤　露

题　解

　　《薤露》与《嵩星》是中国古代著名的挽歌辞。《薤露》送王公贵人，《嵩星》送士大夫、庶人。

原　文

　　薤上露^{xiè}①，何易晞^{xī}②。露晞明朝更复落，人死一去何时归。

注　释

　　①薤：植物叶细长，像韭菜。②晞：晒干。

诗　解

　　薤上零落的露水，是何等容易晒干？！露水干枯了，明天还会再落下，人的生命一旦逝去，又何时才能归来？

陌上桑

唐·李白

题解

　　《陌上桑》是汉乐府民歌中著名的叙事诗之一。它叙述了一位采桑女反抗强暴的故事，赞美了罗敷的智慧，暴露了太守的愚蠢。

原文

美女渭桥东，春还事蚕作。

五马如飞龙①，青丝结金络。

不知谁家子，调笑来相谑。

妾本秦罗敷，玉颜艳名都。

绿条映素手，采桑向城隅。

使君且不顾，况复论秋胡②。

寒螀爱碧草③，鸣凤栖青梧。

托心自有处，但怪旁人愚。

徒令白日暮，高驾空踟蹰④。

注释

　　①**五马**：太守的代称。这里泛指富人的车驾。②**秋胡**：汉刘歆《西京杂记》六载：鲁人秋胡，娶妻三月而游宦，三年休，还家。其妻桑于郊，胡至郊而不识其妻也，乃遗黄金一镒。妻曰："妾有夫游宦不返，幽闺独处，三年于兹，未有被辱于今日也。"采不顾，胡惭而退，至家，问家人妻何在。曰："行采桑于郊，未返。"既还，乃向之所挑之妇也。夫妻并惭，妻赴沂水而死。③**寒螀**：即"寒蝉"，古书上说的一种蝉，较小，墨色，有黄绿色的斑点，秋天出来叫。④**踟蹰**：来回走动，此处指不愿离去。

美女行在渭桥东，春来采桑事蚕作。路上奔来五马拉的车，快如飞龙腾跃，青丝结着金马络。不知车上是谁家小子，竟然来调笑戏谑。小子！告诉你，采桑的妇人名秦罗敷，她的美貌名满都城。绿桑枝条映着她白嫩的手，她正在城隅一角采桑叶。皇上的使君她都不理睬，何况你这个像秋胡一样轻薄的小子呢。寒蝉爱碧草，鸣凤栖息在青青的梧桐。她已心有所属，只是路人愚蠢，色眼迷迷。只好从白天到日暮，停下车傻傻地等待。

长歌行

西晋·陆机

《长歌行》属于《相和歌辞》。这首诗写的是人生短暂，及时行乐。

逝矣经天日①，悲哉带地川②。

寸阴无停晷③，尺波徒自旋。
<small>guǐ</small>

年往迅劲矢④，时来亮急弦。

远期鲜克及⑤，盈数固希全⑥。

容华夙夜零，体泽坐自捐⑦。

兹物苟难停，吾寿安得延。

俛仰逝将过⑧，倏忽几何间。
<small>miǎn</small>

慷慨亦焉诉，天道良自然。

但恨功名薄，竹帛无所宣⑨。

迨及岁未暮，长歌乘我闲。
<small>dài</small>

①**逝矣经天日**：每天太阳东升西落，时光匆匆。②**悲哉带地川**：是说河川日夜流

逝，一去不返，所以可悲。③**晷**：日影，这里指时间。④**矢**：弓箭。⑤**远期**：久远的生命。**鲜克及**：很少能够达到。⑥**盈数**：古文用以指十、百、万等整数，这里指人生百岁。⑦**体泽**：体力和精神。⑧**俛仰**：同"俯仰"，比喻时间短暂。⑨**竹帛**：均为书写所用，这里代指史册。**宣**：记载、流传。

乐府诗集

○五六

诗 解

太阳每天东升西落，使时间日渐流逝。河川日夜奔腾，一去不返，真是可悲。短短的光阴从不停留，微小的波浪怎能够自动回流？岁月的逝去和到来犹如弓箭那样迅速。久远的生命很少有人能够达到，能活到百岁的本来就很少。人的容颜每天都在凋谢，人的体力和精神也无缘无故地自动消耗着。生命本就难以停留，寿命本就难以延长，人活在人世间，不过是瞬间而逝的事情。即使对此怨愤不平也无济于事，因为这是自然的规律。只恨我还没有建立功名，不能留名史册。趁着年轻及时行乐，唱一曲长歌来表达自己的情志。

长歌行

唐·李白

题 解

《长歌行》，属于乐府《相和歌辞》旧题。李白由此感悟人生，联想反思自己功业无成，游仙不果，重蹈古人的覆辙，陷入痛苦之中，不抒不快。

原 文

桃李待日开，荣华照当年①。
东风动百物②，草木尽欲言。
枯枝无丑叶，涸水吐清泉。
大力运天地，羲和无停鞭③。
功名不早著，竹帛将何宣④？

桃李务青春⑤，谁能贳^{shì}白日⑥？

富贵与神仙，蹉跎成两失。

金石犹销铄⑦，风霜无久质。

畏落日月后，强欢歌与酒。

秋霜不惜人，倏忽侵蒲柳⑧。

注 释

①**荣华**：草木茂盛、开花。《荀子·王制》："草木荣华滋硕之时，则斧斤不入山林。"②**东风**：春风。③**羲和**：古代神话传说中的人物。驾驭日车的神。《楚辞·离骚》："吾令羲和弭节兮，望崦嵫而勿迫。"王逸注："羲和，日御也。"④**竹帛**：竹简和白绢，古代初无纸，用竹帛书写文字。引申指书籍、史册。《史记·孝文本纪》："然后祖宗之功德着于竹帛，施于万世，永永无穷，朕甚嘉之。"⑤**务**：需要。**青春**：指春天。春季草木茂盛，其色青绿，故称。⑥**贳**：出借，赊欠。⑦**销铄**：熔化，消磨。⑧**倏忽**：迅疾貌，形容出乎意外之快。《吕氏春秋·决胜》："倏忽往来，而莫知其方。"**蒲柳**：水杨，一种入秋就凋零的树木。蒲与柳都早落叶，这里用来比喻人的早衰。

诗 解

桃李花得日而开，花朵缤纷，装点新春。东风已经复苏万物，草木皆似欣欣欲语。枯枝上发出了美丽的新叶，涧流中也清泉汨汨，一片生机。造化运转着天地，太阳乘着日车不停地飞奔。如果不早立功名，史册怎能写上您的名字？桃李须待春天，但谁能使春日永驻不逝？时不我待，富贵与神仙两者皆会错肩而过。金石之坚尚会销蚀殆尽，风霜日月之下，没有长存不逝的东西。我深深地畏惧日月如梭而逝，因此才欢歌纵酒，强以为欢。就像是秋天寒霜下的蒲柳，倏忽之间，老之将至，身已衰矣。

赏 析

放翁《长歌行》最善，虽未知与李、杜何如，要已突过元、白。集中似此亦不多见。

——清·马星翼《东泉诗话》

薤 露

魏·曹操

题 解

　　曹操用古调写时事，作品描述的是汉朝末年的政治动乱、民不聊生的悲惨情景。诗歌风格质朴无华，沉重悲壮，深刻表达了作者身为一个政治家和文学家的忧患意识和哀痛之情。

原 文

惟汉廿二世①，所任诚不良。

沐猴而冠带②，知小而谋强③。

犹豫不敢断，因狩执君王④。

白虹为贯日⑤，己亦先受殃。

贼臣持国柄⑥，杀主灭宇京。

荡覆帝基业，宗庙以燔丧。

播越西迁移，号泣而且行。

瞻彼洛城郭，微子为哀伤⑦。

注 释

　　①**廿二世**：二十二世，指东汉灵帝，他是汉朝第二十二代皇帝。②**沐猴**：猕猴，这里是比喻何进。**冠带**：作动词用，戴着帽子系着带子。《史记·项羽本纪》里有人曾骂项羽是"沐猴而冠"。沐猴而冠带，这里是用来讽刺何进，枉披人皮而没有实际本事。③**知**：同"智"，智慧，智谋。**谋强**：意谓谋划干大事。何进曾策划诛杀把持朝政的宦官张让等，结果因犹豫迟疑而失败。④**狩**：打猎，后借指天子出巡，这里讳称皇帝外逃避祸。**执**：捕捉，这里是劫持、挟持的意思。⑤**白虹**：白色的虹霓。**贯日**：穿过太阳。古人迷信，认为白虹贯日是天子命绝、大臣为祸的征兆。据《后汉书·献帝纪》描述，初平二年（191）二月，白虹贯日，这年正月，董卓毒死被废为弘农王

的少帝刘辩。⑥**国柄**：指朝政大权。⑦**微子**：殷纣王的哥哥。据古籍记载，殷灭亡之后，他路过殷朝故都，看到宫室颓败残破，到处长满禾黍，无限伤心，遂作《麦秀歌》之诗，以抒发亡国之痛。诗人在此自比微子，以表达自己对洛阳的残破亦有无限感慨和哀伤。

诗　解

汉朝自建国到现在已是二十二世，所倚重的人（何进）真是徒有其表。猴子虽穿衣戴帽，可究竟不是真人，（他）智小而想图谋大事，做事又犹豫不决，致使君王（少帝）被劫。白虹贯日是上天给人间的凶兆，这应验在君王身上，而（何进）自己也落得身败名裂的下场。乱臣贼子（董卓）乘着混乱之际操持国家大权，杀害君主，焚烧东京洛阳。汉朝四百年的帝业由此倾覆，帝王的宗庙也在烈火中焚毁。（献帝）被迫西迁至长安，一路上迁徙的百姓哭声不止。我瞻望着洛阳城内的惨状，就像当年微子面对着殷墟而悲伤不已。

赏　析

本无泛语，根在性情，故其跌宕悲凉，独臻超越。细揣格调，孟德全是汉音，丕、植便多魏响。

——清·陈祚明

薤　露

魏·曹植

题　解

此篇属《相和歌辞》。曹植自认为具备治理国家的才能，怀着输力明君的热烈愿望。但由于政治上的因素，竟使他的意愿没有实现的机会。受立名于世思想的支配，他一反青年时代对于文学创作的轻视态度，转向借著述求得垂名的夙愿。

原　文

天地无穷极①，**阴阳转相因**②。
人居一世间，忽若风吹尘。

愿得展功勤，输力于明君③。

怀此王佐才④，慷慨独不群⑤。

鳞介尊神龙⑥，走兽宗麒麟。

虫兽犹知德，何况于士人。

孔氏删诗书，王业粲已分⑦。

骋我径寸翰，流藻垂华芬⑧。

注 释

①**天地无穷极**：天地永恒存在，没有穷尽。②**阴阳转相因**：寒暑运转，交相更代。
③**输力**：尽力。④**王佐才**：足够辅佐帝王的才能。⑤**独不群**：卓然独立，不同于流俗。
⑥**鳞介**：指长有鳞甲的鱼和虫。⑦**王业**：王者之事业。⑧**华芬**：以文章垂誉后世。

诗 解

天地无穷没有尽头，阴阳转化交替更互。人活在整个世界中，恍若突然被风吹走的尘土一样无常。愿意展雄才竭心建功，效力于贤明君主。怀抱这样的辅君之才，慷慨而不同流俗。鳞甲之类尊崇神龙，走兽类向麒麟归附。动物尚知（归附）有德，何况对于士人？孔子删定《诗经》《尚书》，王业已明显归属。驰骋我短小的笔杆，流传文采立言千古。

●麒麟
中国古代传说中麒麟与龙、凤、龟合称四灵，乃毛类动物之王。

蒿 里

《蒿里》,属于《相和歌辞》,传说人死魂魄归于蒿里,为送葬的哀歌。

原 文

^{hāo}
蒿里谁家地^①,聚敛魂魄无贤愚^②。
鬼伯一何相催促^③,人命不得稍踟蹰^④。
^{chí chú}

注 释

①**蒿里**:魂魄聚居之地。②**无贤愚**:无论是贤达之人还是愚昧之人。③**鬼伯**:主管死亡的神。**一何**:何其,多么。④**踟蹰**:逗留。

诗 解

人死后的魂魄归于蒿里,无论贤达之人还是愚昧之人都不免一死,魂归蒿里。主管死亡的神对人命的催促是多么紧哪,人的生命是有限的,容不得稍稍逗留。

蒿 里

魏·曹操

题 解

此诗写汉末群雄征战,真实、深刻地揭示了人民的苦难,堪称"汉末实录"的"诗史"。

原 文

关东有义士^①,兴兵讨群凶^②。
初期会盟津^③,乃心在咸阳。

军合力不齐^④，踌躇而雁行^⑤。
（chóuchú）

势利使人争，嗣还自相戕^⑥。
（sì）（qiāng）

淮南弟称号，刻玺于北方^⑦。
（xǐ）

铠甲生虮虱^⑧，万姓以死亡^⑨。
（jǐ shī）

白骨露于野，千里无鸡鸣。

生民百遗一^⑩，念之断人肠。

注释

①**关东**：函谷关（今河南灵宝西南）以东。**义士**：指起兵讨伐董卓的诸州郡将领。②**讨群凶**：指讨伐董卓及其党羽。③**初期**：本来期望。**盟津**：即孟津（今河南孟州市南）。相传周武王伐纣时曾在此大会八百诸侯，此处借指本来期望关东诸将也能像武王伐纣会合的八百诸侯那样同心协力。④**力不齐**：指讨伐董卓的诸州郡将领各有打算，力量不集中。⑤**踌躇**：犹豫不前。**雁行**：飞雁的行列，形容诸军列阵后观望不前的样子。此句倒装，正常语序当为"雁行而踌躇"。⑥**嗣**：后来。**还**：同"旋"，不久。**自相戕**：自相残杀。当时盟军中的袁绍、公孙瓒等发生了内部的攻杀。⑦**玺**：秦以后专指皇帝用的印章。⑧**铠甲**：古代的护身战服，金属制成的叫铠，皮革制成的叫甲。**虮**：虱卵。⑨**万姓**：百姓。**以**：因此。⑩**生民**：百姓。**遗**：剩下。

●蒿

蒿里在泰山下。迷信传说，人死之后魂魄归于蒿里。

诗解

关东各郡的将领，公推势大兵强的渤海太守袁绍为盟主，准备兴兵讨伐焚宫、毁庙、挟持献帝、迁都长安、荒淫无耻、祸国殃民的董卓。当时各郡虽然大军云集，但却互相观望，裹足不前，甚至各怀鬼胎。为了争夺霸权，图谋私利，竟至互相残杀起来。连年的征战，使得将士长期不得解甲，身上长满了虮子、虱子，而无辜的百姓却受战乱而大批死亡，满山遍野堆满了白骨，千里之地寂无人烟，连鸡鸣之声也听不到了，正是满目疮痍、一片荒凉凄惨的景象，令人目不忍睹。在战乱中幸存的人百不余一，简直令人肝肠欲裂，悲痛万分。

赏 析

"铠甲"四句，极写乱伤之惨，而诗则真朴雄阔远大。

——清·方东树《昭昧詹言》

短歌行

魏·曹操

题 解

本诗通过宴会的歌唱，以沉稳顿挫的笔调抒写了诗人求贤若渴的思想和统一天下的雄心壮志。

原 文

对酒当歌①，人生几何②。譬如朝露，去日苦多③。
慨当以慷④，忧思难忘。何以解忧⑤，唯有杜康⑥。
青青子衿⑦（jīn），悠悠我心⑧。但为君故⑨，沉吟至今⑩。
呦呦鹿鸣⑪（yōu），食野之苹⑫。我有嘉宾，鼓瑟吹笙⑬。
明明如月，何时可掇⑭。忧从中来⑮，不可断绝。
越陌度阡⑯，枉用相存⑰。契阔谈宴⑱，心念旧恩⑲。
月明星稀，乌鹊南飞。绕树三匝⑳（zā），何枝可依。
山不厌高，海不厌深。周公吐哺㉑（bǔ），天下归心。

注 释

①对酒当歌：一边喝着酒，一边唱着歌。当，是对着的意思。②几何：多少。③"譬如"二句：跟（朝露）相比一样痛苦却漫长，慨叹人生短暂之意。④慨当以慷：指宴会上的歌声激昂慷慨。⑤何以：用什么方法。⑥杜康：相传是最早造酒的人，这里代指酒。⑦子：对对方的尊称。青衿：是周代读书人的服装，这里指代有学识的人。⑧悠悠：

长久的样子，形容思虑连绵不断。⑨**君**：所思的贤能人。⑩**沉吟**：原指小声叨念和思索，这里指对贤人的思念和倾慕。⑪**呦呦**：鹿叫的声音。⑫**苹**：艾蒿。⑬**鼓**：弹。⑭**何时可掇**：什么时候可以摘取呢？掇，拾取，摘取。⑮**中**：内心。⑯**越陌度阡**：穿过纵横交错的小路。陌，东西向的小路。阡，南北向的小路。⑰**枉用相存**：屈驾来访。枉，这里是"枉驾"的意思。用，以。存，问候，思念。⑱**契阔**：久别重逢。⑲**旧恩**：情谊。⑳**三匝**：三周。匝，周，圈。㉑**哺**：口中咀嚼着的食物。

诗 解

面对着美酒高声放歌，人生的岁月能有几何？好比晨露转瞬即逝，可悲可叹逝去的日月已经很多。慷慨激昂地唱着歌，内心忧虑却不能遗忘，靠什么来排解忧闷？唯有狂饮美酒方可解脱。那穿着青领衣服的学子呀，寄托着我悠长的思慕之心。就是因为渴慕贤才，让我沉痛吟诵至今。阳光下鹿群呦呦欢鸣，悠然自得啃食着绿坡上的青草。一旦四方贤才光临舍下，我将奏瑟吹笙宴请嘉宾。当空悬挂的皓月哟，什么时候才可以摘取；我的忧虑发自内心，日日夜夜都不会断绝。远方宾客踏着田间小路，一个个屈驾前来探望我。彼此久别重逢谈心宴饮，争着将往日的情谊诉说。月儿明亮的夜晚星辰稀疏，乌鹊寻找依托向南而飞。绕树飞了三周却没收住翅膀，哪里才有它们栖身之所？大山永远不会嫌高，大海也永远不会嫌深。我愿如周公一般礼贤下士，愿天下的英杰真心归顺于我。

赏 析

言当及时为乐也。"月明星稀"四句，喻客子无所依托。"山不厌高"四句，言王者不却众庶，故能成其大也。

——清·沈德潜《古诗源》

短歌行

西晋·陆机

题 解

这首诗主要是感叹人生短促，应当及时行乐。诗句慷慨激昂，掷地有声。

置酒高堂，悲歌临觞。

人生几何，逝如朝霜①。

时无重至，华不再扬②。

苹以春晖③，兰以秋芳。

来日苦短④，去日苦长⑤。

今我不乐，蟋蟀在房⑥。

乐以会兴，悲以别章。

岂曰无感，忧为子忘。

我酒既旨⑦，我肴既臧。

短歌可咏，长夜无荒。

注 释

①朝霜：早晨的露水。②扬：开放。③苹：一种在春天生长的水草。④来日：余生。
⑤去日：逝去的日子。⑥蟋蟀在房：这里借用《诗经》的诗句："蟋蟀在堂，岁律其莫。
今我不乐，日月其除。"教人及时依照礼制而适当取乐，陆机在这里运用此意。⑦旨：
美好。

诗 解

　　在高堂上设置酒宴，临觞作乐，悲歌慷慨。人生在世何其短，就好像早晨的露珠
一样，转瞬即逝。时间不会重新再来，花也不可能再次开放。苹只在春天生长，兰只
在秋天散发芬芳。剩下的日子苦短难耐，逝去的日子倍感苦闷惆怅。人应当及时享乐，
因与友人相会而快乐，为分别而感到悲伤。怎么会没有这样的人生感触呢？只是因为
见到我的朋友而忘却忧愁了。我的酒菜非常美味，尽情地品尝享受吧！吟咏短歌，及
时行乐，而不至于荒废时间。

卷四　相和歌辞

短歌行

唐·李白

题解

　　这首诗利用乐府旧题，赋予新的含义，通过奇妙的神话传说，揭示了生命有限、宇宙无穷的规律。"吾欲揽六龙，回车挂扶桑"，显示了作者珍惜年华、奋发有为的精神。

原文

白日何短短，百年苦易满①。
苍穹浩茫茫②，万劫太极长③。
　　　　qióng
麻姑垂两鬓④，一半已成霜。
天公见玉女，大笑亿千场⑤。
吾欲揽六龙⑥，回车挂扶桑⑦。
　　　　zhuó
北斗酌美酒⑧，劝龙各一觞⑨。
富贵非所愿，为人驻颓光⑩。

注释

　　①**"白日"二句**：时光多么短促，人生百年很快就要过去。白日，白昼，这里泛指时光。何，何其，多么。短短，非常短促。乐府诗常用叠字以加强语气。②**苍穹**：苍天。**茫茫**：没有边际。③**万劫**：万世。**太极**：本义是天地未分之前混而为一的状态，这里借指太初时代。④**麻姑**：神话传说中的仙女。⑤**大笑**：据《神异经·东荒经》记载，东王公经常和玉女做以箭投壶的游戏，每次投一千二百支，投不中的，天公就为之大笑。⑥**揽**：挽住。⑦**扶桑**：传说中生于海上的树，高数千丈，大一千余围，两干同根，为太阳所出之处。⑧**北斗**：北斗星，其排列的形状像一只勺子。《诗经·小雅·大东》："维北有斗，不可以挹酒浆。"这里是反用其意。**酌**：斟酒。⑨**觞**：古代盛酒的器皿。⑩**颓光**：流逝的日光。

诗　解

　　白天多么短暂哪，百年光阴转瞬即逝。苍穹浩浩茫茫，万劫之世实在是太长了。连麻姑下垂的两鬓，已有一半已成白霜。天公和玉女玩投壶的游戏，每投不中一次天公即大笑，也笑了千亿次了。我想驾日车揽六龙，驶向东方，挂在扶桑树旁。用北斗星酌满美酒，劝六龙各饮一觞。让它们都沉睡不醒，不能再驾日出发。富贵非我所愿，但愿能停驻青春的容光。

猛虎行

西晋·陆机

题　解

　　该诗刻画了一个襟怀正直的志士。虽然慎于处世，但生不逢时，只有随时俯仰，但又功名难就，进退维谷。诗中表现的苦闷、彷徨的情调是诗人襟怀的坦露，诗中表现的耿介不群、不随波逐流的思想有一定进步意义。

原　文

　　渴不饮盗泉水①，热不息恶木阴②。恶木岂无枝，志士多苦心。整驾肃时命③，杖策将远寻④。饥食猛虎窟，寒栖野雀林⑤。日归功未建，时往岁载阴⑥。崇云临岸骇⑦，鸣条随风吟⑧。静言幽谷底⑨，长啸高山岑⑩。急弦无懦响⑪，亮节难为音⑫。人生诚未易，曷云开此襟⑬。眷我耿介怀，俯仰愧古今⑭。

注　释

　　①盗泉：水名，在今山东省境内。传说孔子经过盗泉，虽然口渴，但因为厌恶它的名字，没有喝这里的水。②热不息恶木阴：比喻志节高尚的人不愿意被牵连到不良的环境中去，以免影响自己的声誉。恶木，形容难看的树。③整驾：整理马车。肃时命：恭敬地遵奉君主之命。④杖策：拿着鞭子，指驱马而行。⑤"饥食"二句：这两句见

乐府古辞《猛虎行》，这里反用其意，是说为时势所迫，饥不择食，寒不择栖。⑥**岁载阴**：岁暮。这里指时光已经逝去，而功业还没建立。⑦**崇**：高。**骇**：起。⑧**鸣条**：树枝被风吹发出声音。⑨**静言**：沉思。⑩**高山岑**：高山顶。⑪**急弦**：乐器绷紧了的弦。**懦响**：缓弱的声音。⑫**亮节**：节操高尚的人。⑬**曷**：同"何"，怎么。⑭**俯仰**：低头抬头，这里表示思考。**古今**：古今之人，这里是偏义词，指古人。

诗解

　　志士处世，往往用心慎重，爱惜声名，因而渴了也不喝盗泉的水，热得难受也不歇于恶木阴下。难道说盗泉水就不能止渴，恶木就没有可供歇凉的树荫？因为"盗泉""恶木"名字都很刺耳，所以操守清峻的人不愿随便其沾染牵涉，宁可忍渴忍热。世势催迫，志士只得应从时君的命令，恭敬地整驾出山任事；而扶杖远行，道途辛苦，饥不择食，寒不择栖，是情不得已才违背了初衷。在出仕以后，时间是流逝了，功业并无成就，此刻更有天寒岁暮之感，惹起了新的忧思。崇云临岸而兴起，枝条随风而悲鸣。使人触景伤情，虽是徘徊于山谷之间，有时低吟，有时长啸，还是幽怀难抒、自感进退维谷。乐器上绷紧了的弦子，发不出缓弱的音响。具有贞亮高节的人，所抒发的也一定是慷慨刚正之辞，不同于流俗，而一般的时君，却不爱听直言忠告，所以"亮节"反而"难以为音"，谗口反而易于得逞。人生既多苦难，遭逢乱世的志士，更是难以敞开胸襟，倾吐积郁。自己虽然操守正直，隐处山野既不可能；出山也难行其志，难成功业，行动上受到外力的牵涉，所以俯仰古今，眷顾身世，难免有愧负之情。

猛虎行

唐·李白

题解

　　《猛虎行》是李白在避安史之乱途中赠予书法家张旭的诗作。这首诗叙述安禄山攻占东都洛阳，劫掠中原的暴行及诗人眼见山河破碎、社稷危亡、生灵涂炭、忧心如焚的思想感情。

　　朝作《猛虎行》①，暮作《猛虎吟》。肠断非关陇头水②，泪下不为雍门琴③。旌旗缤纷两河道④，战鼓惊山欲倾倒。秦人半作燕地囚⑤，胡马翻衔洛阳草。一输一失关下兵，朝降夕叛幽蓟城⑥。巨鳌未斩海水动⑦，鱼龙奔走安得宁？颇似楚汉时，翻覆无定止。朝过博浪沙⑧，暮入淮阴市。张良未遇韩信贫，刘项存亡在两臣。暂到下邳受兵略，来投漂母作主人⑨。贤哲栖栖古如此⑩，今时亦弃青云士。有策不敢犯龙鳞，窜身南国避胡尘⑪。宝书玉剑挂高阁，金鞍骏马散故人。昨日方为宣城客，掣铃交通二千石⑫。有时六博快壮心⑬，绕床三匝呼一掷。楚人每道张旭奇，心藏风云世莫知。三吴邦伯皆顾盼，四海雄侠两追随⑭。萧曹曾作沛中吏，攀龙附凤当有时⑮。溧阳酒楼三月春，杨花茫茫愁杀人。胡人绿眼吹玉笛，吴歌白纻飞梁尘。丈夫相见且为乐，槌牛挝鼓会众宾⑯。我从此去钓东海，得鱼笑寄情相亲⑰。

　　①猛虎：多喻恶人，此喻安禄山叛军。②陇头水：古乐府别离之曲《陇头歌辞》云："陇头流水，鸣声呜咽。遥望秦川，心肝断绝。"陇头，陇山。③雍门琴：战国时鼓琴名家雍门子周所鼓之琴。④两河道：谓唐之河北道和河南道，即现在的河南省、山东省、河北省和辽宁省部分地区。⑤秦人：指秦地（今陕西一带）的官军和百姓。⑥幽蓟：幽州和蓟州。在今北京市和河北一带。⑦巨鳌：此指安禄山。⑧博浪沙：在今河南省原阳县东南。⑨漂母：漂洗衣絮的老妇人。此用《史记》韩信典故。⑩栖栖：急迫不安貌。⑪胡尘：指安史之乱的战尘。⑫二千石：指太守、刺史类的官员。汉代郡守俸禄为二千石，故以二千石称郡守。⑬六博：古代的一种博戏。共有十二棋，六黑六白。⑭两追随：宋本注云：一作"皆相推"。胡本作"皆追随"。⑮攀龙附凤：此指君臣际遇。⑯槌牛：此处槌牛谓宰牛。⑰情相亲：谓知己。

　　清晨创作《猛虎行》的诗篇，日暮而作《猛虎吟》。我之所以潸然泪下与听《陇头歌》的别离之辞无关，也并非是因为听了雍门子周悲切的琴声。河南河北战旗如

乐府诗集

云，咚咚的战鼓声震得山动地摇。秦地的百姓半为燕地的胡人所虏，东都沦陷，胡人的战马已在洛阳吃草。抗敌的官兵败退守至潼关之下，将帅被诛，实是大大的失策。幽蓟之地的城池朝降夕叛，安禄山这只翻江倒海的巨鳌未除，朝野上下君臣百姓奔走不暇，不得安静。这就好像楚汉相争时的情况一样，双方翻来覆去，胜负不见分晓。我到过博浪沙和淮阴，想起了张良和韩信这两位决定楚汉命运的人物。那时张良未

●张旭挥毫

遇，韩信穷苦潦倒。张良在下邳受了黄石公的兵书，韩信还在淮南依靠南昌亭长的接济为生。自古以来贤哲之士都栖栖惶惶，不得其所。而如今也是如此，将有志之士弃而不用。我胸有灭胡之策，但不敢触怒皇帝，只好逃奔南国以避战乱。却敌的宝书和玉剑，只好束之高阁、挂在壁间，杀敌的金鞍宝马也只好送给了朋友。昨日还在宣城做客，与宣州太守交游。心中的郁愤无从发泄，只好玩玩赌博游戏，绕床三匝，大呼一掷，以快壮心。是人都说张旭是位奇士，胸怀韬略而世人不晓，三吴的官长都对他特别垂青，四海的英侠们都争相追随。萧何和曹参也做过沛中的小吏，他们后来都有了风云际遇的机会。阳春三月，在溧阳酒楼相会，楼前的杨花茫茫，使人惆怅。楼上酒筵上有绿眼的胡儿在吹玉笛，歌姬的吴歌和白麻衣飞绕梁尘。大丈夫相见应杯酒为乐，宰牛擂鼓大会众宾。我从此就要去东海垂钓，钓得大鱼即寄予诸位知己，与好友共享知交之情。

《猛虎行》，可以劝立节之士矣。

—— 北宋·杨遂《李太白故宅记》

〇七〇

对酒行

唐·李白

题　解

　　此诗的主旨就是"对酒当歌，人生几何"，由积极求仙到及时行乐，可看出诗人思想的转变。

原　文

松子栖金华①，安期入蓬海②。
此人古之仙，羽化竟何在③？
浮生速流电④，倏^{shū}忽变光彩。
天地无凋换，容颜有迁改。
对酒不肯饮，含情欲谁待？

注　释

　　①**松子**：赤松子，传说中的仙人。**金华**：金华山，赤松子得道处。传说赤松子游金华山，自焚而化，故今山上有赤松坛。②**安期**：《抱朴子》载：安期先生（指安期生），在东海边卖药，已有千年之久。秦始皇请来与他谈了三天三夜，言高旨远，始皇感到奇怪，便赐给他价值数千万的金璧。安期接受后，放置在阜乡亭，并留下一封书信曰："复数千岁，求我于蓬莱山。"③**羽化**：道家以仙去为羽化。④**浮生**：人生。**流电**：形容人生短促，似流电。

诗　解

　　赤松子栖息在金华山得道，安期生成仙后入蓬海遨游。这些都是古代传说中的仙人，现在你可见羽化之人？浮生速去如闪电，一下就变换了光彩。天地没有凋零衰老，可人的容颜时刻在变迁。对着美酒，你却不肯痛饮，什么时候你才可尽兴？

赏析

　　人非元气，安得与之久徘徊。白固非不达于理者，岂复以冲举为可待耶？蓬莱烟雾，聊以寄兴。此诗乃似胸臆间语，自然流出者耳。

——清·爱新觉罗弘历《唐宋诗醇》

燕歌行

魏·曹丕

题解

　　这是今存最早的一首完整的七言诗。它叙述了一位女子对丈夫的思念。笔致委婉，语言清丽，感情缠绵。这首诗突出的特点是写景与抒情的巧妙交融。

原文

　　秋风萧瑟天气凉，草木摇落露为霜①。

　　群燕辞归雁南翔，念君客游多思肠。

　　慊慊思归恋故乡②，君何淹留寄他方③。

　　贱妾茕茕守空房④，忧来思君不敢忘。

　　不觉泪下沾衣裳，援琴鸣弦发清商⑤。

　　短歌微吟不能长，明月皎皎照我床。

　　星汉西流夜未央⑥，牵牛织女遥相望，尔独何辜限河梁⑦。

注释

　　①摇落：凋残。②慊慊：空虚之感。③淹留：羁留，逗留。④茕茕：孤独无依的样子。⑤援琴：持琴，弹琴。清商：商声，其调凄清悲凉，故称。⑥夜未央：夜已深而未尽的时候。⑦尔：指牵牛、织女。

诗解

　　秋风萧瑟，天气清冷，草木凋落，白露凝霜。燕群辞归，天鹅南飞。思念外出远游的良人啊，我肝肠寸断。思虑忡忡，怀念故乡。君为何故，久留他方。贱妾孤零零地空守闺房，忧愁的时候思念夫君不能忘怀。不知不觉中珠泪下落，打湿了我的衣裳。拿过古琴，拨弄琴弦却发出丝丝哀怨。短歌轻吟，似续还断。皎洁的月光照着我的空床，星河沉沉向西流，忧心不寐夜漫长。牵牛织女远远地互相观望，你们究竟有什么罪过，被天河阻挡。

燕歌行

魏·曹丕

题 解

　　《燕歌行》是一个乐府题目，属于《相和歌》中的平调曲，这个曲调以前没有过记载，因此据说是曹丕开创的。曹丕《燕歌行》在诗史上久负盛名，但历来对其一"秋风萧瑟"篇分外垂青，而于此首却问津甚少。其实是双璧一对，两篇对观，更饶意味。

原 文

　　别日何易会日难，山川悠远路漫漫。

　　郁陶思君未敢言①，寄声浮云往不还。

　　涕零雨面毁形颜，谁能怀忧独不叹。

　　耿耿伏枕不能眠②，披衣出户步东西。

　　展诗清歌聊自宽，乐往哀来摧心肝。

　　耿耿伏枕不能眠，披衣出户步东西。

　　仰看星月观云间，飞鸧晨鸣声可怜，留连顾怀不能存。

注 释

　　①**郁陶**：忧思聚集。②**耿耿**：犹言"炯炯"，耿耿不寐的意思。

诗 解

　　相别容易相见难，人生一世，生计羁绊，天各一方，时或有之。想你的思念涌上心头，却不敢对你说出口，是向远方游子"寄声"，然而回音杳然，一无反响。整日以泪洗面，忧郁令人老，下言忧思不解。百忧在心，极需倾诉，却"未敢言"，欲吐还吞不能诉之，只是长吁短叹。夜晚独自承受相思之苦而不能眠，只好披上衣服，在庭中走走。唯有浅吟低唱怀人幽思的《燕歌行》，来聊自宽解一下，可是，欢愉难久，忧戚继之。抬头看云间星绕月明，然而人却没有团圆。长夜破晓，飞动于晨雾中的鸧鸟阵阵鸣叫，那声音于彻夜未眠中徘徊。

【赏析】

唯抒情在己，弗待于物。

——明·王夫之《姜斋诗话》

燕歌行

唐·高适

【题解】

这篇《燕歌行》是盛唐边塞诗的代表作之一，也是高适的"第一大篇"。此诗主要是揭露主将骄逸轻敌，不恤士卒，致使战事失利。全诗气势畅达，笔力矫健，气氛悲壮淋漓，主旨深刻含蓄。

【原文】

开元二十六年，客有从御史大夫张公出塞而还者，作《燕歌行》以示适，感征戍之事，因而和焉。

汉家烟尘在东北，汉将辞家破残贼①。男儿本自重横行，天子非常赐颜色。摐金伐鼓下榆关②，旌旆逶迤碣石间。校尉羽书飞瀚海，单于猎火照狼山。山川萧条极边土③，胡骑凭凌杂风雨④。战士军前半死生，美人帐下犹歌舞！大漠穷秋塞草腓⑤，孤城落日斗兵稀。身当恩遇常轻敌，力尽关山未解围⑥。铁衣远戍辛勤久⑦，玉箸应啼别离后⑧。少妇城南欲断肠，征人蓟北空回首⑨。边风飘飘那可度⑩，绝域苍茫更何有。杀气三日作阵云，寒声一夜传刁斗^⑪。相看白刃血纷纷，死节从来岂顾勋。君不见沙场征战苦，至今犹忆李将军。

注释

①**残贼**：指幽州节度使张守。②**扨**：击。**金**：钲，行军乐器。③**极边土**：临边境的尽头。④**"胡骑"句**：意谓敌人来势凶猛，像疾风暴雨。凭凌，侵凌。⑤**腓**：病害，枯萎。多指草木。⑥**"身当"二句**：意谓战士们身承朝廷的恩遇，常常不顾敌人的凶猛而死战，但仍未能解除重围。⑦**铁衣**：指远征战士。⑧**"玉箸"句**：指战士们想象他们的妻子，必为思夫远征而流泪。玉箸，旧喻妇女的眼泪。⑨**蓟北**：唐蓟州治所在渔阳，今天津蓟县，这里泛指东北边地。⑩**飐飐**：又作"飘摇"，飘动摇摆。⑪**刁斗**：军中打更用的铜器。

诗解

唐玄宗开元二十六年，有个随从主帅出塞回来的人，写了《燕歌行》诗一首给我看。我感慨于边疆战守的事，因而写了这首《燕歌行》应和他。

唐朝边境举烽火狼烟，东北起尘土，唐朝将军辞家去欲破残忍之边贼。战士们本来在战场上就所向无敌，皇帝又特别给予他们丰厚的赏赐。锣声阵阵，鼓槌声声，响彻山海关，旌旗迎风又逶迤猎猎碣石之山间。校尉紧急传羽书飞奔浩瀚之沙海，匈奴单于举火光照已到我狼山。山河荒芜多萧条满目凄凉到边土，胡人骑兵仗威力兵器声里夹风雨。战士拼斗军阵前半数死去半生还，美人却在营帐中还是歌来还是舞！时值深秋大沙漠塞外百草尽凋枯，孤城一片映落日战卒越斗越稀少。身受皇家深恩义常思报国轻寇敌，边塞之地尽力量尚未破除匈奴围。身穿铁甲守边远疆场辛勤已长久，珠泪纷落挂双目丈夫远去独啼哭。少妇孤单住城南泪下凄伤欲断肠，远征军人驻蓟北依空仰望频回头。边境缥缈多遥远怎可轻易来奔赴，绝远之地尽苍茫更是人烟何所有。杀气春夏秋三季腾起阵前似乌云，一夜寒风声声里如泣更声惊耳鼓。互看白刃乱飞舞夹杂着鲜血纷飞，从来死节为报国难道还求著功勋？你没看见拼杀在沙场战斗多惨苦，现在还在思念有勇有谋的李将军。

古从军行

唐·李颀

题 解

《从军行》是乐府古题。这首诗以汉喻唐,借汉皇开边,讽玄宗用兵。全诗记叙从军之苦,充满非战思想。

原 文

白日登山望烽火^{fēng}①,黄昏饮马傍交河②。
行人刁斗风砂暗③,公主琵琶幽怨多④。
野营万里无城郭,雨雪纷纷连大漠。
胡雁哀鸣夜夜飞,胡儿眼泪双双落。
闻道玉门犹被遮,应将性命逐轻车。
年年战骨埋荒外,空见蒲桃入汉家⑤。

注 释

①**烽火**:古代一种警报。②**饮马**:给马喂水。**傍**:顺着。**交河**:古县名,故城在今新疆吐鲁番西面。③**行人**:出征战士。**刁斗**:古代军中铜制炊具,容量一斗。白天用以煮饭,晚上敲击代替更柝。④**公主琵琶**:汉武帝时以江都王刘建女细君嫁乌孙国王昆莫,恐其途中烦闷,故弹琵琶以娱之。⑤**蒲桃**:今作"葡萄"。

诗 解

白天登山观察报警的烽火台,黄昏时牵马饮水靠近交河边。昏暗的风沙传来阵阵打更声,如同汉代公主的琵琶声充满幽怨。旷野云雾茫茫万里不见城郭,雨雪纷纷笼罩着无边的沙漠。哀鸣的胡雁夜夜从空中飞过,胡人士兵个个眼泪双双滴落。听说玉门关已被挡住了归路,战士只有追随将军拼命奔波。年年战死的尸骨埋葬于荒野,换来的只是西域葡萄送汉家。

气格雄浑，盛唐人本色。一结寓感慨之意。

——清·王士禛《唐贤三昧集笺注》

从军行

唐·李白

题　解

　　《从军行》，乐府《相和歌辞》旧题，是李白的一首五言律诗，写从军战士的作战经历和感想以及征战杀敌实现和平的愿望。

原　文

从军玉门道①，逐虏金微山②。
笛奏梅花曲③，刀开明月环④。
鼓声鸣海上⑤，兵气拥云间。
愿斩单于首，长驱静铁关⑥。

注　释

　　①玉门：玉门关。②金微山：今阿尔泰山。东汉窦宪曾遣耿夔等破北匈奴于此。《后汉书·窦宪传》："宪以北虏微弱。遂欲灭之，明年，复遗右校尉耿夔、司马尚任、赵博等击北虏于金微山，大破之，克获甚众。"③梅花曲：古乐府曲《梅花落》。萧士赟注《古今乐录》："鼓角横吹五曲中有《梅花落》，乃胡笳曲也。"④明月环：古代大刀刀柄头饰以回环，形似圆月。⑤海：瀚海，大漠。⑥铁关：铁门关。故址在今新疆焉耆西库尔勒附近。《新唐书·地理志》："自焉耆西五十里过铁门关。"

诗　解

　　从军到过玉门关，逐虏上过金微山。笛声高奏《梅花落》之曲，手中大刀的刀环像明月一样圆。大漠之上战鼓咚咚，杀气直冲云霄。愿斩敌阵单于之首，长驱直下铁门关，永息战尘。

鞠歌行

唐·李白

题解

　　《鞠歌行》，乐府旧题，属于《相和歌辞》。李白在这首诗中借卞和、宁戚、百里奚、吕望等人抒发了自己强烈的用仕之心。他期望施展自己的抱负，但报国无门，在诗中流露出了他抑郁不得志的愤懑。

原文

　　玉不自言如桃李①，鱼目笑之卞和耻②。楚国青蝇何太多③？连城白璧遭谗毁④。荆山长号泣血人⑤，忠臣死为刖足鬼⑥。听曲知宁戚⑦，夷吾因小妻⑧。秦穆五羊皮，买死百里奚⑨。洗拂青云上⑩，当时贱如泥。朝歌鼓刀叟⑪，虎变磻溪中。一举钓六合⑫，遂荒营丘东。平生渭水曲，谁识此老翁？奈何今之人，双目送飞鸿⑬。

注释

　　①桃李：比喻不善于言谈的人才。②鱼目：指伪造的劣质品。③青蝇：进谗言的人、小人。④连城白璧：指和氏璧。⑤泣血人：指在荆山之下哭泣的卞和。⑥刖：古代的一种酷刑，把脚砍掉。⑦宁戚：春秋时齐人。⑧夷吾：春秋时齐相管仲之名。小妻：妾。《列女传·辩通传》载：宁戚欲见桓公而无由，乃为人仆，将车宿齐东门之外。桓公因出，宁戚击牛角而商歌甚悲。桓公使管仲迎之，宁戚称曰："浩浩乎白水。"管仲不知何意，面有忧色。其妾问其故，答曰："昔日公使我迎宁戚，宁戚曰：'浩浩乎白水。'吾不知其所谓，是故忧之。"其妾笑曰："人已语君矣，君不知识耶？古有《白水》之诗，诗不云乎？'浩浩白水，儵儵之鱼。君来召我，我将安居？国家未定，从我焉如？'此宁戚之欲得仕国家也。"管仲大悦，以报桓公，桓公乃以宁戚为佐，齐国以治。⑨百里奚：春秋时秦国大夫。原为虞大夫，虞亡时被晋俘虏，作为陪嫁之臣送入秦国。后出走到楚，为楚人所执，又被秦穆公以五张牝黑羊皮赎回，用为大夫，称五羖大夫。⑩洗拂：洗涤与拂拭尘垢。⑪鼓刀：指为屠户。⑫钓六合：取得天下。⑬"双目"句：《史记·孔

子世家》："卫灵公……与孔子语，见飞雁，仰视之，色不在孔子，孔子遂行。"飞，《全诗校》："一作征。"

诗 解

  美玉自知自身高洁无瑕，就像桃李不言，下自成蹊。但那些小人却不懂得谦虚是一种美德，反而鱼目混珠，不分优劣。堂堂楚国，颠倒黑白的小人怎么那么多呢？价值连城的美玉屡次遭到谗言和毁弃。怀抱美玉而痛哭于荆山下的卞和，本是忠信之臣，却遭到割足砍脚的不幸命运。宁戚报国无门，在桓公门前而唱的小曲，经过管仲小妾的解释而最终获得了齐桓公的重用。百里奚流亡到楚国，秦穆公用五张牝黑羊皮把他赎回来，并任用他为大夫。朝歌的屠夫吕望在渭水之滨垂钓，九十岁终于得到周文王的重用。周武王取得天下以后，封吕望在齐国营丘之地，治理齐国。吕望一生都在渭水之滨垂钓，有谁人认识他、关注他呢？无奈如今的人，更是无视忠心报国的人。

吁嗟篇

魏·曹植

题 解

  《吁嗟篇》乃曹植拟乐府旧题《苦寒行》之作，是为身受极为沉重之政治迫害而作。全篇人蓬合一，句句写蓬，语语见人。情感流注，一气呵成。

原 文

  吁嗟(xū jiē)此转蓬，居世何独然①。长去本根逝，夙(sù)夜无休闲②。东西经七陌③，南北越九阡④。卒遇回风起⑤，吹我入云间。自谓终天路，忽然下沉渊。惊飙(biāo)接我出⑥，故归彼中田⑦。当南而更北，谓东而反西。宕宕(dàng)当何依，忽亡而复存。飘飖(yáo)周八泽⑧，连翩历五山⑨。流转无恒处，谁知吾苦艰。愿为中林草⑩，秋随野火燔(fán)⑪。糜(mí)灭岂不痛，愿与株荄(gāi)连⑫。

　　①**"吁嗟"二句**：以秋天的蓬草离去本根，随风飘荡，比喻曹植的屡次迁徙封邑。
②**夙夜**：从早晨到夜晚。③**陌**：田间东西的通道。④**阡**：田间南北的通道。⑤**卒**：与"猝"
相通，突然。**回风**：旋风。⑥**飙**：从上而下的狂风。⑦**中田**：田中。⑧**八泽**：指我国
古代的八大泽薮。⑨**五山**：指五岳。⑩**中林草**：指林中草。⑪**燔**：焚烧。⑫**株荄**：指
草的根株。

诗 解

　　我这个转蓬令人悲叹，活在世上有多么孤单！离开本根离开了故园，白天晚上飞
转不得闲。从东到西越过七道陌，从南到北跨过九条阡。突然遇到一股大旋风，转眼
之间吹我上云端。原说能够走遍天上路，不料却又跌进深泉。一阵疾风把我卷出来，
可又不是送我归田园。本应南行却偏向北走，说去东方竟又回西边。游来荡去全然无
依傍，时而死了时而在人间。飘飘摇摇游遍天下泽，飞飞腾腾历尽天下山。到处流浪
没有栖身处，有谁知道我心苦和酸？我愿变成林中一棵草，秋来野火烧成灰。被火烧
烂哪能不痛苦，但愿换得和根紧相连。

北上行

唐·李白

题 解

　　《北上行》是李白拟曹操乐府诗《苦寒行》而作的一首诗。此诗
描绘了安史之乱中人民背井离乡、辗转流亡的悲惨景象和愁苦心情，
表达了作者对处于战乱中的人民的深切同情。

原 文

　　北上何所苦，北上缘太行①。磴道盘且峻②，巉岩凌穹苍③。马足
蹶侧石④，车轮摧高岗。沙尘接幽州⑤，烽火连朔方⑥。杀气毒剑戟⑦，
严风裂衣裳。奔鲸夹黄河⑧，凿齿屯洛阳⑨。前行无归日，返顾思旧乡。

乐府诗集

惨戚冰雪里，悲号绝中肠。尺布不掩体，皮肤剧枯桑⑩。汲水涧谷阻，采薪陇坂长⑪。猛虎又掉尾⑫，磨牙皓秋霜。草木不可餐，饥饮零露浆。叹此北上苦，停骖为之伤⑬。何日王道平，开颜睹天光？

注 释

①缘：沿着。**太行**：山名，在今山西与河北之间。北起拒马河谷南至黄河北岸，绵延千里。②**磴道**：有石阶的山道。③**巉岩**：险峻的山道。④**蹶**：跌倒。⑤**幽州**：地名，在今北京市一带，为安禄山三镇节度使府所在地。⑥**朔方**：地名，在今山西西北部朔县一带。⑦**毒**：凝成。⑧**奔鲸**：奔驰的长鲸，喻指安禄山叛军。鲸，古喻不义之人。⑨**凿齿**：传说中的猛兽，比喻安禄山。⑩**剧**：甚。⑪**陇坂**：本指陇山，此指山之陇冈坡坂。⑫**掉尾**：摇尾。⑬**骖**：驾在车前两侧的马。

诗 解

　　北上之苦，是因为沿着太行山路之故。太行山上的履道盘曲险峻，悬崖峭壁，上凌苍天。马足为侧石所蹶，车轮为高冈所摧，真是行路难哪。况且从幽州到朔方，战尘不断，烽火连天，剑戟闪耀着杀气，寒风吹裂了衣裳。安史叛军像奔鲸一样夹着黄河，像凿齿一样占据着洛阳。前行无有归日，回首眷思故乡。在冰天雪地中挣扎，哭天悲地，痛绝肝肠。身上衣不掩体，皮肤粗如枯桑。想去汲些水来，又被涧谷所阻；想去采些柴来烧，又苦于山高路远。更何况在山中还可能遇到磨牙掉尾的老虎，时时有生命之危。山上仅有草木，找不到吃的东西，饥渴之时，唯有饮些露水。叹此北上之苦，只有停车为之悲伤。何时才能天下太平，使人一消愁颜，重见天光啊？

豫章行

西晋·傅玄

题 解

　　《豫章行》，属于《相和歌辞》。这首诗写的是封建社会妇女受歧视的情况和其悲惨的命运以及对她们的深切同情。

　　苦相身为女①，卑陋难再陈②。男儿当门户，堕地自生神③。雄心志四海，万里望风尘。女育无欣爱，不为家所珍。长大逃深室，藏头羞见人。垂泪适他乡④，忽如雨绝云。低头和颜色，素齿结朱唇⑤。跪拜无复数，婢妾如严宾。情合同云汉⑥，葵藿仰阳春。心乖甚水火⑦，百恶集其身。玉颜随年变，丈夫多好新。昔为形与影，今为胡与秦⑧。胡秦时相见，一绝逾参辰⑨。

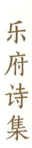

注　释

　　①苦相：作者虚拟的人名，借此表示妇女的苦难。②卑陋：指身份、地位卑贱。③"男儿"二句：写男子出生时就被重视，父母希望他建功立业，存有大志。④垂泪适他乡：这里指女子眼含泪水远嫁他乡。适，到。⑤素齿：牙齿藏在唇内，不敢启齿。这里形容女子出嫁后不敢随便说话。⑥云汉：银河。这里借喻天上的牵牛织女星。⑦心乖：指男子变了心。⑧胡与秦：胡与秦地域、种族不同。胡，北方少数民族。秦，指汉族。⑨参辰：指天上的参星和辰星（辰星即商星）。两个星星一颗升起时，另一颗就降落，不能同时见于天空。这里比喻二人不相见。

诗　解

　　苦相身为女子，地位低下卑微。男子刚出生就被重视，父母就希望他能立下大志，建功立业，光宗耀祖。女子生来就不被家里人喜爱和重视。长大以后，她只能藏于闺中，大门不出，二门不迈。来了客人，就得躲藏起来，羞于见人。含着眼泪远嫁他乡，出嫁后，就像雨滴一样从云层落下，从此便成了别家的人。在婆家总是低着头，显得顺从，也不敢随便说话。对待公婆、丈夫的礼数无计其数，对婢妾也要互敬互爱。幸好与丈夫感情和美，只是二人如天上的牛郎织女星，不能常常相聚。女子对丈夫的心，就像葵藿仰望阳光那样，永远和丈夫处于不平等的地位。男子一旦变了心，就把所有的错误归咎到女子的身上。随着女子容颜老去，丈夫对她的情意也渐渐淡去，又有了新欢。往昔她与丈夫，像形和影一样不能分离，如今彼此却如胡与秦，相隔万里。即便身处胡秦之地，时而也有见面的时候，但她与丈夫却如天上的参辰两星，永远也不相见。

豫章行

唐·李白

题解

　　《豫章行》是作者目睹了新征士兵出征前妻儿老小呼天抢地的悲怆场面后，借乐府旧题写下的诗篇。一方面表达了对出征的战士以及百姓的苦难寄予深切的同情，另一方面又鼓励征人顾全大局，支持平叛战争，英勇作战。

原文

　　胡风吹代马①，北拥鲁阳关②。吴兵照海雪③，西讨何时还？半渡上辽津④，黄云惨无颜。老母与子别，呼天野草间⑤。白马绕旌旗，悲鸣相追攀。白杨秋月苦，早落豫章山⑥。本为休明人⑦，斩虏素不闲⑧。岂惜战斗死，为君扫凶顽。精感石没羽⑨，岂云惮险艰⑩？楼船若鲸飞，波荡落星湾⑪。此曲不可奏，三军鬓成斑⑫。

注释

　　①**胡风**：北风。**代马**：代地（今山西东北与河北蔚县一带）所产的良马。此指胡马。②**鲁阳关**：战国时称鲁关，汉称鲁阳，在今河南鲁山县西南。传说鲁阳挥戈，日为之返之三舍，即此也。③**吴兵**：吴越之地的征调之兵士，泛指江南之兵。**海**：指鄱阳湖。④**上辽津**：在豫章郡建昌县（今江西修水县），县中有潦水（即赣江）流过，入鄱阳湖。⑤**呼天**：指向天喊叫以求助。形容极端痛苦。⑥**豫章山**：泛指在豫章郡内之山。⑦**休明人**：太平盛世时期的人。休明，美好清明。⑧**闲**：通"娴"，娴熟也。⑨**精**：精诚。⑩**惮**：怕，畏惧。⑪**落星湾**：鄱阳湖西北之彭蠡湾，传说有星坠此，故又名落星湾。⑫**三军**：古制天子置六军，诸侯置屯军。又称军置上、中、下三军或步、车、骑三军。后为军队通称。

诗 解

北风吹着胡马占据着汝州的鲁阳关。吴越新征集的兵马冒着鄱阳湖上的大雪，要西上征讨胡虏。吴地的官军在上辽津渡水，黄云惨淡。老母别子，一片悲天怆地的哭喊，人心愁烦。白马绕着旌旗，悲鸣追逐。白杨为之萧索，秋月为之惨淡，早早地落入了豫章山中。生于太平盛世，素不惯于与胡人打仗，但为了尽忠报主，扫灭敌顽，不惜战斗牺牲。其精诚可感，金石为开，岂能惧怕艰险？楼船像长鲸一样在水中飞驰，波涛汹涌，激荡着落星湾。我这一曲悲歌，就暂停到这里，再奏下去的话，三军将士的头发都要白了。

相逢行

题 解

《相逢行》，又名《相逢狭路间行》或《长安有狭斜行》。这首诗写的是富贵人家种种享受的生活。

原 文

相逢狭路间，道隘不容车。不知何年少，夹毂(gǔ)问君家①。君家诚易知，易知复难忘。黄金为君门，白玉为君堂。堂上置樽(zūn)酒，作使邯郸倡②。中庭生桂树，华灯何煌煌。兄弟两三人，中子为侍郎③。五日一来归④，道上自生光。黄金络马头⑤，观者盈道傍。入门时左顾，但见双鸳鸯。鸳鸯七十二，罗列自成行。音声何噰噰(yōng)⑥，鹤鸣东西厢。大妇织绮罗，中妇织流黄⑦。小妇无所为，挟瑟上高堂⑧。丈人且安坐⑨，调丝方未央⑩。

注 释

①毂：车轮中心部分有孔插轴的地方。这里代指车子。②邯郸：今河北邯郸市。战国时期属于赵国，赵地女子以善歌舞而著名。倡：歌女。这里指有歌女在演奏。③中子："仲子"，第二个儿子。侍郎：汉代的官名，皇帝的侍从官。④五日一来归：古代官吏五日一休假。⑤黄金络马头：指驾马所用马勒用黄金作装饰。⑥噰噰：形容

鸟和鸣的声音。⑦**流黄**：黄紫相间的绢。⑧**高堂**：指家中长辈所居的堂屋。⑨**丈人**：子媳对公婆的尊称，即老人，家长。⑩**调丝**：指弹瑟时调弦。**未央**：未尽、未完的意思。

在长安的狭窄小路上迎面而遇。路实在太窄了，谁也过不去，于是他俩就干脆停下车，攀起话来了。素不相识，没有太多的共同话题好谈。你的主人家是那么容易让人知道，知道后又是那么难以忘却。您家外部是黄金为门，内里是白玉为堂。您家中是樽中酒常满，座上客常有，待客时，还有产于邯郸的美丽歌伎献歌献舞。此时庭中桂树正在飘香，堂内华灯煌煌，照得通室明亮。我家乃官宦之家，家中兄弟三人，别人不提，就说老二吧，他在朝中做侍郎，每当休息日回家，一路上好不气派，马笼头全是黄金为饰，道路生光；路旁观者如云，啧啧赞叹，挤满路旁。进得家门，左顾右盼，只见庭前池中一大群鸳鸯，双双对对排列成行；又闻家中所养白鹤，于东西厢发出鸣叫声。它们都在欢迎主人的归来。我主人家中三子各有一妇，大妇、中妇长于织作，能织绫罗绸缎。小妇另有所长，一到全家团聚之日，便以鼓瑟来为全家助兴。请公公高堂安坐（当然也包括家中其他成员），听我奏一曲。

相逢行

唐·李白

《相逢行》，乐府《相和歌辞》旧题，表现出诗人李白的精神面貌，是全无隐忧的醇酒美人之外的出仕建功的体貌气质。

朝骑五花马①，谒帝出银台②。秀色谁家子，云车珠箔开③。金鞭遥指点，玉勒近迟回④。夹毂相借问⑤，疑从天上来。蹙入青绮门⑥，当歌共衔杯。衔杯映歌扇，似月云中见。相见不得亲，不如不相见。相见情已深，未语可知心。胡为守空闺，孤眠愁锦衾。锦衾与罗帏，缠绵会有时。春风正澹荡，暮雨来何迟⑦？愿因三青鸟⑧，更报长相思。

光景不待人，须臾发成丝。当年失行乐⑨，老去徒伤悲。持此道密意，毋令旷佳期。

乐府诗集

注释

①**五花马**：唐代名马名。唐宫内厩有五花马。或云五花是剪马鬃为五花，或云马身有花如梅花者。②**银台**：宫门名。大明宫紫宸殿侧有左、右银台门。③**云车**：车身饰有云纹者。多指妇女所乘之车。**珠箔**：车窗上的珠帘。④**玉勒**：马嚼子，此代指马。**迟回**：徘徊。⑤**夹毂**：形容两车靠得很近。毂，本指车轮中央轴所贯处，此代指车。⑥**蹩**：践、踏之意。**青绮门**：长安东门。汉代长安东出十二门。其三曰霸城门，因其门色青，又名青城门、青门、青绮门。⑦**暮雨**：用巫山神女故事，指男女欢爱之事。⑧**三青鸟**：相传为西王母的传信使者。薛道衡《豫章行》："愿作王母三青鸟，飞来飞去传消息。"⑨**当年**：指少壮之时。

诗解

　　早晨，谒见过皇帝之后，从银台门出来，乘上五花马去郊外野游。路上遇到一驾云车。车窗开处，从里面露出一个姑娘美丽的脸来。我摇动金鞭，来到车前，停住了马儿，上前相问：你是何方仙女，下得凡来？于是便邀她一道进入青绮门的一个酒家，与她一起唱歌饮酒。此女歌扇半掩，含羞而饮，扇遮半面，如同彩云遮月一样美丽。相见而不得相亲，还不如不相见。但与她一见情深，虽未言语而灵犀已通。她为什么要独守空闺呢？长夜孤眠的滋味，可真是令人难挨啊。她说，与君幽会的日子请待以来日。可是，现在不正是春风和煦的好日子吗，为什么要待以来日呢？愿托王母的三青鸟，为我捎去相思的思念信。就说光阴荏苒，时不我待，转成之间，黑发而成白丝。少壮时不及时行乐，老大时就会徒然伤悲的。请将此中含意转告给她，不要令良辰佳日白白地浪掷虚度啊。

赏析

　　太白《相逢行》云："朝骑五花马，……"此诗予家藏乐府本最善，今本无"冷肠愁欲断"四句，他句也不同数字，故备录之。

——明·杨慎《升庵诗话》

塘上行

魏·甄宓

题 解

　　《塘上行》相传由甄皇后所作，因这首描写闺怨的诗触怒文帝，于黄初二年（221）被赐毒酒而死。这首诗里洋溢出女子对丈夫浓烈的思念之情，透露出甄氏对现状的不满情绪，读罢让人不免替这位苦郁的美人哀叹，命运的冷酷无情，让人无所适从。

原 文

　　蒲生我池中①，其叶何离离②。傍能行仁义③，莫若妾自知。众口铄黄金，使君生别离。念君去我时，独愁常苦悲。想见君颜色，感结伤心脾。念君常苦悲，夜夜不能寐。莫以豪贤故④，弃捐素所爱。莫以鱼肉贱，弃捐葱与薤⑤。莫以麻枲贱⑥，弃捐菅与蒯⑦。出亦复苦愁，入亦复苦愁。边地多悲风，树木何修修⑧。从君致独乐，延年寿千秋。

注 释

　　①**池**：池塘。②**离离**：繁荣而茂盛的样子。③**傍**：依靠。④**豪贤**：豪杰贤达之士。这里是委婉的说法，指的是曹丕身边的新宠。⑤**薤**：又名野蒜、野韭。⑥**麻枲**：泛指麻。⑦**菅**：多年生草本植物，叶子细长，根很坚韧，可做笤帚、刷子等。**蒯**：多年生草本植物，叶条形，茎可编席，也可造纸。⑧**修修**：树木在风中悲鸣的声音。

诗 解

　　蒲草长满了水池，它们的叶子隐约相间。正如你的宽厚正直，不说我也自然知晓。大家都这么说是混淆是非，使你不得不离去。每当想起我们相距这么远，就感觉我就像没有丈夫一样那么孤独。一想到你离去时的神情，我的心就像长了结一样。一想起你那悲伤的表情，我每天晚上都不能入睡。不要以为有身份有地位，就可以抛弃自己所爱的东西。不要以为鱼肉多了，就可以抛弃大葱和薤菜。不要以为麻枲多了，就可以不要萱草和蒯草了。出去了为什么又回来，回来了却又想着再出去。边疆的风声使人倍感凄凉，树被风吹的声音都是那么凄凉！从了君以后就要会自己寻找快乐，这样，才能好好地活下去。

上留田行

唐·李白

题解

　　上留田，古地名，后亦为乐府曲名。 此诗约作于至德二年后，时永王璘败，被皇甫侁所执杀。李白由此感慨肃宗兄弟不能相容，因有此作。

原文

　　行至上留田，孤坟何峥嵘①！积此万古恨，春草不复生。悲风四边来，肠断白杨声。借问谁家地，埋没蒿里茔。古老向余言，言是上留田，蓬科马鬣今已平②。昔之弟死兄不葬，他人于此举铭旌③。一鸟死，百鸟鸣。一兽走，百兽惊。桓山之禽别离苦④，欲去回翔不能征。田氏仓卒骨肉分，青天白日摧紫荆⑤。交柯之木本同形⑥，东枝憔悴西枝荣。无心之物尚如此，参商胡乃寻天兵⑦？孤竹延陵⑧，让国扬名。高风缅邈⑨，颓波激清⑩。尺布之谣⑪，塞耳不能听。

注释

　　①峥嵘：高峻的样子。②蓬科：土坟上长满的荒草。③铭旌：古时竖在灵柩前标有死者官衔和姓名的旗幡。④桓山：在今江苏省铜山县东北。《孔子家语》：孔子在卫，昧旦晨兴，颜回侍侧，闻哭者之声甚哀，子曰："回！汝知此何所哭乎？"对曰："回以此哭声非但为死者而已，又有生离别者也。"子曰："何以知之？"对曰："回闻桓山之鸟生四子焉，羽翼既成，将分于四海，其母悲鸣而送之，哀声有似于此，为其往而不返也。回窃以音类知之。"后以桓山之泣比喻家人离散的悲痛。⑤紫荆：《续齐谐记》中记载，京兆田真兄弟三人共议分财，生资皆平分，唯堂前一株紫荆树，共议欲破

三片，明日就截之，其树即枯死，状如火然。真往见之大惊，谓诸弟曰："树本同株，闻将分斫，所以憔悴，是人不如木也。"因悲不自胜，不复解树，树应声荣茂。兄弟相感，更合财宝，遂为孝门。⑥**交柯**：交错的树枝。《述异记》中记载，黄金山有楠树，一年东边荣，西边枯；后年西边荣，东边枯，年年如此。⑦**参商**：参星与商星。《左传·昭公元年》：相传黄帝有两个儿子，大的叫阏伯，小的叫实沈，住在荒山野林里，不能和睦相处，每天动武，互相讨伐。后来黄帝为避免两人争斗，把阏伯迁到商丘，去管心宿，也就是商星；把实沈迁到大夏，主管西方的参星。参宿在西，心宿在东，彼出此没，永不相见。后比喻兄弟不和睦，彼此对立。⑧**孤竹**：是指商末孤竹国君墨胎氏二子伯夷和叔齐。孤竹君欲以次子叔齐为继承人，及父卒，叔齐让位于伯夷。伯夷以为逆父命，于是放弃君位，流亡国外。而叔齐亦不肯立，也逃到孤竹国外，和他的长兄一起过流亡生活。**延陵**：指的是春秋时期吴王寿梦的小儿子季札。吴王寿梦一心想把君主之位传给他，于是他的其他的几个儿子都主动放弃了继承权，但是季札辞让了。于是他的哥哥诸樊、余祭、余眜弟兄几个商议，以兄终弟及的方式，最终传给季札，可是季札最终还是没有继位。于是，三哥余眜死后，由余眜的儿子继承了王位。季札封于延陵，所以称其为"延陵季子"。⑨**高风**：美善的风教、政绩。**缅邈**：久远，遥远。⑩**颓波**：向下流的水势，这里比喻衰颓的世风。⑪**尺布之谣**：语出自《史记·淮南衡山列传》，当中记载淮南厉王刘长谋反被汉文帝流放，刘长途中绝食而死，民间作歌讽刺淮南厉王："一尺布，尚可缝；一斗粟，尚可舂。兄弟二人不能相容。"

诗 解

漫游来到上留田，田中孤坟高大又峥嵘。墓中人你有多大的冤屈？千万年了坟上依然寸草都不生。有的只是四边悲风，只有

●吴季挂剑

徐君喜爱季札的佩剑，有心索取，却难于启齿。季札明白徐君的心意，决定把剑赠送给他，但因佩剑出使是一种礼仪，只好待其归来。不幸，徐君返回时死。季札为兑现许诺，便将宝剑挂在徐君墓前的树上。

白杨树和风唱着令人断肠的歌。借问：这是谁家的坟地？荒弃的是何人的墓穴。村里的老人告诉我：这就是有名的上留田，马颈样的土堆已经被岁月抚平。从前有孤儿两兄弟，弟死而兄不收葬，是同村人为小弟安葬并竖起指引他归西的旌旗。一鸟死后，众鸟都会哀鸣示悲，一兽亡后，群兽也知惊恐怜惜，那老哥真是鸟人！死别苦，生离更悲，你听听桓山众鸟离别时的哀鸣就知道了，临行前总是回旋飞翔不停。田氏三兄弟要分家时，庭中的紫荆树立即枯死，而当他们决定不分家时，树应声繁荣如初。传说中黄金山有一种树木，朝东的枝条憔悴而西面的枝条荣润，树犹如此啊！古有兄弟两人，日夜操戈战不停，后帝把他们分封在不能相见的地域，免得他们相斗。孤竹君的儿子伯夷与叔齐都知道互相让出国君之位。延陵的季子也是让出帝位给兄弟。他们的高风亮节足以使人佩服。相反，汉武帝对待淮南王可就不客气了，当时的民谣唱道：一尺布，尚可缝；一斗粟，尚可舂；兄弟二人不相容。使人不忍听啊！

赏 析

上留田，地名也。其地人有父母死，兄不字其孤弟者，邻人为其弟作悲歌，以讽其兄，故曰《上留田》。

——西晋·崔豹《古今注·音乐》

妇病行

题 解

这首诗通过托孤、买饵和索母等细节，描写了一个穷苦人家的悲惨遭遇。全诗沉痛凄婉，真切动人。

原 文

妇病连年累岁，传呼丈人前一言①。当言未及得言，不知泪下一何翩翩②。"属累君两三孤子③，莫我儿饥且寒。有过慎莫笪笞④，行当折摇⑤，思复念之！"乱曰⑥：抱时无衣，襦复无里。闭门塞牖⑦，舍孤儿到市⑧。道逢亲交⑨，泣坐不能起。从乞求与孤买饵⑩。对交啼泣，泪不可止。"我欲不伤悲不能已。"探怀中钱持授。交入门见孤儿，啼索其母抱，徘徊空舍中。"行复尔耳⑪！弃置勿复道⑫。"

注 释

①**丈人**：称自己的丈夫。②**翩翩**：连绵不断，这里指病妇泪流不止的样子。③**属**：同"嘱"，嘱托。**累**：连累，拖累。④**笪笞**：捶打。⑤**行当**：将要。**折摇**：即"折夭"，夭折。⑥**乱**：古时称乐曲的最后一章。⑦**牖**：窗户。⑧**舍**：放置。⑨**亲交**：亲近的朋友。⑩**从**：从而。**饵**：糕饼之类的食品。⑪**行复尔耳**：又将如此。尔，如此。⑫**道**：说。

诗 解

　　被病魔拖累的妻子，把丈夫叫到跟前，有一句应当说的话，还没有说珠泪就不断地流了下来。她说："我把几个孩子就托付给你了，不要叫孩子饿着冻着，有了过错不要打他们。我就要死了，你要常常想着我的话。"孩子母亲死去了，爸爸找不到长衣，唯有的短衣又是单的，难以御寒。关门堵窗，留儿在家，独自上市。他遇上朋友就哭泣，泪水不止。他求朋友为孩子买糕饼，哭着对朋友说："我是不想哭啊，但控制不住啊！"他掏出怀中的钱交给朋友。回到家，孩子们哭着找妈妈抱。他徘徊在空荡荡的屋中："这样下去，孩子也会像妈妈一样死去！我不想再说下去了。"

赏 析

　　"行复尔耳！弃置勿复道。"写母爱极深刻。"当言"二句，传神之笔。
　　　　　　　　　　　　　　　　　　　　　　　　——萧涤非

野田黄雀行

魏·曹植

题 解

　　《野田黄雀行》所抒写的，是一种悲愤情绪。曹植身处动辄得咎的逆境，无力救助友人，深感愤懑，内心十分痛苦，只能写诗寄意。他苦于手中无权柄，故而在诗中塑造了一位"拔剑捎罗网"、拯救无辜者的少年侠士，借以表达自己的心曲。

高树多悲风，海水扬其波。

利剑不在掌^①，结友何须多？

不见篱间雀，见鹞自投罗^②。

罗家得雀喜，少年见雀悲。

拔剑捎罗网^③，黄雀得飞飞。

飞飞摩苍天^④，来下谢少年。

注 释

①利剑：这里比喻权力。②鹞：比鹰小一点的一种非常凶狠的鸟类。③捎：挥击。④摩：迫近。

诗 解

越是高大的树，所受狂风的吹袭越多。再平静的海水也不免扬起微波。宝剑虽利却不在我的手掌之中，无援助之力而结交很多朋友又何必？你没有看见篱笆上面那可怜的黄雀，为躲避凶狠的鹞却又撞进了网里，张设罗网的人见到黄雀是多么欢喜。有一手持利剑的少年见到挣扎的黄雀不由心生怜惜，劈开罗网，放走黄雀。黄雀死里逃生，直飞云霄，却又从天空俯冲而下，绕少年盘旋飞鸣，感谢其救命之恩。

赏 析

无君子心肠，无仙佛行径，无少年意气，而长于风雅者，未之有也。

——明·钟惺、谭元春《古诗归》

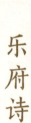

野田黄雀行

唐·李白

题 解

这首诗表达了作者淡泊避世之志，远祸全身之术。诗以鸟为喻，唤醒人们切莫趋炎附势，追名逐利，而应淡泊名利，与世无争，以达到老子所说的"夫唯不争，故无尤"的境界。

原文

游莫逐炎洲翠①，栖莫近吴宫燕②。
吴宫火起焚巢窠（kē），炎洲逐翠遭网罗。
萧条两翅蓬蒿（pénghāo）下③，纵有鹰鹯（zhān）奈尔何④！

注释

①炎洲：海南琼州。翠：翠鸟。②吴宫燕：巢于吴宫之燕。春秋吴都有东西宫。据汉袁康《越绝书·外传记吴地传》载："西宫在长秋，周一里二十六步，秦始皇帝十一年，守宫者照燕，失火烧之。"后以"吴宫燕"比喻无辜受害者。③蓬蒿：蓬草和蒿草。亦泛指草丛。④鹯：古书中说的一种猛禽，似鹞鹰，以燕雀为食。

诗解

游荡时别追逐炎洲的翡翠鸟，栖息时别靠近吴宫的紫燕。吴宫失火时会焚烧掉鸟的巢窠，炎洲追逐翡翠鸟时有可能同遭猎人的网罗。还不如在蓬蒿丛中扑扇着两只小翅膀，即使你是展翅在空中的鹰鹯，也难逃厄运。

赏析

白言不逐他鸟同祸，宁处蓬蒿自全，皆借雀寓意也。

——明·胡震亨

门有万里客行

魏·曹植

题解

这首诗描写了战争中人们颠沛流离的景象。

原文

门有万里客，问君何乡人。

襄裳起从之^①，果得心所亲^②。

挽裳对我泣，太息前自陈^③。

本是朔方士^④，今为吴越民。

行行将复行，去去适西秦^⑤。

注释

①**襄裳**：提起衣服。襄，撩起、揭起（衣服、帐子等）。②**心所亲**：心中所喜悦的友人。③**太息**：同"叹息"。④**朔方**：汉郡名称，在今内蒙古及宁夏一带。⑤**适**：到。

诗解

门前有远方的客人来，我问他是哪里人。我提起衣服去寻访，果然找到了自己心中所喜悦的友人。他见到我很激动，挽着衣衫对我哭泣。叹息之后他便对我陈述起自己的经历。他本来自朔方，但从北边迁徙到了南方吴越，今天已是吴越之人了。但这迁徙的日子还没有结束，他还在不断迁徙，这次是要迁去西边的秦国了。

门有车马客行

西晋·陆机

题解

此诗格调悲郁深沉，是西晋时期杀伐频仍的严酷政治环境下，知识分子以阴晦的人生观解释痛苦命运的幻灭之歌。

原文

门有车马客，驾言发故乡。念君久不归，濡迹涉江湘^①。投袂赴门涂^②，揽衣不及裳^③。拊膺携客泣^④，掩泪叙温凉^⑤。借问邦族间^⑥，恻怆论存亡。亲友多零落，旧齿皆凋丧^⑦。市朝互迁易^⑧，城阙或丘荒。坟垄日月多，松柏郁茫茫^⑨。天道信崇替^⑩，人生安得长。慷慨惟平生，俯仰独悲伤^⑪。

乐府诗集

①**濡迹**：留下踪迹。濡，沾湿的意思。②**投袂**：甩下衣袖。袂，袖子。**赴门涂**：赶到门口。③**揽衣**：整理一下衣服。④**拊膺**：捶胸，表示哀痛或悲愤。膺，胸膛。⑤**温凉**：寒暖。这里借指生活情况。⑥**邦族**：乡国和宗族。⑦**旧齿**：故旧老人。⑧**市朝**：市集和朝堂。⑨**郁茫茫**：茂盛的一片。这里指坟墓剧增。⑩**崇替**：盛衰，兴废。⑪**俯仰**：低头和抬头，比喻顷刻之间，形容时间短暂。

●洛阳三俊

诗 解

门前有车马行过，听着驾车人的口音，方知客自故乡来。我想他们一定是在外很久无法回家了吧，在遥远的湘江都留下了足迹。赶快整理衣服，快步走到门口相迎。见到故乡旧友不禁感动得掉下泪来，亲手拉他进屋。擦干眼泪我们聊起了离别家乡后彼此的境况。我问他现在乡国和宗族过得怎么样，他凄怆地对我说，自我别后的这些年发生了很大的变化。亲友也大都零落，不知迁徙到哪里去了，那些故旧的老人都已经去世。市集和朝堂都改到了其他地方，以前很繁华的地方都已成为丘垄和荒地。坟墓越来越多了，坟地上的松柏也郁郁苍苍。宇宙间万灵万类终归要走向衰亡，人又岂能获免！感叹我自己的人生，顷刻之间觉得无限伤感。

门有车马客行

南朝宋·鲍照

题 解

这首诗是鲍照拟古乐府而作，重在写与朋友惜别的感伤之情。

原 文

门有车马客，问客何乡士。捷步往相讯①，果得旧邻里。凄凄声中情，慊慊增下俚②。语昔有故悲，论今无新喜。清晨相访慰，日暮不能已。欢戚竟寻叙，谈调何终止。辞端竟未究，忽唱分途始。前悲尚未弭③，后感方复起。嘶声盈我口④，谈言在我耳。"手迹可传心，愿尔笃行李⑤。"

注 释

①捷步：快步。讯：访问，询问。②慊慊：凄苦忧愁的样子。下俚：泛指俗曲。③弭：停止。④嘶：凄楚哽咽。⑤笃行李：指行路时保重。

诗 解

　　门前有客人驾着车马而来，他问我是哪里人。我快步赶上去攀谈交流，果然是自己的同乡。听到乡音倍感亲切，心中不免凄凉，交谈之中掺杂很多家乡俚语。回忆往事不免悲伤，谈到当今没什么高兴的喜事。清晨的时候出去慰问老乡，到日暮降临还迟迟舍不得回来。我们在叙旧交谈着，总有说不完的话题。人生终须一别，我们毕竟要中途分道扬镳。回忆的悲苦还没有停止，又新添了许多忧愁。在分别时不禁凄楚哽咽，耳边回荡着我们回忆的心声。记得以后要时常通信，以解想念之情，前方路途遥远，好好珍重。

门有车马客行

唐·李白

题 解

　　《门有车马客行》，乐府《相和歌辞》旧题。此诗写主人公在家款待了一位来自京城的乡亲，与其公论悲辛，倾诉自己怀才不遇，亲故凋丧，及安禄山叛乱所带来的社会动乱状况。

原 文

　　门有车马宾，金鞍曜朱轮①。谓从丹霄落②，乃是故乡亲。呼儿扫中堂，坐客论悲辛③。对酒两不饮，停筋泪盈巾。叹我万里游，飘摇三十春④。空谈帝王略⑤，紫绶不挂身⑥。雄剑藏玉匣⑦，阴符生素尘⑧。廊落无所合⑨，流离湘水滨。借问宗党间⑩，多为泉下人。生苦百战役，死托万鬼邻。北风扬胡沙⑪，埋翳周与秦⑫。大运且如此⑬，苍穹宁匪仁⑭。恻怆竟何道，存亡任大钧⑮。

注 释

①**金鞍**：谓车马装饰华贵。金鞍，金属做成的马鞍。**朱轮**：豪华的车子。②**"谓从"句**：言客人自道从京城来。丹霄，指帝都。③**坐客**：安排客人坐下。④**飘摇**：漂泊不定。⑤**空谈**：谓空怀满腹韬略，无所施用。**帝王略**：辅佐帝王的谋略。⑥**紫绶**：此指未做高官。原指紫色丝带，作印组。《汉书·百官公卿表》：相国、丞相，皆秦官，皆金印紫绶。⑦**雄剑**：谓怀才不遇。雄剑，指宝剑干将。春秋时，吴王阖闾使干将造剑两把，雄曰干将，雌曰镆铘。见《吴越春秋·阖闾内传》⑧**阴符**：意与上句同。阴符，古兵书名。《战国策·秦策一》：（苏秦）乃夜发书，陈箧数十，得《太公阴符》之谋，伏而诵之。这里泛指兵书。⑨**廊落**：虚无。⑩**宗党**：宗亲及乡人。⑪**北风**：谓安禄山乱起。**胡沙**：指胡人兵乱。安禄山本胡人。⑫**埋翳**：掩埋、掩盖。**翳**：蔽障。⑬**大运**：谓天命，上天的旨意。⑭**"苍穹"句**：谓上天岂不仁。匪，同"非"。⑮**大钧**：自然、造化。

诗 解

门前经过的车马热闹非凡，原来是有乘着红色的轮子、金属做的鞍子坐骑的贵宾经过。他说他从朝廷而来，原来是我家乡的亲友啊，顿时倍感亲切。我赶紧让我的小儿子打扫中堂招待客人，与客人一起共同谈论这些年的悲辛。我们相对而坐，举起酒杯没等饮尽，就已泪流满面了。不觉间三十年过去了，哀叹自己漂泊万里。可怜我的半生，空怀满腹辅佐帝王的谋略，却始终没有得到过朝廷的重用。我的雄剑空藏在玉匣之中，已经很久没有用过了；兵书上落满了灰尘。在朝廷中没有志趣相投的人，我只得流离到湘水之滨。真正懂得我的知己，多已是泉下之人了。生来苦于百战，在征战中死去的人太多太多了，死去之后可以与万人做邻居。北风扬起胡沙，掩埋了周、秦两朝。大王朝的命运尚且如此，何况是在茫茫苍穹间渺小的世人呢？心里无限伤感凄怆，又能说什么呢？唉，就让一切顺从天意吧。

本瑟调曲曹植《门有万里客行》也。陆机、张华拟辞，大率言问讯其客，备叙市朝迁谢亲友凋丧之意。白辞同，而"空谈帝王略，紫绶不挂身"等语，微寓自叹，"胡沙埋翳周与秦"，亦咏其时事云。

——明·胡应麟《诗薮》

蜀道难

梁·萧纲

题 解

《蜀道难》，古乐府曲名，属《相和歌·瑟调曲》，古代诗人常用来描写蜀地道路的艰难。

原 文

巫山七百里，巴水三回曲①。
笛声下复高，猿啼断还续。

注 释

①巴水：指巴地，在今天四川省。三回曲：水流弯曲。三，很多的意思。

诗 解

巫山有七百里那么长，巴水的水流弯曲，曲折颇多。只听有阵阵悠扬的笛声传来，声调时高时低，两岸的猿啼此起彼伏。

蜀道难

唐·李白

题解

　　这首诗是袭用乐府旧题，意在送友人入蜀。诗人以浪漫主义的手法，展开丰富的想象，艺术地再现了蜀道峥嵘、突兀、强悍、崎岖等奇丽惊险和不可凌越的磅礴气势，借以歌咏蜀地山川的壮秀，显示出祖国山河的雄伟壮丽。

原文

　　噫吁嚱^①，危乎高哉！蜀道之难，难于上青天。蚕丛及鱼凫^②，开国何茫然^③！尔来四万八千岁^④，不与秦塞通人烟^⑤。西当太白有鸟道^⑥，可以横绝峨眉巅。地崩山摧壮士死^⑦，然后天梯石栈相钩连。上有六龙回日之高标^⑧，下有冲波逆折之回川^⑨。黄鹤之飞尚不得过^⑩，猿猱欲度愁攀援^⑪。青泥何盘盘^⑫，百步九折萦岩峦^⑬。扪参历井仰胁息^⑭，以手抚膺坐长叹^⑮。问君西游何时还^⑯？畏途巉岩不可攀。但见悲鸟号古木^⑰，雄飞雌从绕林间^⑱。又闻子规啼夜月^⑲，愁空山。蜀道之难，难于上青天！使人听此凋朱颜^⑳。连峰去天不盈尺，枯松倒挂

● 蜀道难
　　蜀道，是古代由长安通往蜀地的道路。蜀道穿越秦岭和大巴山，山高谷深，道路崎岖，难以通行。

倚绝壁。飞湍瀑流争喧豗^㉑，砯崖转石万壑雷^㉒。其险也若此，嗟尔远
道之人胡为乎来哉^㉓！剑阁峥嵘而崔嵬^㉔，一夫当关^㉕，万夫莫开^㉖。所
守或匪亲^㉗，化为狼与豺。朝避猛虎，夕避长蛇。磨牙吮血，杀人如麻。
锦城虽云乐，不如早还家。蜀道之难，难于上青天，侧身西望长咨嗟。

注　释

①噫吁嚱：惊叹声，蜀方言，表示惊讶的声音。②**蚕丛、鱼凫**：传说中古蜀国两
位国王的名字。③**何茫然**：难以考证。何，多么。茫然，渺茫遥远的样子。指古史传
说悠远难详，茫昧杳然。④**尔来**：从那时以来。**四万八千岁**：极言时间之漫长，夸张
而大约言之。⑤**秦塞**：秦的关塞，指秦地。**通人烟**：人员往来。⑥**西当**：西对。当，对着，
向着。**太白**：太白山，又名太乙山，在长安西（今陕西眉县、太白县一带）。**鸟道**：指
连绵高山间的低缺处，只有鸟能飞过，人迹所不能至。⑦**"地崩"句**：《华阳国志·蜀志》。
相传秦惠王想征服蜀国，知道蜀王好色，答应送给他五个美女。蜀王派五位壮士去接
人。回到梓潼（今四川剑阁之南）的时候，看见一条大蛇进入穴中，一位壮士抓住了
它的尾巴，其余四人也来相助，用力往外拽。不多时，山崩地裂，壮士和美女都被压死。
山分为五岭，入蜀之路遂通。这便是有名的"五丁开山"的故事。摧，倒塌。⑧**六龙
回日**：《淮南子》注云："日乘车，驾以六龙。羲和御之。日至此面而薄于虞渊，羲和
至此而回六螭。"螭即龙。**高标**：指蜀山中可作一方之标识的最高峰。⑨**冲波**：水流
冲击腾起的波浪，这里指激流。**逆折**：水流回旋。**回川**：有漩涡的河流。⑩**黄鹤**：黄鹄，
善飞的大鸟。**尚**：尚且。**得**：能。⑪**猿猱**：蜀山中最善攀援的猴类。⑫**青泥**：青泥岭，
在今甘肃徽县南，陕西略阳县北。**盘盘**：曲折回旋的样子。⑬**百步九折**：百步之内拐
九道弯。**萦**：盘绕。**岩峦**：山峰。⑭**参、井**：二星宿名。古人把天上的星宿分别指配
于地上的州国，叫作"分野"，以便通过观察天象来占卜地上所配州国的吉凶。参星
为蜀之分野，井星为秦之分野。**扪**：用手摸。**历**：经过。**胁息**：屏气不敢呼吸。⑮**膺**：胸。
坐：徒，空。⑯**君**：入蜀的友人。⑰**但见**：只听见。**号古木**：在古树木中大声啼鸣。⑱**从**：
跟随。⑲**子规**：杜鹃鸟，蜀地最多，鸣声悲哀，若云"不如归去"。《蜀记》曰："昔有
人姓杜名宇，王蜀，号曰望帝。宇死，俗说杜宇化为子规。子规，鸟名也。蜀人闻子
规鸣，皆曰望帝也。"⑳**凋朱颜**：红颜带忧色，如花凋谢。凋，使动用法，使……凋谢，
这里指脸色由红润变成铁青。㉑**飞湍**：飞奔而下的急流。**喧豗**：喧闹声，这里指急流
和瀑布发出的巨大响声。㉒**砯崖**：水撞石之声。砯，水冲击石壁发出的响声，这里作

动词用，冲击的意思。**转**：使滚动。**壑**：山谷。㉓**嗟**：感叹声。**尔**：你。**胡为**：为什么。**来**：指入蜀。㉔**剑阁**：又名剑门关，在四川剑阁县北，是大、小剑山之间的一条栈道，长约三十里。**峥嵘、崔嵬**：都是形容山势高大雄峻的样子。㉕**一夫**：一人。**当关**：守关。㉖**莫开**：不能打开。㉗**所守**：指把守关口的人。**或匪亲**：倘若不是可信赖的人。匪，同"非"。

诗 解

啊！多么险峻，多么高！蜀道难走，比上天还难。蚕丛和鱼凫两个蜀王，开国的事情多么渺茫，说也说不清。从那以后经过四万八千年，蜀地才和秦地的人有交通。西边挡着太白山，只有高飞的鸟通过鸟道，才可以横渡峨眉山顶。直到地崩山塌壮士都被压死，然后才有了天梯与石栈相互连接。上面有即使是拉车的六龙也要绕弯的最高峰，下面有冲激高溅的波浪逆折的漩涡。高飞的黄鹤尚且飞不过去，猿猴想过去，发愁无奈没有地方可以攀援。青泥山迂回曲折，很短的路程内要转很多弯，盘绕着山峰。屏住呼吸伸手可以摸到星星，用手摸着胸口空叹息。问你什么时候回来？可怕的路途，陡峭的山岩难以攀登。只见鸟儿叫声凄厉，在古树上悲鸣，雌的和雄的在林间环绕飞翔。又听见杜鹃在月夜里啼叫，哀愁充满空山。蜀道难走啊，比上天还难，让人听了这话红颜衰谢。连绵的山峰离天不到一尺，枯松靠着陡直的绝壁倒挂着。急流瀑布争着喧嚣而下，撞击山崖使石头翻滚发出雷鸣般声响。就是这么危险，你这远道的人，为什么来到这里？剑阁高峻崎岖而突兀不平，一个人守住关口，万人也打不开。守关的如果不可靠，就会变成当道的豺狼。早晨要躲避猛虎，晚上要提防长蛇，磨着牙齿吸人血，杀的人数不清。锦城虽然是个安乐的地方，还是不如回家好。蜀道难走啊，比上天还难，侧过身向西望去，长长地叹息！

赏 析

倏起倏落，忽虚忽实。真如烟水杳渺，绝世奇文也。

——清·朱之荆《增订唐诗摘钞》

白头吟

汉·卓文君

乐府诗集

题 解

　　这首诗是汉代的有名女子卓文君即司马相如发妻所作。据传说，司马相如发迹后，渐渐耽于逸乐，日日周旋在脂粉堆里，直至欲纳茂陵女子为妾。卓文君忍无可忍，因此作了这首《白头吟》，呈递相如。该诗风格温婉细致，塑造了一个个性爽朗、感情强烈的女性形象。同时表达了失去爱情的悲愤和对于真正纯真爱情的渴望，以及肯定真挚专一的爱情态度，显示了她思想的冷静和周密。

原 文

皑如山上雪①，皎若云间月②。闻君有两意③，故来相决绝。今日斗酒会，明旦沟水头④。蹀躞御沟上⑤，沟水东西流⑥。凄凄重凄凄，嫁娶亦不啼。愿得一心人，白头不相离。竹竿何袅袅⑦，鱼尾何离簁⑧，男儿欲相知，何用钱刀为⑨！

●卓文君

司马相如的文采，卓文君之美艳，当垆卖酒，白头兴怨，长门灵赋；封禅遗书传为千古佳话。

注 释

　　①**皑**：白。②**皎**：明亮。③**两意**：就是二心（和下文"一心"相对），指情变。④**明旦**：明日。⑤**蹀躞**：小步慢走的样子。**御沟**：流经宫禁的河沟。⑥**沟水东西流**：比喻二人分手，各奔一方。这是设想别后在沟边独行，过去的爱情生活将如沟水东流，一去不返。⑦**袅袅**：形容竹竿细长颤动的样子。这里用隐语表示男女相爱的幸

福。⑧**离筵**：形容鱼尾摆动的样子。在中国歌谣里钓鱼是男女求偶的象征隐语。⑨**钱刀**：指钱。古代货币有铸为刀形的。

诗 解

爱情应该像山上的雪一般纯净洁白，也应该像云间月亮一样皎洁明亮。我听说你怀有二心，对我变了心，所以来与你决裂。今日该是最后的聚会，明日便将分手沟头。我缓缓地移动脚步沿沟走去，过去的生活宛如沟水东流，一去不返。当初我毅然离家随君远去，就不像一般女孩凄凄啼哭。满以为嫁了一个情意专心的称心郎，可以相爱到老永远幸福了。男女情投意合就像钓竿那样轻细柔长，鱼儿那样活泼可爱。男子应当以情意为重，失去了真诚的爱情是任何钱财珍宝都无法补偿的。

赏 析

亦雅亦宕，乐府绝唱。

——明·王夫之《古诗评选》

白头吟

南朝宋·鲍照

题 解

《白头吟》为汉乐府《相和歌辞·楚调曲》旧题。这首诗是诗人的不平之声，写正直之士清如玉壶，但却不能容于世。

原 文

直如朱丝绳，清如玉壶冰。何惭宿昔意，猜恨坐相仍。人情贱恩旧，世路逐衰兴。毫发一为瑕^{xiá}①，丘山不可胜。食苗实硕鼠②，点白信苍蝇。凫鹄^{fú hú}远成美③，薪刍^{chú}前见凌④。申黜褒女进⑤，班去赵姬升⑥。周王日沦惑⑦，汉帝益嗟称⑧。心赏固难恃，貌恭岂易凭。古来共如此，非君独抚膺^{yīng}⑨。

①瑕：玉上的瑕疵，斑点。②硕鼠：大老鼠。③凫鹄：野鸭和黄鹄。④薪刍：柴草。这里是说君王用人好像堆柴草，后来者居上。⑤褒女：褒姒，周幽王因为宠爱她而废掉了申后。⑥班：班婕妤，汉成帝的妃子。赵姬：赵飞燕，汉成帝因宠爱赵飞燕而疏远班婕妤。⑦沦惑：迷误。⑧嗟称：叹息。⑨抚膺：抚胸叹息以表示愤慨。

诗 解

正直之士清如玉壶，但却不能容于世。自己清白正直仍一如往昔，却无端受到接连不断的猜忌怨恨。人情世故，总是好新弃旧；谤议纷纭，总是向着被遗弃的弱者。稍有一丝不慎，比方说无意中得罪了权贵，出现一点点裂痕，便会酿成山丘般的怨恨和祸害。那些进谗的小人，就像食苗的硕鼠和玷白使黑的苍蝇。明明有害的野鸭、黄鹄，却因来自远方而受到珍爱，人情总是好新贱旧。传说春秋时田饶事鲁哀公而不被重用，便向哀

●班婕妤

汉成帝刘骜妃子，西汉女作家，古代著名才女，是中国文学史上以辞赋见长的女作家之一。善诗赋，有美德。初为少使，立为婕妤。

公发牢骚道：鸡有许多优点，却不在您眼里，天天煮来吃，因为它易于得到；黄鹄啄食您园池中的稻粱鱼鳖却被您所看重，只为它来自远方，不易得到，让您感到稀罕。陛下用人好比堆积柴草，后来者居上。幽王宠爱褒姒，将申后废黜。成帝后来惑于赵飞燕姐妹，婕妤被冷遇。周幽王日益昏惑，汉成帝做的事情也令人叹息不已。真心赏爱的，尚且难可凭恃，何况原先就是虚伪的恭敬！这种种令人寒心的事实，乃是自古如此，并非您一个人为之捶胸悲慨！

代白头吟

唐·刘希夷

题解

　　这是一首拟古乐府,题又作《代悲白头翁》。此诗感伤情调极为浓郁,但并不颓废,风格清丽婉转,曲尽其妙,艺术性较高,历来传为名篇。

原文

　　洛阳城东桃李花,飞来飞去落谁家?洛阳女儿惜颜色,行逢落花长叹息。今年花落颜色改,明年花开复谁在?已见松柏摧为薪①,更闻桑田变成海②。古人无复洛城东,今人还对落花风。年年岁岁花相似,岁岁年年人不同。寄言全盛红颜子,须怜半死白头翁。此翁白头真可怜,伊昔红颜美少年。公子王孙芳树下,清歌妙舞落花前。光禄池台文锦绣③,将军楼阁画神仙④。一朝卧病无相识,三春行乐在谁边?宛转蛾眉能几时⑤,须臾鹤发乱如丝。但看旧来歌舞地,唯有黄昏鸟雀悲。

注释

　　①**松柏摧为薪**:松柏被砍伐作柴薪。②**桑田变成海**:原意指海洋会变为陆地,陆地会变成海洋,比喻世事变化很大。今成语为"沧海桑田"。③**光禄**:光禄勋。这里用的是东汉马援之子马防的典故。《后汉书·马援传》载,马防在汉章帝时拜光禄勋,生活很奢侈。**文锦绣**:指以锦绣装饰池台中物。文,装饰。④**将军**:指东汉贵戚梁冀,他曾为大将军。《后汉书·梁冀传》载,梁冀大兴土木,建造府宅。⑤**宛转蛾眉**:代指青春年华。宛转,轻柔地起落。蛾眉,细而长的眉毛。

诗解

　　洛阳城东的桃李花随风飘荡,飞来飞去,不知落入了谁家。洛阳的女子有着娇艳的容颜,独自坐于院中,看着零落的桃李花不禁长声叹息。今年我在这里看着残花凋落、颜色衰减,到了明年花开时节,不知又有谁还能看见那繁花似锦的盛况?已见松柏枯朽成为柴薪，更听说沃野变成沧海。故人现在已经不可能再回到洛阳城东郊了，而今人却依旧对着随风飘零的落花而伤怀。年复一年花开花落多么相似，然而岁岁年年人已不尽相同。转告那些正值青春年华的红颜少年，应该怜悯这位已是半死之人的白头老翁。如今他白发苍苍，真是可怜，他当年也是一位风流俊逸的美貌少年。这白头老翁当年曾与公子王孙寻欢作乐于芳树之下，吟赏轻歌曼舞于落花之前。亦曾像东汉光禄勋马防那样以锦绣装饰池台，又如贵戚梁冀在府第楼阁中到处涂画云气神仙。白头老翁如今一朝卧病在床，便无人理睬，往昔的三春行乐、轻歌曼舞如今又到哪里去了呢？而美人的青春娇颜同样又能保持几时？须臾之间，已是鹤发蓬乱、雪白如丝了。再看古代盛极一时的歌舞场，只有黄昏的鸟雀在寒风中悲啼。

赏 析

一意纤回，波折入妙，佳在更从老说至少年虚写一段。

—— 明·毛先舒《诗辩坻》

白头吟

唐·李白

题 解

司马相如将聘茂陵人女为妾。卓文君作白头吟以自绝，相如乃止。李白借乐府旧题所创此诗，从女子的角度表现弃妇的悲哀和对坚贞爱情的渴求。

原 文

锦水东北流①，波荡双鸳鸯。雄巢汉宫树②，雌弄秦草芳。宁同万死碎绮翼③，不忍云间两分张④。此时阿娇正娇妒⑤，独坐长门愁日暮。但愿君恩顾妾深，岂惜黄金买词赋！相如作赋得黄金，丈夫好新多异心。一朝将聘茂陵女，文君因赠《白头吟》。东流不作西归水，落花辞条羞故林。菟丝固无情⑥，随风任倾倒。谁使女萝枝⑦，而来强萦抱。两草犹一心，人心不如草。莫卷龙须席⑧，从他生网丝。且留琥珀枕，

或有梦来时。覆水再收岂满杯？弃妾已去难重回。古来得意不相负，
只今惟见青陵台⑨。

注 释

①**锦水**：锦江，在今四川省成都南边。②**汉**：指长安一带。③**绮翼**：鸳鸯美丽的翅膀。
④**分张**：分离。⑤**阿娇**：指汉武帝陈皇后。陈皇后失宠，退居长门宫，愁闷悲思，请
司马相如作了一首《长门赋》以表自己的悲伤之情。⑥**菟丝**：一种寄生植物，茎细如丝，
寄生缠绕在其他植物上。⑦**女萝**：菟丝有时缠在女萝上，比喻男女的爱情。⑧**龙须席**：
用龙须草编织的席子。⑨**青陵台**：战国时宋康王所筑造，在今河南商丘市。青陵台见
证了"相思树""相思鸟"的凄美爱情故事，记述了宋国亡国之君康王的暴行。康王
的舍人韩凭的妻子何氏长得貌美出众，被康王所夺，夫妻二人先后自杀。康王非常愤
怒，把他们分开埋葬，后来两人的坟上长出连理枝，根交于下，枝错于上，人称相思
树。树上有鸳鸯一对，交颈悲鸣，声音感人。

诗 解

锦水从东北流过，水波中有一对鸳鸯在相戏相随。它们在汉宫的树下筑巢，一起
在秦地的芳草中嬉戏。它们宁可粉身碎翼死在一起，也不愿在空中各自分飞。此时阿
娇因娇妒而被幽闭在长门宫，黄昏里，正坐在宫中发愁。只要君王能够对自己重新垂
顾，岂可惜千金买人写辞赋？司马相如因为阿娇写《长门赋》得了千两黄金，但男子
喜新厌旧动辄变心，司马相如也不例外。他一度想娶茂陵之女为妾，卓文君听此消息
之后便作了一首《白头吟》。但是，东流之水难再西归，落花从树枝上飘落，也羞于
重返旧枝。菟丝本是无情之物，它随风而倒，柔弱无骨。可是，它却与女萝的枝条缠
抱在一起难以分离。这两种草木犹能一心相恋，与其相比，人心尚不如草木。那床上
的龙须席，不卷也罢，任它上面落满尘土，挂满蛛丝。那琥珀枕可暂且留下来，枕着
它或许能旧梦重圆。覆地之水，再收岂能满杯？弃妇已去，已难重回。古时得意不相
忘的人，恐怕只有殉情于青陵台的韩凭夫妇吧。

赏 析

旧说卓文君为相如将聘茂陵女为妾作。然本辞自疾相知者以新间旧，不
能至白首，故以为名。六朝人拟作皆然。而白诗自用文君本事。

——明·胡震亨《李杜诗通》

梁甫吟

西晋·陆机

乐府诗集

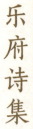

题解

　　《梁甫吟》是充满悲凉的葬歌体。陆机用伤感和忧患的口吻感叹岁月无情的流逝。

原文

　　玉衡既已骖^①，羲和若飞凌^②。四运循环转，寒暑自相承。冉冉年时暮，迢迢天路征^③。招摇东北指^④，大火西南升。悲风无绝响，玄云互相仍。丰水凭川结，零露弥天凝。年命特相逝，庆云鲜克乘^⑤。履信多愆期，思顺焉足凭^⑥。慷慨临川响^⑦，非此孰为兴。哀吟梁甫颠，慷慨独抚膺。

注释

　　①**玉衡**：原是北斗七星的第五星。这里代指斗柄。**骖**：本义是古代驾在车前两侧的马，引申义是驾三匹马。②**羲和**：羲和又作为太阳神话、天文史官的代表人物。这里指太阳。③**天路**：天象的运行。④**招摇**：北斗第七星。⑤**庆云**：五色云。古人以为喜庆、吉祥之气、祥瑞之气，也作"景云""卿云"。⑥**思顺焉足凭**：按正道而行却又哪能靠得住？⑦**临川响**：指孔子在水边的叹息。

诗解

　　时节更替，斗转星移，太阳驾着神车飞得更高了。四季在循环运转，寒暑随之相互交替。现在的年时和日暮，就是天象运行的征兆。时值二月，招摇星还指向东北，但转瞬大火星就从西南升起，已然到了秋季。风一直在吹从不停歇，乌云压顶，连成一片。到了冬季天气十分寒冷，水面上冻，滴水成冰，露水都凝结了。人生的岁月只管逝去，祥瑞的云彩很少被人乘坐使人得以升仙。按正道而行却又哪能靠得住？"逝者如斯夫，不舍昼夜"，这是孔子在水边的叹息，以感慨人生短促，飞短流长。如今站在梁甫山顶上感慨万千，不禁捶胸叹息。

梁甫吟

唐·李白

题 解

　　这首诗大概写在唐玄宗天宝三载（744）李白"赐金放还"，刚离开长安之后。根据裴斐《李白年谱简编》，此诗写于天宝九载（750）。是年李白初寓金陵，五月之浔阳，后游襄阳，复北上至南阳度岁。

原 文

　　长啸《梁甫吟》①，何时见阳春？君不见，朝歌屠叟辞棘津②，八十西来钓渭滨！宁羞白发照渌水，逢时壮气思经纶③。广张三千六百钓④，风期暗与文王亲⑤。大贤虎变愚不测⑥，当年颇似寻常人。君不见，高阳酒徒起草中⑦，长揖山东隆准公⑧！入门不拜骋雄辩，两女辍洗来趋风⑨。东下齐城七十二，指挥楚汉如旋蓬⑩。狂客落拓尚如此⑪，何况壮士当群雄！我欲攀龙见明主⑫，雷公砰訇震天鼓⑬。帝旁投壶多玉女⑭。三时大笑开电光，倏烁晦冥起风雨⑮。阊阖九门不可通⑯，以额叩关阍者怒⑰。白日不照吾精诚，杞国无事忧天倾⑱。猰㺄磨牙竞人肉⑲，驺虞不折生草茎⑳。手接飞猱搏雕虎㉑，侧足焦原未言苦㉒。智者可卷愚者豪，世人见我轻鸿毛㉓。力排南山三壮士，齐相杀之费二桃㉔。吴楚弄兵无剧孟，亚夫咍尔为徒劳㉕。梁甫吟，声正悲。张公两龙剑㉖，神物合有时。风云感会起屠钓㉗，大人峣屼当安之。

注 释

　　①《梁甫吟》：亦作《梁父吟》，是古代用作葬歌的一支民间曲调，音调悲切凄苦。②**朝歌屠叟**：指吕尚姜太公。③**经纶**：喻治理国家。④**三千六百钓**：指吕尚在渭河边垂钓十年，共三千六百日。⑤**风期**：风度和谋略。⑥**大贤虎变**：喻大人物行为变化莫

测，骤然得志，非常人所能料。⑦**高阳酒徒**：西汉人郦食其，他自称高阳酒徒。⑧**隆准公**：指刘邦。隆准，高鼻子。《史记·高祖本纪》："高祖为人，隆准而龙颜。"⑨**趋风**：疾行如风前来迎接。《史记·郦生陆贾列传》载：楚、汉在荥阳、成皋一带相持，郦生建议刘邦联齐孤立项羽。他受命到齐国游说，齐王田广表示愿以所辖七十余城归汉。⑩**旋蓬**：在空中飘旋的蓬草。⑪**狂客**：郦食其。⑫**攀龙**：以攀龙附凤比喻依附帝王建立功业。《后汉书·光武帝纪》：耿纯对刘秀说："天下士大夫所以跟随大王南征北战，本来是希望攀龙鳞，附凤翼，以成就功名。"⑬**雷公**：传说中的雷神。**砰訇**：形容声音宏大。⑭**"帝旁"句**：《神异经·东荒经》载：东王公常与一玉女玩投壶的游戏，每次投一千二百支，不中则天为之笑。天笑时，流火闪耀，即为闪电。⑮**倏烁**：电光闪耀。**晦冥**：昏暗。这两句暗指皇帝整天寻欢作乐，权奸和宦官弄权，朝廷政令无常。⑯**阊阖**：神话中的天门。⑰**阍者**：看守天门的人。《离骚》："吾令帝阍开关兮，倚阊阖而望予。"这两句指唐玄宗昏庸无道，宠信奸佞，使有才能的人报国无门。⑱**"杞国"句**：意谓皇帝不理解我，还以为我是杞人忧天。此自嘲之意。《列子·天瑞》："杞国有人忧天地崩坠，身亡所寄，废寝食者。"⑲**猰貐**：古代神话中一种吃人的野兽。这里比喻阴险凶恶的人物。**竞人肉**：争吃人肉。⑳**驺虞**：古代神话中一种仁兽，白质黑纹，不伤人畜，不践踏生草。这里李白以驺虞自比，表示不与奸人同流合污。㉑**接**：搏斗。**飞猱、雕虎**：比喻凶险之人。㉒**焦原**：传说春秋时莒国有一块约五十步方圆的大石，名叫焦原，下有百丈深渊，只有无畏的人才敢站上去。㉓**"智者"二句**：智者可忍一时之屈，而愚者只知一味骄横。世俗人看不起我。㉔**"力排"二句**：《晏子春秋》内篇卷二《谏》下载：齐景公手下有公孙接、田开疆、古冶子三勇士，皆力能搏虎，却不知礼义。相国晏婴便向齐景公建议除掉他们。他建议景公用两只桃子赏给有功之人。于是三勇士争功，然后又各自羞愧自杀。李白用此典意在讽刺当时权相李林甫陷害韦坚、李邕、裴敦复等大臣。㉕**"吴楚"二句**：汉景帝时，吴楚等七国诸侯王起兵反汉。景帝派大将周亚夫领兵讨伐。周到河南见到剧孟（著名侠士），高兴地说：吴楚叛汉，却不用剧孟，注定要失败。哈尔，讥笑。㉖**张公**：指西晋张华。据《晋书·张华传》载：西晋时丰城（今江西省丰城）县令雷焕掘地得双剑，即古代名剑干将和镆铘。雷把干将送给张华，自己留下镆铘。后来张华被杀，干将失落。雷焕死后，他的儿子雷华有一天佩带着镆铘经过延平律（今福建南平市东），突然，剑从腰间跳进水中，与早已在水中的干将会合，化作两条蛟龙。这两句用典，意谓总有一天自己会得到明君赏识。㉗**风云感会**：风云际会。古人认为云从龙，风从虎，常以风云际会形容君臣相得，成就大业。

诗 解

梁甫吟啊梁甫吟，自从诸葛亮唱响以来，多少志士吟诵过你，心中期盼着事业的春天。你知道周朝居住在棘津的姜太公吗？七十岁的人了，清晨即起，边屠牛边唱歌，为了做一番大事业，辞别故乡来到长安旁的渭水河边，用直钩钓了十年鱼。

清澈的河水映照着他的白发，刺痛了他的心。当风云际会的时候，当文王来拜师的时候，那是气如东海，势比泰山，治国方略，那是一套一套的，小人们，别小看我现在普通人一个，机会来临，小猫终会变成大老虎！

你知道秦末汉初居住高阳的酒鬼郦食其吗？六十多岁了，草莽出身，见了刘邦硬是不跪拜，作个长揖就算给足面子了！一阵雄辩就折服了他，让刘邦立即停止洗脚，马上放弃美女的按摩！改为洗耳恭听了。你看他就凭三寸不烂之舌，就攻下了齐国七十二座城市。把刘邦和项羽玩得团团转！你看看，他那样落魄的知识分子还云开雾散大干了一番，何况我身强力壮，智勇双全！

我胸有治国大略，欲为国家分忧，我想见皇上！可是皇上在干什么呢？鼓声敲得震天响，皇上和宫女贵妃们做投壶的游戏忙又忙！一天到晚笑得多灿烂。可是宫墙外已经危机四起，安禄山准备反叛，这些事情皇上你知道吗？可是你周围的人却不容许我警告你，还责怪我打扰了你的雅兴。说我是杞国之人无事担忧天倾塌。白日呀，你整天被乌云蒙蔽着呀，你怎么可以照到我忠诚忧国的心肠？

现在各地的军阀官僚一个个如同吃人的野兽——獥貐，阴险残暴。我却是驺虞样的猛虎，羞与合流，目前形势危险如同焦原——周围深渊高千丈而方圆才几十米，我却可以像姜太公和郦食其一样，斡旋处置游刃有余。别看他们力可拔山的外表，我要去除他们却只需要两三个桃子，知道晏婴杀公孙接、田开疆、古冶子三人的故事吗？其关键是要利用他们之间的矛盾，硬碰硬地只是徒劳。我可是去探过安禄山的虚实，他手下根本没有像剧孟一样的智谋之士，匹夫一个，根本成不了什么大事。

梁甫吟哪梁甫吟，心事重啊声音悲，古之名剑——干将和镆铘什么时候可以相合呢？那时候就会天下无敌。我什么时候才可以与皇上风云际会呢？那时候天下将平安无事。等待吧，安心地等待，等待最好的时机！

赏 析

　　始言吕尚之耄年、郦食其之狂士，犹乘时遇合，为壮士者，正当自奋。然欲以忠言寤主，而权奸当道，言路壅塞。非不愿剪除之，而人主不听，恐为匪人戕害也。究之论其常理，终当以贤辅国，惟安命以俟有为而已。后半拉杂使事而不见其迹，以气胜也。若无太白本领，不易追逐。

　　　　　　　　　　　　　　——清·沈德潜《唐诗别裁》

东武吟

唐·李白

题 解

　　《东武吟》，为乐府《相和歌辞》旧题。此诗回顾作者长安三年的翰林生活及离开长安后的境况，写作者受到皇恩后，无比荣耀，身价倍增，广交王公；一旦离朝，宾客疏散，孤独凄凉。在经历了大起大落、人情冷暖、世态炎凉之后，决心学习商山四皓，隐居山林。

原 文

　　好古笑流俗①，素闻贤达风②。方希佐明主，长揖辞成功。白日在高天，回光烛微躬③。恭承凤凰诏④，欻起云萝中⑤。清切紫霄迥⑥，优游丹禁通⑦。君王赐颜色，声价凌烟虹。乘舆拥翠盖，扈从金城东⑧。宝马丽绝景⑨，锦衣入新丰⑩。依岩望松雪，对酒鸣丝桐。因学扬子云，献赋甘泉宫。天书美片善，清芬播无穷⑪。归来入咸阳，谈笑皆王公。一朝去金马⑫，飘落成飞蓬。宾友日疏散，玉樽亦已空。才力犹可倚，不惭世上雄。闲作《东武吟》，曲尽情未终。书此谢知己，吾寻黄绮翁⑬。

注 释

　　①好：爱好，崇尚。②贤达：指有才德、有声望的人士。③烛：照耀。微躬：自谦。

④**凤凰诏**：指皇帝的诏书。⑤**欻**：忽然。**云萝中**：指草野间，隐者所居住的地方。⑥**清切**：清贵而接近天子。**紫霄**：帝王的居处。⑦**丹禁**：帝王宫禁。⑧**扈从**：随从皇帝出行。**金城**：指长安。⑨**绝景**：绝美的风景。⑩**新丰**：古代县名。唐代的温泉宫在此。⑪**清芬**：好名声。⑫**金马**：朝廷。⑬**黄绮翁**：商山四皓的简称。

　　我信而好古，流俗的世俗之风看不顺眼，而一向仰慕贤达之风。我所希望的是能够辅佐明主，功成之后再长揖而去。皇帝像高悬在天空中的白日一样，它的光辉有幸地照到了我的身上。我恭承皇上的诏书，起身草莽中，奔赴长安。从此后在皇帝身边任清贵切要之职，在皇宫城内自由进出。由于君王的另眼相待，因此我的声名鹊起，如凌烟虹。常履从天子的乘舆，进出于长安城东的温泉宫中。我乘着宝马来到这风景佳丽之地，身穿锦衣进入新丰镇。在骊山温泉宫里，有时游山逛景望松雪而寄傲，有时在筵席上对酒弹琴。也曾像汉代的扬子云献赋甘泉宫一样向皇上献赋。皇上下诏对我的"雕虫小技"加以赞美，我的美名从此传播开来，天下皆晓。温泉宫的景色真是别有一番天地。高高的劲松挺立，还有美酒和听不厌、看不尽的美妙歌舞。面对如此的良辰美景，我也不禁学习扬雄，向皇帝献赋甘泉宫一首。文章写得很好，为我传播了声名。归来后入咸阳，在朝廷上谈笑的人都是些王公贵族。一旦离开了翰林院，就会如飞蓬般飘落无依。先前围绕在自己身边的宾客渐渐地散去了，玉樽里再也没有了美酒，时常空着。我自认为，自己的才力是可以和天下间的英豪相比的。闲来作了首《东武吟》，曲尽了但情还没终了。写这首诗是为了酬谢知己，我将去深山中寻找商山四皓的影踪。

　　或白以是诗留别翰苑，遂放游江湖矣。

——北宋·计有功《唐诗纪事》

王昭君 二首

唐·李白

题 解

　　《王昭君》为乐府《相和歌辞》。汉朝宫女王昭君远嫁匈奴单于呼韩邪的故事，因为故事精彩、寓意丰富，自汉代以来就在民间广泛流传，不仅赢得了老百姓的喜爱，也成为历朝历代文人墨客经久不衰的一个创作题材。汉元帝时，后宫嫔妃众多，就命画工给后宫佳丽画像，按图召幸。于是很多宫女为了让画工把自己画得美些，都贿赂画工。王昭君没有这么做，画工就把她的样貌画得很丑，以致她一直得不到皇帝的召宠。当匈奴派使者来汉朝求美女和亲时，王昭君便被选中远嫁匈奴。她在出嫁前辞别汉元帝，光彩照人。汉元帝悔恨不已，但考虑到不能失信于匈奴，无可奈何。后将画工毛延寿等处死。李白怜昭君远嫁，便为她作了这首诗。

原 文

其 一

汉家秦地月①，流影照明妃②。

一上玉关道，天涯去不归。

汉月还从东海出，明妃西嫁无来日。

燕支长寒雪作花③，蛾眉憔悴没胡沙④。

生乏黄金枉图画⑤，死留青冢使人嗟⑥。

注 释

　　①**秦地**：指原秦国所辖的地域。此处指长安。②**明妃**：汉元帝宫人王嫱，字昭君，晋代避司马昭（文帝）讳，改称明君，后人又称之为明妃。③**燕支**：指燕支山，汉初以前曾为匈奴所据。山上生长一种燕支草，匈奴女子用来化妆，故名。④**蛾眉**：细长

而弯的眉毛，多指美女。**胡沙**：西方和北方的沙漠或风沙。⑤**枉图画**：昭君曾作为掖庭待诏，被选入汉元帝的后宫。当时其他宫女为了早日博得恩宠，都用黄金贿赂宫廷画师毛延寿，希望把自己画美，被皇上选中。独有王昭君自恃貌美，不愿行贿，所以毛延寿便在她的画像上点上丧夫落泪痣。昭君便被贬入冷宫三年，无缘面君。⑥**青冢**：昭君墓。在今内蒙古自治区呼和浩特市南。据说入秋以后塞外草色枯黄，唯王昭君墓上草色青葱一片，所以叫"青冢"。

诗　解

　　汉家秦地上空的明月，飘光流影照耀着明妃王昭君。然而她一踏上通往玉门关的路，就如同去了天涯，永不回归。汉月还可以从东海升起，明妃西嫁，没有回归之日。燕支山天寒地冻，只好将雪花当作鲜花，美女憔悴埋没于沙漠的风沙之中。就因为生前没有黄金贿赂画师，以致被画成丑八怪，错过了皇上的宠幸。死后埋葬在异乡沙漠的青冢，使人悲叹。

原　文

其　二

昭君拂玉鞍，上马啼红颊。

今日汉宫人，明朝胡地妾。

诗　解

　　王昭君拍拂着玉鞍，上马后啼哭晕染了她的面颊红装。今日还是汉朝的人，明天就要成为胡人的妻妾了。

王昭君

西晋·石崇

题　解

　　昭君即"明君"。这首诗以第一人称昭君的口吻写远嫁的感受。

原文

我本汉家子，将适单于庭①。辞决未及终，前驱已抗旌②。仆御涕流离，辕马为悲鸣。哀郁伤五内③，泣泪沾朱缨④。行行日已远，遂造匈奴城。延我于穹庐⑤，加我阏氏名⑥。殊类非所安，虽贵非所荣。父子见凌辱⑦，对之惭且惊。杀身良未易，默默以苟生。苟生亦何聊，积思常愤盈。愿假飞鸿翼，弃之以遐征⑧。飞鸿不我顾，伫立以屏营⑨。昔为匣中玉，今为粪上英。朝华不足欢，甘与秋草并。传语后世人，远嫁难为情。

注释

①适：去。**单于庭**：代指漠北之地。②**抗旌**：举起旗帜。③**五内**：五脏。④**朱缨**：红色的系冠带子。⑤**穹庐**：游牧民族所住的帐篷。⑥**阏氏**：匈奴君主的妻子叫阏氏。⑦**父子见凌辱**：匈奴的习俗是父亲死后儿子以后母为妻。这里说父子都来凌辱自己。⑧**遐征**：飞往远方去。⑨**屏营**：惶恐。

诗解

我本是汉人的子民，却要远嫁到匈奴单于的漠北之地。还没等与亲友道别完，浩浩荡荡的队伍前开道的人已经举起旗帜要出发了。车前的仆人也都伤心得落下了眼泪，驾车的马也为之悲鸣。我内心十分痛苦，眼泪沾湿了我的衣带。已经越行越远，匈奴地快到了。他们在帐篷中宴请了我，并且加给我阏氏的名号。因为自己实在不能安于和不同种族的人共居，所以阏氏的尊号我不以为有什么尊贵和荣耀之处。父子都来凌辱自己，对此我感到羞惭惊惧。自己下不了杀身的决心，所以只能沉默苟求生存。但偷生也并非我所希望的，常常心里积郁着悲愤。我想借助鸟的翅膀，乘着它远飞，但是飞鸟根本就不懂我的心情，它在我面前只是惶恐地长久伫立。昔日我是宝匣中的美玉，今日却是粪土上的败花。昔日在汉朝荣华已经过去，情愿像秋草一样枯死。想对后世劝说：远嫁异乡使人在感情上实在难以承受。

艳歌何尝行

题解

诗名一曰《飞鹄行》。为古乐府诗。

原文

飞来双白鹄，乃从西北来。十十五五，罗列成行。妻卒被病①，行不能相随。五里一返顾，六里一徘徊。"吾欲衔汝去，口噤不能开②；吾欲负汝去，毛羽何摧颓③。乐哉新相知，忧来生别离④。踟蹰顾群侣⑤，泪下不自知。""念与君别离，气结不能言。各各重自爱，道远归还难。妾当守空房，闭门下重关⑥。若生当相见，亡者会黄泉。"今日乐相乐，延年万岁期。

注释

①卒：同"猝"，突然，仓促。②噤：嘴张不开。③摧颓：衰败，毁废。④**"乐哉"二句**：此处化用了屈原《九歌·少司命》中"悲莫悲兮生别离，乐莫乐兮新相知"一句，表现雄鹄的极度悲哀。⑤踟蹰：犹豫不决、依依不舍的样子。**顾**：回头看。⑥**关**：此处指门闩。

诗解

一群白鹄成双成对地由西北向东南飞去，他们十十五五地罗列成行，比翼齐飞。突然一只雌鹄染病而不能与雄鹄相随。雄鹄恋恋不舍地频频回头看她，五里一回头，六里一徘徊。他说："我想衔叼你同行，无奈嘴太小张不开；我想负着你同去，无奈羽毛不够丰满，无力负重。相识的日子我们那么快乐，今日离别，真是无限忧伤，望着身边成双成对的同伴，我们却要憾恨相别，悲戚之泪不自禁地淌了下来。"雌鹄答道："想到要与你分离，顿时哽咽、心情抑郁得说不出话来，各自珍重吧，前方的路太漫长，恐难再相聚了。我会独守空巢，一生忠于你。只要活着我们终会有相逢的一天，死后也必在黄泉下相聚。"今朝欢乐一场，延年益寿永安康。

怨诗行

题 解

　　《怨诗行》,属于《相和歌辞》。《怨诗行》和《怨歌行》本是同一种曲,多写伤感之事。

原 文

　　天德悠且长,人命一何促。
　　百年未几时^①,奄若风吹烛^②。
　　嘉宾难再遇,人命不可续。
　　齐度游四方,各系太山录^③。
　　人间乐未央^④,忽然归东岳^⑤。
　　当须荡中情^⑥,游心恣所欲。

●泰 山

注 释

　　①**百年**:指一生。②**奄**:形容时间过得很快,忽地一下就过去了。③**太山**:泰山。④**未央**:没有止息。⑤**东岳**:指泰山。⑥**荡**:放肆。

诗 解

　　天地悠悠,永恒运转,人生匆匆,何其短暂!一生还没过完,感觉倏地一下就停止了,转眼到了风烛残年的时光。嘉宾是难以再次遇到的,人的生命也不可以再次赎回。人们活着可以同样到四方游乐,但死后就没有这样的机会了。所以趁着现在的大好年华,尽情地游览天地吧!不要等到人间的欢乐还没有享受完,就忽然死去了。应当放开自己,恣意地游乐人生、随心所欲。

七哀诗

魏·曹植

题解

《七哀诗》是一首五言闺怨诗。这首诗曹植借一个思妇对丈夫的思念和怨恨，比喻他和身为皇帝的曹丕之间的生疏"甚于路人""殊于胡越"，曲折地吐露了诗人在政治上遭受打击之后的怨愤心情。

原文

明月照高楼，流光正徘徊。上有愁思妇，悲叹有余哀。借问叹者谁，自云宕子妻①。夫行逾十载，贱妾常独栖②。念君过于渴，思君剧于饥。君为高山柏，妾为浊水泥③。北风行萧萧，烈烈入吾耳。心中念故人，泪堕不能止。沉浮各异路，会合当何谐？愿作东北风，吹我入君怀。君怀良不开④，贱妾当何依？

注释

①宕子：游子。②独栖：独宿。形容丈夫远行后自己孤苦的生活。③"君为"二句：高山柏和浊水泥用来比喻夫妇之间疏远的关系。④良：早已。

诗解

皎洁的明月照着高楼，清澄的月光如徘徊不止的流水轻轻晃动着，伫立在高楼上登高望远的思妇，在月光的沐浴下伤叹着无尽的哀愁。妇女所伤叹之人是谁呢？她说自己是那远行游子的妻子。丈夫外出已经超过十年了，为妻的常常形只影单地一人独处。你如同那高山之上的松柏，我却成了那水中的浊泥。萧瑟的北风，在耳边凛冽呼啸。心中想起丈夫，眼泪不能控制地落下来。浮浮沉沉的夫妻已走向了不同的道路，地位迥然不同，什么时候才能重和好呢？但愿能化作一阵东北风，吹入丈夫的怀抱。可是丈夫的怀抱早已不对我敞开，做妻子的我又要依靠谁呢？

《七哀诗》，此种大抵思君之辞，绝无华饰，性情结撰，其品最工。

——清·沈德潜《古诗源》

怨歌行

魏·曹植

题 解

　　《怨歌行》属于乐府《相和歌辞》。太和二年（228），魏明帝巡幸长安，洛阳谣传皇帝死于长安，从驾欲立曹植，因此明帝对曹植产生疑忌，曹植处境险恶，因作此诗以明志。

原 文

　　为君既不易，为臣良独难①。忠信事不显②，乃有见疑患③。周公佐成王④，金縢功不刊⑤。推心辅王室，二叔反流言⑥。待罪居东国⑦，泣涕常流连⑧。皇灵大动变⑨，震雷风且寒。拔树偃秋稼⑩，天威不可干⑪。素服开金縢⑫，感悟求其端。公旦事既显⑬，成王乃哀叹。吾欲竟此曲，此曲悲且长。今日乐相乐，别后莫相忘。

注 释

　　①**良**：实在。②**显**：明白，懂得。③**见**：被。**疑患**：猜忌。④**周公**：姬旦，周武王之弟，周成王之叔。曾辅佐武王建立周朝，制礼定乐。武王死，成王继位，年幼，以周公辅政。⑤**金縢**：指用金属捆封起来的柜子。**刊**：削除，磨灭。指周公请求代武王死之功不可磨灭。⑥**二叔**：指管叔姬鲜和蔡叔姬度，成王的二位叔叔。**流言**：指管、蔡二叔散布的周公要篡位的谣言。⑦**待罪**：等待惩罚。**东国**：东都洛阳，周公在流言起来的时候，到东都洛阳避居。当时曹植的封地在东方，东国一语也有隐喻诗人自己之意。⑧**流连**：接连不断。⑨**皇灵**：上天之灵。**动变**：感动而生变。古人认为天人之间有感应，这是说周公的遭遇感动了上天。据《尚书·金縢》载，周公避居洛阳的第二年秋天，镐京

暴风大作，雷电交加，把田禾刮倒了，把大树拔起来。⑩**偃**：倒下。**秋稼**：禾。⑪**干**：触犯，抗拒。⑫**素服**：本色或白色的衣服，古时祭天时所穿。⑬**事既显**：指发现了周公愿以身代武王死的策文。

诗解

做国君既不容易，做臣下实在更难。当忠信不被理解时，就有被猜疑的祸患。周公辅佐文王、武王，"金縢"功绩不灭永传。一片忠心辅助周王室，管叔、蔡叔反而大造谣言。周公待罪避居洛阳地，常常是老泪纵横长流不干。天帝动怒降下大灾难，雷鸣电闪卷地狂风猛又寒。拔起了大树吹倒庄稼，上天的威严不可触犯。成王感悟身穿礼服开金縢，寻求上天震怒降灾的根源。周公忠信大白天下，成王感动伤心悲叹。我真想奏完这支乐曲，可是这首乐曲又悲又长。今日大家一起共欢乐，希望别后不要把它遗忘。

赏析

此后四句拍合己身，逗点大意，最为含蓄。

——清·张玉穀《古诗赏析》

怨歌行

唐·李白

题解

《怨歌行》属于乐府《相和歌辞》。本诗描写了西汉时期才女班婕妤在深宫中由得宠到失宠的命运，诗人将自己隐喻其中，表达了自己不得志的悲愤之情。

原文

十五入汉宫，花颜笑春红。
君王选玉色，侍寝金屏中。
荐枕娇夕月，卷衣恋春风。

宁知赵飞燕，夺宠恨无穷。

沉忧能伤人，绿鬓成霜蓬。

一朝不得意，世事徒为空。

鹔鹴 换美酒①，舞衣罢雕龙②。
sù shuāng

寒苦不忍言，为君奏丝桐。

肠断弦亦绝，悲心夜忡忡。

注 释

①鹔鹴：鸟名，雁的一种。这里代指以其羽毛制成的衣裳。②罢：通"疲"。雕龙：谓舞衣上雕画的龙纹。

诗 解

豆蔻年华时，被选入汉宫伺候皇上，美丽的容貌像春天的花朵。皇上钦点美女，选她在金屏内室侍寝。花前月下，她娇羞的面容让君王流连忘返，舍不得离去。突然来了个赵飞燕，夺去皇宠，遗恨无穷。于是她终日沉忧，伤心欲绝，绿鬓变成白霜蓬草。从此人生不得意，世事尽成空虚。且将鹔鹴绣衣裙换美酒买醉，更让舞衣上绣的雕龙歇息去吧。苦涩难言，且用琴声为君表达心中的情愫。伤心欲绝，肝肠寸断。

●赵飞燕

卷五 清商曲辞

清商曲辞，是三国、两晋、南北朝兴起并在当时音乐生活中占据主导地位的一种汉族传统音乐。源于相和三调（平调、清调、瑟调），包含吴声歌、西曲歌和江南弄三部分。

卷五 清商曲辞

大子夜歌

题　解

　　《子夜歌》是六朝乐府中的吴声歌曲。据说晋代女子"子夜"创制了这个声调，多写哀怨或眷恋之情。《大子夜歌》是《子夜歌》的一种变调。这首诗写的是歌谣之妙。

原　文

其　一

歌谣数百种，《子夜》最可怜。
慷慨吐清音，明转出天然。

诗　解

　　歌谣的形式有数百种，其中的《子夜歌》是听完惹人怜爱的，它的节奏明朗，声音悠扬，表达的情感直接，是最自然的一种表述。

原　文

其　二

丝竹发歌响，假器扬清音。
不知歌谣妙，声势出口心。

诗 解

丝竹之所以能发出美妙的音响，是借助于乐器才有清妙的声音。你不明白歌谣的妙处，它声音一出来，就如同歌者内心的表达。

子夜四时歌

唐·李白

题 解

《子夜四时歌》又题《子夜吴歌四首》。这四首诗分以四时情景包含四个内容。第一首写春景，是说汉乐府中的秦罗敷采桑的故事；第二首写夏景，是说春秋越国西施若耶溪采莲的故事；第三首写秋景，是说戍妇为征人织布捣衣之事；第四首写冬景，是说戍妇为征夫缝制棉衣之事。

春 歌

原 文

秦地罗敷女^{fū}①，采桑绿水边。
素手青条上，红妆白日鲜②。
蚕饥妾欲去，五马莫留连③。

注 释

①**秦地**：指今陕西省关中地区。②**红妆**：指女子的盛装。因妇女装饰多用红色，故称。③**五马**：驾着五匹马的人，这里指贵人。

诗 解

秦地有位罗敷女，曾在绿水边采桑。素手在青条上采来采去，在阳光下其红装显得特别鲜艳。她婉转地拒绝了太守的纠缠，说：蚕儿饿了，我该赶快回去了，太守大人，且莫在此耽搁您宝贵的时间了。

多少含蓄，胜于《陌上桑》作。

——清·爱新觉罗弘历《唐宋诗醇》

夏 歌

原 文

镜湖三百里①，菡^{hàn dàn}菂发荷花②。

五月西施采，人看隘若耶。

回舟不待月，归去越王家。

注 释

①**镜湖：** 又名鉴湖、贺监湖，在今浙江省绍兴县东南。②**菡菂：** 荷花。

诗 解

镜湖之大有三百余里，到处都有含苞欲放的荷花。西施五月曾在此采莲，引得来观看的人挤满了若耶溪。西施回家不到一个月，便被选进了宫中。

赏 析

菡菂又言荷花，得行布义。

——南宋·严羽《沧浪诗话》

秋 歌

原 文

长安一片月，万户捣衣声①。

秋风吹不尽，总是玉关情②。

何日平胡虏^{lǔ}，良人罢远征③。

注 释

①**捣衣：** 古时缝制衣服的一个过程，由两人对立，各执一棒，像舂米似的把铺好

的布帛敲平，然后缝制。②**玉关**：玉门关，故址在今甘肃敦煌市西北。③**良人**：指丈夫。

（诗 解）

今晚长安城里月明如昼，长安城沉浸在一片此起彼落的砧杵声中！月朗风清，阵阵秋风不断，送来砧声，声声都是思妇对玉关征人的怀念。什么时候才能扫平胡虏，丈夫从此不必再远征了呢？

（赏 析）

一气浑成，有删末二句作绝句者，不见此女贞心亮节，何以风世历俗。

——清·爱新觉罗弘历《唐宋诗醇》

冬 歌

（原 文）

明朝驿使发①，一夜絮征袍②。
素手抽针冷③，那堪把剪刀④。
裁缝寄远道，几日到临洮⑤？

（注 释）

①**驿使**：古时传递公文、邮件的人。②**絮**：在衣服里铺棉花。③**素手**：指妇女洁白的手。④**把**：拿着。⑤**临洮**：郡名，在今甘肃境内。此处泛指边地。

（诗 解）

明晨驿使就要出发，思妇们连夜为远征的丈夫赶制棉衣。纤纤素手连抽针都冷得不行，更不说用那冰冷的剪刀来裁衣服了。妇人们将裁制好的衣物寄向远方，几时才能到达边关临洮呢？

（赏 析）

情古。

——南宋·严羽《沧浪诗话》

乐府诗集

一二八

丁督护歌

唐·李白

卷五 清商曲辞

题解

此诗描绘了劳动人民在炎热的季节里拖船的劳苦情景，揭露了统治阶级穷奢极欲、不顾人民死活的罪行，表现了诗人对劳动人民的苦难命运的深切同情，是一首风格沉郁的现实主义诗篇。

原文

云阳上征去①，两岸饶商贾。吴牛喘月时②，拖船一何苦！水浊不可饮，壶浆半成土。一唱《都护歌》，心摧泪如雨。万人凿盘石，无田达江浒③。君看石芒砀④，掩泪悲千古。

注释

①云阳：今江苏丹阳县。秦以后为曲阿，天宝初改丹阳，属江南道润州，是长江下游商业繁荣区，有运河直达长江。②吴牛：指江淮间的水牛。③江浒：江边。浒，水边。④芒砀：形容山石大而多。砀，有花纹的石头。

诗解

从云阳逆流而上去服徭役，两岸住着许多的商贾大户。正值江淮间的水牛热得对月直喘的时节，沿江拖船的工人多么辛苦！江水混浊不堪已不可饮用，壶里的水也掺了一半的泥土。他们一唱起那悲凉的《丁督护歌》，内心摧裂，泪落如雨。为了得到奇异的纹石动用了万名工人凿取，但没办法很快运达江边水浒。采石又多又大，采之不尽，会给人民带来无穷的痛苦，会让人民千古掩泪悲叹。

赏析

落笔沉痛，含意深远，此李诗之近杜者。

——清·爱新觉罗弘历《唐宋诗醇》

春江花月夜

唐·张若虚

题 解

　　此诗创造性地再现了江南春夜的景色，如同月光照耀下的万里长江画卷，同时寄寓着游子思归的离别相思之苦。诗篇意境空明，缠绵俳恻，洗净了六朝宫体的浓脂腻粉，词清语丽，韵调优美，脍炙人口，乃千古绝唱，素有"孤篇盖全唐"之誉。

原 文

　　春江潮水连海平，海上明月共潮生。滟滟随波千万里①，何处春江无月明。江流宛转绕芳甸②，月照花林皆似霰③。空里流霜不觉飞④，汀上白沙看不见⑤。江天一色无纤尘⑥，皎皎空中孤月轮⑦。江畔何人初见月，江月何年初照人。人生代代无穷已⑧，江月年年只相似。不知江月待何人，但见长江送流水⑨。白云一片去悠悠⑩，青枫浦上不胜愁⑪。谁家今夜扁舟子⑫，何处相思明月楼。可怜楼上月徘徊⑬，应照离人妆镜台⑭。玉户帘中卷不去⑮，捣衣砧上拂还来⑯。此时相望不相闻⑰，愿逐月华流照君⑱。鸿雁长飞光不度，鱼龙潜跃水成文⑲。昨夜闲潭梦落花，可怜春半不还家。江水流春去欲尽，江潭落月复西斜。斜月沉沉藏海雾，碣石潇湘无限路⑳。不知乘月几人归㉑，落月摇情满江树㉒。

注 释

①滟滟：波光荡漾的样子。②芳甸：遍生花草的原野。甸，郊外之地。③霰：雪粒。④流霜：飞霜。古人以为霜和雪一样，是从空中落下来的，所以叫流霜。这里比喻月光皎洁，所以不觉得有霜霰飞扬。⑤汀：水中的空地。⑥纤尘：微细的灰尘。⑦月轮：指月亮，因月圆时像车轮，故称月轮。⑧穷已：穷尽。⑨但见：只见，仅见。⑩悠悠

乐府诗集

渺茫，深远。⑪**青枫浦**：地名，今湖南浏阳市境内有青枫浦。这里泛指游子所在的地方。⑫**扁舟**：孤舟。⑬**月徘徊**：指月光移动。⑭**妆镜台**：梳妆台。⑮**玉户**：形容楼阁华丽，以玉石镶嵌。⑯**捣衣砧**：捣衣石、捶布石。⑰**相闻**：互通音信。⑱**月华**：月光，月色。⑲**文**：同"纹"，这里指波纹。⑳**无限路**：言离人相去很远。㉑**乘月**：趁着月光。㉒**摇情**：牵情。

诗 解

　　江潮连海，月共潮生。江潮浩瀚无垠，仿佛和大海连在一起，气势宏伟。这时一轮明月随潮涌生，景象壮观。月光闪耀千万里之遥，哪一处春江不在明月朗照之中。江水曲曲弯弯地绕过花草遍生的春之原野，月色泻在花树上，像撒上了一层洁白的雪。月光荡涤了世间万物的五光十色，将大千世界浸染成梦幻一样的银灰色。浑然只有皎洁明亮的月光存在。江边上什么人最初看见月亮？江上的月亮最初哪一年照耀着人？人生一代代地无穷无尽，只有江上的月亮一年年地总是相似。不知江上的月亮照耀着什么人，只见长江不断地输送着流水。游子像一片白云缓缓地离去，只剩下思妇站在离别的青枫浦不胜忧愁。哪家的游子今晚坐着小船在漂流？什么地方有人在明月照耀的楼上相思？可怜楼上不停移动的月光，应该照耀着离人的梳妆台。美好的闺房中的门帘卷不去月光，在捣衣石上拂去月光但它又来了。这时互相望着月亮可是互相听不到声音，我希望随着月光流去照耀着您。送信的天鹅能够飞翔很远但不能随月光飞到您身边，送信的鱼龙潜游很远但不能游到您身边，只能在水面激起阵阵波纹。昨天晚上梦见花朵落在悠闲的水潭上，可怜春天过了一半还不能回家。江水流走春光，春光将要流尽，水潭上月亮慢慢落下，如今又西斜。斜月渐渐下沉，藏在海雾里，碣石与潇湘的离人距离无限遥远。在这美好的春江花月之夜，不知有几人能乘月归回自己的家乡。他那无着无落的离情，伴着残月之光，洒满在江边的树林之上。

赏 析

　　前半见人有变易，月明常在，江月不必待人，惟江流与月同无尽也。后半写思妇怅望之情，曲折三致。题中五字安放自然，犹是王、杨、卢、骆之体。

——清·沈德潜《唐诗别裁》

阳春歌

唐·李白

题 解

《阳春歌》，乐府《清商曲辞》旧题。此诗为李白拟前人之作。主要写了帝王过着享乐的生活，表达了作者对帝王荒废政务的讽刺。

原 文

长安白日照春空，绿杨结烟桑袅风^{niǎo}①。
披香殿前花始红②，流芳发色绣户中③。
绣户中，相经过。
飞燕皇后轻身舞④，紫宫夫人绝世歌⑤。
圣君三万六千日，岁岁年年奈乐何！

注 释

①袅风：微风，轻风。②披香殿：汉代长安的宫殿名，在未央宫中。③流芳：散发着香气。发色：显露颜色。④飞燕皇后：赵飞燕。赵飞燕本是长安的宫中侍女，后为阳阿公主的舞女，以体轻得名"飞燕"。汉成帝见而喜欢，召幸了她，召她入宫，初为婕妤，终为皇后。⑤紫宫夫人：指汉武帝最宠爱的李夫人。紫宫，天帝的居所，也指帝王宫殿。绝世歌：指李延年的《北方有佳人》之歌："北方有佳人，绝世而独立。一顾倾人城，再顾倾人国。宁不知倾城与倾国，佳人难再得。"

诗 解

春天的长安，白日照耀着天空，满城的绿杨，千万条垂枝，结烟袅风。披香殿前的鲜花刚刚绽红，芳香流动，秀色映入绣户中。流香映秀绣户中，佳人竞相经过。赵飞燕皇后轻轻掌中起舞，紫宫夫人高唱绝世歌曲。恭贺圣君三万六千日一百年，岁岁年年欢乐多！

采莲曲

唐·李白

题解

　　《采莲曲》，乐府《清商曲辞》旧题，又称《采莲女》。通过描写精心装扮的采莲少女们在阳光明媚的春日里快乐嬉戏的旖旎美景，以及岸上的游冶少年们对采莲少女的爱慕来表达春日里少年男女之间微妙萌动的爱情，以及诗人对时光飞逝、岁月不饶人的感叹，及对美景易逝的无奈之情，寄托着作者因怀才不遇、壮志难酬而发出的愁思。

原文

　　若耶溪旁采莲女[①]，笑隔荷花共人语。
　　日照新妆水底明，风飘香袂(mèi)空中举[②]。
　　岸上谁家游冶(yě)郎[③]，三三五五映垂杨。
　　紫骝(liú)嘶入落花去[④]，见此踟蹰(chí chú)空断肠。

注释

　　①**若耶溪**：在今天的浙江绍兴市南。②**袂**：衣袖。③**游冶郎**：出游寻乐的青年男子。④**紫骝**：毛色枣红的良马。

诗解

　　夏日的若耶溪旁，美丽的采莲女三三两两地嬉戏在莲叶间。隔着荷花共人笑语，人面荷花相映红。阳光照耀采莲女的新妆，水底也显现一片光明。风吹起，衣袂空中举，荷香体香共飘荡。那岸上谁家出游的青年男子呢？三三五五躺在垂杨的柳荫里。不久他们就骑着嘶叫隆隆的紫骝马离开，只留下落花纷纷。见此美景，徘徊不去，愁肠空断。

赏析

　　语致闲闲，生情布景。

——明·陆时雍《诗镜》

杨叛儿

唐·李白

题 解

　　《杨叛儿》本为北齐时童谣，后来成为乐府诗题，为乐府《清商曲辞·西曲歌》名。它来源于一个典故：相传南朝齐隆昌时，女巫之子杨旻随母入内宫，长大后，为何后所宠爱。后来事情败露，太后失去了杨旻，此事后流传到了民间。当时童谣云："杨婆儿，共戏来所欢！"讹传为"杨伴儿""杨叛儿"，并演变而为西曲歌的乐曲之一。

原 文

君歌杨叛儿，妾劝新丰酒①。
何许最关人②，乌啼白门柳③。
乌啼隐杨花④，君醉留妾家。
博山炉中沉香火⑤，双烟一气凌紫霞。

注 释

　　①**新丰**：在今陕西临潼区东北。六朝以来以产美酒而著名。②**最关人**：最牵动人心的，最让人动情的。③**白门**：本是刘宋都城建康（今南京）城门。因为南朝民间情歌常常提到白门，所以成了男女欢会之地的代称。④**隐**：隐没，这里指鸟栖息在杨花丛中。⑤**博山炉**：一种炉盖做成重叠山形的熏炉。**沉香**：一种名贵的香木。

诗 解

　　你唱着《杨叛儿》的曲调，我劝你多喝新丰出产的美酒。哪里是最让人动情的？是那白门柳树中啼叫的乌鸦声。乌鸟的啼叫声湮没在杨树的花里，你喝醉了留宿在我的家里。我们俩就像博山炉中燃烧的香木制成的燃香，两道烟气并作一道，飘飘荡荡像要凌驾仙境一般。

玉树后庭花

南朝·陈叔宝

题 解

　　《玉树后庭花》为宫体诗，被称为亡国之音，作者是南朝陈亡国的最后一个昏庸皇帝。传说陈灭亡的时候，陈后主正在宫中与爱姬妾孔贵嫔、张丽华等众人玩乐。王朝灭亡的过程也正是此诗在宫中盛行的过程。

原 文

丽宇芳林对高阁①，新妆艳质本倾城②。
映户凝娇乍不进③，出帷含态笑相迎④。
妖姬脸似花含露，玉树流光照后庭⑤。

注 释

　　①对：相对，对面。这里指高阁前有芳林花草。②倾城：使城池倾倒，形容女子貌美。③乍：开始，起初。④帷：帷帐，帷幄。⑤玉树：玉树的树冠挺拔秀丽，茎叶碧绿，顶生白色花朵，十分清雅别致。流光：玲珑剔透，流光溢彩。

诗 解

　　华丽的殿宇，花木繁盛的花园，没人居住的高阁就在这殿宇的对面，在花丛的环绕之中。美人生来就美丽，再经刻意妆点，姿色更加艳丽无比。妃子们仪态万千，风情万种，连外面的娇美春光都开始不敢映射进来；他们走出帷帐，笑容可掬，万般春日丽景瞬时失去了颜色。宫中的美人倾国倾城的容貌，像玉树那般美好秀丽，映照着后宫。

大堤曲

唐·李白

题 解

《大堤曲》，属于南朝乐府旧题，属于《清商曲辞》，内容多写男女爱情。

原 文

汉水临襄阳，花开大堤暖①。
佳期人堤下②，泪向南云满③。
春风复无情，吹我梦魂乱。
不见眼中人④，天长音信断。

注 释

①**大堤**：在襄阳城外，东临汉江，西自万山。②**佳期**：美好的春日，又指男女约会的日期。③**南云**：陆机《思亲赋》中有："指南山以寄款，望归风而效诚。"后来，"南云"指思念家乡或是怀念亲人之词。④**眼中人**：思念的人。

诗 解

汉水绕着襄阳城，大堤上春暖花开。在大提上想起了与佳人相会的日子，不禁望着南天的白云而热泪盈眶。本是多情的春风，如今也显得无情起来，将我的好梦吹散。梦中的眼中人不见了，想给她寄个音信，也因天长地远，而无法到达。

赏 析

太白《大堤曲》，入古乐府中不可辨。

——明·高棅《批点唐诗正声》

拔蒲 二首

题 解

《拔蒲》为乐府《清商曲辞·西曲歌》之一。作于南北朝时期，为五言绝句古诗，主要写女子与情郎同去拔蒲时的欢乐心情。

原 文

其 一

青蒲衔紫茸[①]，长叶复从风。

与君同舟去，拔蒲五湖中[②]。

注 释

① "青蒲"句：出自谢灵运《于南山往北山经湖中瞻眺》中的诗句"新蒲含紫茸"。衔紫茸，形容蒲草尖端长着紫色的茸毛。②五湖：古代吴越地区的湖泊。其说法不一，通常指太湖，或者太湖及其附近湖泊。此处当为泛指。

诗 解

青青的蒲草开着紫色的细茸花，时而有一阵风吹过，轻轻拂动着蒲草的叶子。我与情人一起乘着小舟，在碧波万顷的五湖上慢慢漂荡，拔着蒲草，心情非常愉快。

原 文

其 二

朝发桂兰渚[①]，昼息桑榆下。

与君同拔蒲，竟日不成把[②]。

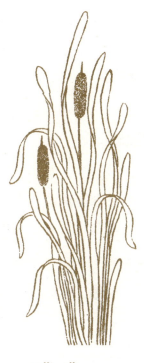

● 蒲 草

卷五 清商曲辞

一三七

注 释

①**渚**：水中的小块陆地。②**"与君"二句**：意为女子与情人一起拔蒲，因为感到快乐而拔蒲心不在焉，才会"竟日不成把"。蒲，水生植物，可制作蒲席。拔蒲，是江南水乡的一种普通农活儿。

诗 解

清早，天刚刚亮，和情人从桂兰渚出发，晚上就歇息在桑榆之下。在湖上，和情人一块儿拔着蒲草，心里沉浸在甜蜜之中，可是只顾与情人说笑，拔了半天，手里的蒲草还没有一把呢。

七日夜女歌

题 解

《七日夜女歌》是关于牛郎织女的组诗，共九组。

原 文

其 一

三春怨离泣，九秋欣期歌①。
驾鸾行日时，月明济长河②。

注 释

①**三春、九秋**：形容时间非常漫长。**期**：会面之期。②**长河**：银河。

诗 解

在漫长的等待中以泪洗面，在漫长的等待中不断期待会面之期。牛郎和织女被银河阻隔，二人分别的时间这么漫长。每年才能相会一次，两人见面之后，又是多么欢心哪！真希望织女能够驾着鸾车在天空中飞行，每天晚上都能飞过银河！

乐
府
诗
集

原 文

其 二

长河起秋云，汉渚风凉发^①。

含欣出霄路^②，可笑向明月。

注 释

①汉：云汉，指银河。②霄路：指云路。霄，云。

诗 解

秋高气爽，夜凉如水。一条银河横在天空，团团秋云让银河若隐若现。天上和人间一样，秋天的银河也变凉了，时有凉风吹过。织女从云雾中走出，她心情舒畅，微笑着一直向明月的方向走去。

襄阳曲

题 解

《襄阳曲》，即《襄阳乐》，乐府《清商曲辞》旧题。这四首诗各具特色。第一首诗描绘了人们在江边长堤上载歌载舞的生动场景，展示了襄阳迷人的景色；第二首诗描写历史人物山季伦的醉态，活灵活现地塑造了一个醉态可掬的形象；第三首诗通过写岘山、汉江、水色、沙色、山上的堕泪碑以及碑上的青苔、碑上被磨灭了的碑文等物景，感叹时间的长河能淹没一切；第四首诗运用习家池与堕泪碑的典故，反其意而用之，表现了作者潇洒中的辛酸痛苦之情。

原 文

其 一

襄阳行乐处，歌舞白铜鞮^①。

江城回渌水^②，花月使人迷。

①**白铜鞮**：歌名，相传为梁武帝所创。一说为南朝齐梁时候的歌谣，流行于襄阳一带。②**渌水**：清澈的水。

襄阳城里行乐的地方，唱的是《白铜鞮》，那里载歌载舞，好不热闹。一潭清澈的江水在襄阳城潺潺流淌，那里的花是如此美丽，那里的月是如此迷人。怎能不让人流连！

原 文

其 二

山公醉酒时，酩酊高阳下①。
头上白接篱②，倒着还骑马。

①**"山公"二句**：最初见于《世说新语·任诞》："山季伦为荆州，时出酣畅，人为之歌曰：'山公时一醉，径造高阳池。日暮倒载归，酩酊无所知。'"②**白接篱**：白色的头巾。

晋人山季伦醉酒时，日暮时分酩酊倒卧在高阳池下。他头上戴着一个白头巾，倒着骑在马上，好不惬意悠闲！

原 文

其 三

岘山临汉江，水绿沙如雪①。
上有堕泪碑②，青苔久磨灭。

①**水绿沙如雪**：又一作"水色如霜雪"。②**堕泪碑**：晋代羊祜镇守襄阳时，常常登岘山，置酒赋诗。羊祜死后，他的部属在岘山建碑立庙，每年祭祀。见到此碑者都流

泪，杜预因而称此碑为"堕泪碑"。

　　岘山临近汉江，那里的水绿如轻纱，净如霜雪。岘山之上有堕泪碑，是后人为纪念羊祜而建的，如今碑上的字迹已被青苔蔓满，看不见了。

原　文

其　四

　　且醉习家池①，莫看堕泪碑。
　　山公欲上马②，笑杀襄阳儿。

注　释

　　①**习家池**：这里运用的是典故。汉代侍中郎习郁在岘山南边建鱼池，成为襄阳的旅游胜地。晋征南将军山季伦镇守襄阳时，常在此醉饮。②**山公**：指晋征南将军山季伦，耽于饮酒。

诗　解

　　姑且醉倒在习家池地，沉湎于这种饮醉的快乐，不去看堕泪石碑。如果征南将军山季伦在醉时意欲上马而行，那不是他惯有的风格，就会笑杀襄阳之人。

赏　析

　　西曲《襄阳乐》，咏大堤女郎。此咏襄阳土风，兼及羊祜、山简事，四解相承，总归于行乐，如贯珠然。

——明·胡震亨《李杜诗通》

卷五　清商曲辞

卷六 舞曲歌辞

舞曲歌辞，配合舞蹈演唱的歌辞。分为雅舞、杂舞。

雅舞用于郊朝、朝飨，杂舞用于宴会。

卷六　舞曲歌辞

东海有勇妇

唐·李白

题解

　　此诗当作于公元 745 年（唐玄宗天宝四载），唐代的复仇现象是流行于民间的一种风习。本诗记载了发生于当时的一起妻子为夫复仇的事件。在诗中，李白极力赞扬了女性的疾恶如仇的任侠情怀，同时，对那些为达到目的不择手段的所谓的"任侠"行为，又予以强烈的谴责。

原文

　　梁山感杞妻，恸哭为之倾①。金石忽暂开，都由激深情。东海有勇妇，何惭苏子卿②。学剑越处子③，超腾若流星。损躯报夫仇，万死不顾生。白刃耀素雪，苍天感精诚。十步两躩跃，三呼一交兵。斩首掉国门，蹴踏五脏行④。割此伉丽愤⑤，粲然大义明。北海李使君⑥，飞章奏天庭。舍罪警风俗，流芳播沧瀛⑦。志在列女籍，竹帛已光荣。淳于免诏狱⑧，汉主为缇萦。津妾一棹歌，脱父于严刑。十子若不肖⑨，不如一女英。豫让斩空衣⑩，有心竟无成。要离杀庆忌⑪，壮夫所素轻。妻子亦何辜，焚之买虚声。岂如东海妇，事立独扬名！

①**"梁山"二句**：用杞梁妻哭倒城墙事。②**苏子卿**：苏武，字子卿。他奉汉武帝之命，出使匈奴，被囚禁北海牧羊19年，坚贞不屈。后来汉武帝去世，昭帝即位，汉朝与匈奴修好，苏武归汉。苏武的民族气节从此流传千古。③**越处子**：越女。春秋越国，南林会稽一个山野少女，在竹林中奇遇一化身老翁的通灵白猿，白猿以竹枝为剑与少女对阵，遂长啸一声而去。少女悟出其剑法，与越王勾践坐而论剑，动静之术，虚实之法，无不精通。越王赐其号曰"越女"，称"当世莫胜越女之剑"。④**蹴踏**：踩，踢。⑤**伉丽**：即"伉俪"，夫妇。⑥**北海李使君**：李邕，中国唐代书法家，字泰和。广陵江都（今江苏扬州）人。曾任左拾遗、户部员外郎、括州刺史、北海太守，人称李北海。⑦**沧瀛**：大海，指东方海隅之地。⑧**淳于免诏狱**：这里运用的是典故。淳于，即淳于意，西汉初期著名医学家。因曾任齐太仓长，故人们尊称他为"仓公"或"太仓公"。淳于意自幼热爱医学，曾拜公孙光、公乘阳庆为师，学黄帝、扁鹊的脉书、药论等书，精于望、闻、问、切四诊，尤以望诊和切脉著称。淳于意为使自己专志医术，长期行医民间，对封建王侯却不肯趋承。赵王、胶西王、济南王、吴王都曾召他做宫廷医生，他都一一谢绝了。因常拒绝对朱门高第出诊行医，被富豪权贵罗织罪名，送京都长安受肉刑。其幼女淳于缇萦毅然随父西去京师，上书汉文帝，痛切陈述父亲廉平无罪，自己愿意身充官婢，代父受刑。文帝受到感动，宽免了淳于意，且废除了肉刑。⑨**不肖**：品行不好，没有出息。⑩**豫让**：春秋战国时晋国人，为晋卿智瑶家臣。晋出公二十二年（前453）赵、韩、魏共灭智氏。豫让用漆涂身，吞炭使哑，暗伏桥下，谋刺赵襄子未遂，后为赵襄子所捕。临死时，求得赵襄子衣服，拔剑击斩其衣，以示为主复仇，然后伏剑自杀。⑪**要离杀庆忌**：庆忌是吴王僚的儿子，是吴国第一勇士。吴王阖闾派专诸刺杀王僚后，登上王位。庆忌逃亡卫国，招兵买马，欲报杀父之仇。阖闾想除掉庆忌，伍子胥就推荐要离刺杀庆忌。经过策谋，要离决定采用苦肉计。一日要离在王宫与阖闾

●齐杞梁妻

斗剑时，故意先用竹剑刺伤阖闾的手腕，再取真剑斩断自己的右臂，投奔卫国找庆忌去了。庆忌探得事实，便对要离深信不疑，视为心腹。三月之后，庆忌出征吴国，与要离同坐一条战舰。要离乘庆忌在船头畅饮之机，迎着月光独臂猛刺庆忌。庆忌诧异至极倒提要离，沉溺水中三次，然后将要离放在膝上，笑着说："天下竟有如此勇士敢于刺我！"遂让士兵放走要离。要离回国后辞谢封赏，自刎而死。事见《吴越春秋》。

诗 解

梁山城墙的倾倒，是因被杞妻的恸哭所感动。这是一往情深，至诚一片，金石都为之打开。东海有勇妇，怎么会惭愧不如苏子卿呢？东海的勇妇有苏子卿的气节。她向越处子学剑，腾奔若流星。她不惜自己的生命，为夫报仇，连苍天都被她的真情所感动了。她身手不凡，十步两躔跃，三呼一交兵。她粲然明大义。北海的李邕，把她的事迹奏到朝廷。天子免去了她杀人的罪过，把她作为列妇忠妇的典型给予表彰，并以她来警明风俗，使她的美名远播苍茫大地。她名在列女籍里，彪炳史册，已很光荣了。淳于意之所以能免诏狱，是因为他的幼女淳于缇萦上书汉文帝，文帝受到感动，才废除了他的肉刑。如果十个儿子都没有出息，那还不如一个女英。豫让为报智氏对自己的知遇之恩，谋刺智氏的仇人——赵襄子，后为赵襄子所捕。临死时，拔剑击斩其衣，以示为主复仇，然后伏剑自杀。要离谋杀庆忌，向来是被壮夫所轻视的。要离的妻子和孩子是无辜的，焚烧他们的尸体是为了虚名。他们哪里能比得上这位东海的勇妇啊，事成之后，在青史上独擅美名！

赏 析

《东海有勇妇》疑是应酬之作，然亦铮铮。

——南宋·严羽

白纻辞 三首

题 解

《白纻辞》，乐府《舞曲歌辞》旧题。纻，即麻，产于吴地，可作舞者的衣服。白纻舞，为吴地之舞，所以白纻舞辞主要盛称舞者之美。

第一首诗写歌者相貌美、歌声美、舞姿美，即使在寒苦的塞外，阴冷的霜夜，也给满堂听众带来无限欢乐。第二首诗写一位歌女舞姿优美，歌声感人。她的目的是想打动一位她所心爱的人，欲与其共结伉俪，双飞双栖。第三首诗写一位美丽的歌妓，歌舞至夜深人静时，情绪激动，歌舞节拍急迫迅疾，加之月落烛微，便与听者相拥一起，难舍难分。

原文

其 一

扬清歌，发皓齿，北方佳人东邻子[1]。
且吟《白纻(zhù)》停《渌水(lù)》[2]，长袖拂面为君起。
寒云夜卷霜海空，胡风吹天飘塞鸿。
玉颜满堂乐未终，馆娃日落歌吹濛[3]。

注 释

[1]**北方佳人**：指李延年的诗《北方有佳人》，诗中歌颂女子貌美绝伦。**东邻子**：指貌美的女子。语出自宋玉《登徒子好色赋》："天下之佳人莫若楚国，楚国之丽者莫若臣里，臣里之美者莫若臣东家之子。"后以"东邻子"喻美色或赞美所钟情的女子。
[2]**渌水**：古舞曲名。[3]**馆娃**：春秋吴宫名。春秋时期吴王夫差为西施所建，吴人称美女为娃，故得称，故址在今苏州西南灵岩山上。

诗 解

微扬清音，轻发皓齿，好似《北方有佳人》中的貌美佳人东邻子那样貌美无双。且吟《白纻》与《渌水》诗，长袖翩翩，拂面为君起舞。犹如寒云夜卷霜海，一片空蒙；又似胡风吹天，飘摇塞鸿。玉颜满堂，其乐融融。日落时分，夕阳西下，馆娃宫中，歌声迷离。

原文

其 二

月寒江清夜沉沉，美人一笑千黄金[1]。
垂罗舞縠(hú)扬哀音[2]，郢中《白雪》且莫吟(yǐng)[3]，《子夜》吴歌动君心[4]。

动君心，冀君赏⑤。愿作天池双鸳鸯⑥，一朝飞去青云上。

原文

①"一笑"句：指女子笑容娇美，一笑价值千金。②縠：有皱纹的纱。③郢中《白雪》：指美妙的高雅音乐。郢中，春秋楚国都城；《白雪》，古乐曲名。④《子夜》：晋曲名。⑤冀：希望。⑥天池：天上之池。这里指不受世俗约束的地方。

诗解

月色清寒，江水清清，夜色中女子笑容娇美，价值千金，她舞动罗袖，唱出了哀伤之曲。不唱郢中《白雪》，因为高山流水，能懂得相和的人太少了。唱的是易让人动情的《子夜》吴歌，希望能够得到君王的恩赏。愿与君王作天池的鸳鸯双双，有朝一日，飞上青云去。

原文

其 三

吴刀剪彩缝舞衣①，明妆丽服夺春辉。
扬眉转袖若雪飞，倾城独立世所稀②。
《激楚》《结风》醉忘归③。
高堂月落烛已微，玉钗挂缨君莫违④。

注释

①吴刀剪彩：指用剪刀裁制丝绸服装。吴刀，吴地出产的剪刀；彩，指彩色的丝织品。②倾城独立：指女子貌美。③"《激楚》"句：是说奏出节拍急促的《激楚》《结风》的歌曲，舞蹈的节奏也随之加快。《激楚》《结风》，都是歌曲名。④玉钗挂缨：这里运用的是典故。宋玉出行，夜间投宿，主人之女殷勤留客，引入兰房，"以其翡翠之钗，挂臣冠缨"。后用作男女狎昵的典故。玉钗，女子头饰。缨，男子冠带。

诗解

吴国裁缝刀剪巧妙，缝制出七彩舞衣，明妆丽服可夺春晖。扬眉转袖如雪纷飞，倾城倾国的美女，为世上的珍稀。君王被她的高歌《激楚》《结风》所倾倒，饮酒酣醉便忘记了归去。月落西山，高堂烛光忽明忽暗，她用玉钗缠挂君王的缨冠，请君王不要辜负她的一片痴心。

萧士赟曰：全篇句意间架，并是拟鲍明远者，杜少陵所谓"俊逸鲍参军"者与？二诗（按指组诗前二首）虽出入古词，要自情景双美，别具丰神。

——清·爱新觉罗弘历《唐宋诗醇》

观沧海

魏·曹操

题 解

诗人曹操在碣石山登山望海时，用饱蘸浪漫主义激情的大笔，勾勒出的大海吞吐日月、包蕴万千的壮丽景象；描绘了祖国河山的雄伟壮丽，既刻画了高山大海的壮阔，更表达了诗人以景托志、胸怀天下的进取精神。

原 文

东临碣石①，以观沧海。
jié
水何澹澹②，山岛竦峙③。
dàn dàn　　　 sǒng zhì
树木丛生，百草丰茂。
秋风萧瑟，洪波涌起。
日月之行，若出其中。
星汉粲烂，若出其里④。
càn
幸甚至哉，歌以咏志⑤。

●观沧海

注 释

①临：登上，游览。碣石：山名，在今河北省乐亭县西南。②澹澹：水波摇荡貌。③竦峙：耸立。④"日月"四句：是写沧海包含之大。星汉，银河。⑤志：理想。

诗 解

东行登上碣石山，来观赏那苍茫的海。海水多么宽阔浩荡，山岛高高地挺立在海边。树木和百草丛生，十分繁茂，秋风吹动树木发出苍凉的声音，海中涌着巨大的海浪。太阳和月亮的运行，好像是从这浩瀚的海洋中发出的。银河星光灿烂，好像是从这浩瀚的海洋中产生出来的。我很高兴，就用这首诗歌来表达自己内心的志向吧。

赏 析

此志在容纳，而以海自比也。

——清·张玉毂《古诗赏析》

独漉篇

唐·李白

题 解

诗写作者面对安史之乱，欲效法搏击九天之鹏的神鹰，一击成功，歼灭叛军，为国家做出贡献。

原 文

独漉^{lù}水中泥，水浊不见月。不见月尚可，水深行人没[1]。越鸟从南来，胡雁亦北度。我欲弯弓向天射，惜其中道失归路。落叶别树，飘零随风。客无所托，悲与此同。罗帷舒卷[2]，似有人开。明月直入，无心可猜。雄剑挂壁，时时龙鸣。不断犀象，绣涩苔生。国耻未雪[3]，何由成名。神鹰梦泽，不顾鸱鸢^{chī yuān}。为君一击，鹏搏九天[4]。

注 释

① "独漉"四句：喻安禄山所统治下的人民，在水深火热之中。《独漉篇》古辞："独漉独漉，水深泥浊。泥浊尚可，水深杀我。"独漉，亦为地名。漉，使水干涸。②**帷**：帐子。**舒卷**：屈伸开合，形容帷帘掀动的样子。③**国耻**：指安禄山之乱。④ "**神鹰**"四句：《太

平广记》卷四六〇引《幽明录》："楚文王好猎，有人献一鹰，王见其殊常，故为猎于云梦之泽。毛群羽族，争噬共搏，此鹰瞪目，远瞻云际。俄有一物，鲜白不辨，共鹰竦翮而升，蠢若飞电。须臾羽堕如雪，血洒如雨。良久有一大鸟堕地而死。度其两翅广数十里，喙边有黄。众莫能知。时有博物君子曰：'此大鹏雏也。'文王乃厚赏之。"梦泽，古泽薮名，亦与云泽合称云梦泽。鸥鹭，指凡鸟。

诗 解

有人在水中湮泥，弄得水浑浊不堪，连月亮的影子也照不见了。映不见月影倒没什么，问题是行人涉水不知深浅，就会被深水所淹没。越鸟从南而来，胡鹰也向北而飞。我欲举弓向天而射，但又恻然不忍，怜惜它们中途迷失了归路。树叶为风吹落，别树飘零而去，我如今他乡为客，无所归依，此悲正与落叶别树之情相同。罗帷乍舒乍卷，似乎有人进来。一束明亮的月光照入室内，可鉴我光明磊落的情怀，真是无疑可猜。雄剑挂在墙壁上时时发出龙鸣。这把可断犀象的利刃啊，如今闲置得都长满了锈斑。国耻未雪，还谈得上什么建立伟业？谈得上什么万世功名？传说有一只神鹰，曾在云梦泽放猎，但它却连鸥鹭一类的凡鸟睐也不睐，对它们一点儿兴趣也没有。因为此鸟志向远大，生来就是高飞九天，专门为君去搏击大鸟的啊。

●明月直入，无心可猜

赏 析

彷徨惊顾，妙得其神，古词何必胜此！

——明·陆时雍《唐诗镜》

卷七 琴曲歌辞

琴曲歌辞，用琴演奏歌曲的歌辞。分为五曲、九引、十二操。

卷七　琴曲歌辞

渌水曲

唐·李白

题解

《渌水曲》，属于乐府《琴曲歌辞》旧题。诗仅短短四句，却形象生动地展现了一幅妇女生活的迷人风采。

原文

渌水明秋月①，南湖采白蘋②。

荷花娇欲语，愁杀荡舟人③。

注释

①**渌水**：清澈的水。《渌水曲》本为古曲名，李白借其名而写渌水之意。②**白蘋**：水草名。叶子是四方的，中拆如十字，夏天开花。俗称"田字草"。③**杀**：用在动词后，表示极度，副词。**荡舟人**：这里指思念丈夫的女子。

诗解

清澈的湖水在秋夜的月亮下发着亮光，我到洞庭湖采白蘋。荷花姿态娇媚好像有话要对我说，却愁坏了我这个摇船人。

赏析

"愁杀"两字，反复读之，通首俱摄入矣。

——清·黄叔灿《唐诗笺注》

秋　思

唐·李白

题解

《秋思》，乐府《琴曲歌辞》旧题。

原文

春阳如昨日，碧树鸣黄鹂。
芜然蕙草暮①，飒尔凉风吹。
天秋木叶下，月冷莎鸡悲②。
坐愁群芳歇，白露凋华滋③。

注释

①蕙草：一种香草。②莎鸡：虫子名。又名络纬、络丝娘。在这里指纺织娘。③华滋：繁盛的枝叶。

诗解

今日春天景色如同昨天一样明媚清丽，在碧树绿草间，有黄鹂鸟在唧唧地鸣叫。霎时之间，蕙草就枯萎凋零了，飒飒地吹来阵阵凉意，让人顿感忧伤。已经进入秋天，落叶纷纷而下，一片凄清的景象。冰冷的月光下纺织娘正在悲伤，只因为秋露渐浓，群芳凋零。

飞龙引 二首

唐·李白

题解

《飞龙引》是乐府中的《琴曲歌辞》。李白借《史记》所记黄帝升

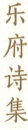

天的神话传说，表达了对人生短暂的感慨之情。

原 文

其 一

黄帝铸鼎于荆山^①，炼丹砂^②。

丹砂成黄金，骑龙飞上太清家^③。

云愁海思令人嗟（jiē），宫中彩女颜如花。

飘然挥手凌紫霞，从风纵体登鸾车^④。

登鸾车，侍轩辕（xuān yuán）^⑤。

遨游青天中，其乐不可言。

注 释

①**黄帝**：中国古代神话中的五天帝之一，中华民族的始祖。《史记·卷十二·孝武本纪》载：黄帝采首山铜铸鼎于荆山之下，鼎既成，有龙垂胡髯下迎黄帝，群臣后宫上者七十余人皆乘龙升天。**荆山**：在今河南省灵宝市附近。相传黄帝采首山铜铸鼎于此，亦名覆釜山。②**丹砂**：朱砂，矿物名，深红色，古代道教徒用以化汞炼丹，中医作药用，也可制作颜料。③**太清**：三清之一。道教徒谓元始天尊所化法身，道德天尊所居之地，其境在玉清、上清之上，唯成仙方能入此，故亦泛指仙境。④**鸾车**：神仙所乘之车。⑤**轩辕**：黄帝。

诗 解

黄帝在荆山下铸造宝鼎，炼制仙丹。仙丹炼成后，黄帝和群臣后宫乘龙飞升进入仙境。天上的彩云迷迷茫茫，变幻如海，让人惊叹。联想天宫中的披着七彩霓裳羽衣的宫女一定貌美如花。真想乘风飞身而上，登上黄帝乘坐的鸾车，陪在黄帝旁边，一起遨游在青天中，那种乐趣一定妙不可言。

原 文

其 二

鼎湖流水清且闲，轩辕去时有弓剑，古人传道留其间。

后宫婵娟多花颜，乘鸾飞烟亦不还，骑龙攀天造天关^①。

造天关，闻天语，长云河车载玉女②。

载玉女，过紫皇，紫皇乃赐白兔所捣之药方。

后天而老凋三光③，下视瑶池见王母，蛾眉萧飒如秋霜④。

注释

①**天关**：天门。②**长云**：连绵不断的云。③**后天**：谓后于天，极言长寿，后用为祝寿之词。**三光**：日、月、星。④**蛾眉**：比喻女子美丽的眉毛。

诗解

黄帝所在升天之处鼎湖的水静静流动着，清澈见底，这里有个传说：当年黄帝与群臣后宫乘龙飞天，剩下一些小吏不能上去，于是都拽住龙髯不放，龙髯都被拔掉坠落下来，黄帝用的弓也掉了下来，黄帝在百姓的仰望中飞向天庭，那些小吏们只能抱着龙髯和弓大声呼喊，但也无济于事。天宫中一定美女如云。仙人们乘鸾而去消失在烟波浩渺中，也都一去不返。如果再有机会能乘龙飞升的话，我一定到达仙境，登上天门，去聆听天上神仙的谈话，坐上祥云和神车，载着美丽的仙女，去拜访玉皇。玉皇见到我一定会很高兴，并赐给我天宫玉兔捣制的长生不老药。吃了仙药，我就可以长生不老，寿与天齐，可以活到日月星辰都凋谢的时候。到时候我再去看瑶池的王母，估计那时她的眉毛也白如霜了。

●**弄 玉**

萧史和弄玉成亲后，非常恩爱，两人经常一起吹箫，秦国的山林溪边、蓝天、夜空，几乎时时可以听到他们的合奏。

赏析

《飞龙引》二首，当是明皇仙去之后。又有"彩女""玉女"之句，则怨之深矣。

——南宋·葛立方《韵语阳秋》

乐府诗集

山人劝酒

唐·李白

题 解

　　此诗通过对商山四皓稳固刘盈太子地位这一史实的概括，高度赞赏商山四皓不受屈辱、甘为隐沦的气节及一旦出山、扭转乾坤、功成身退、不为名利所牵的气度。诗人以此来表达自己的志向。

原 文

　　苍苍云松，落落绮皓^①。春风尔来为阿谁？蝴蝶忽然满芳草。秀眉霜雪颜桃花，骨青髓绿长美好^②。称是秦时避世人，劝酒相欢不知老。各守麋鹿志^③，耻随龙虎争^④。欻起佐太子^⑤，汉王乃复惊。顾谓戚夫人，彼翁羽翼成。归来商山下，泛若云无情。举觞酹巢由^⑥，洗耳何独清^⑦！浩歌望嵩岳，意气还相倾^⑧。

注 释

　　①落落：豁达。绮皓：指商山四皓，是秦代末年四位白发苍苍的老人，他们隐居在商山，人称"商山四皓"。汉高祖刘邦素来敬重他们四人的贤名，想让他们辅佐自己，而被拒绝。后来，吕后用张良的计谋，让太子亲自去恭请四位长者出山，四人才决定辅佐太子。他们四人与太子同去见高祖刘邦，太子的地位由此才得以巩固。②**骨青髓绿**：谓仙风道骨。《黄帝内经》：骨青筋，赤髓如霜。③**麋鹿志**：指隐居山野的志向。④**龙虎争**：刘邦和项羽的楚汉之争。⑤**欻**：忽然、突然、迅速、短暂，如火光一现。⑥**酹**：用酒洒地以祭拜。⑦**洗耳**：这里运用了典故。尧召许由为九州岛长，许由不想听，就洗耳于颍水之滨。⑧**相倾**：志趣相同。

诗 解

　　苍劲入云的青松，像豁达开朗的商山四皓。和煦的春风啊你为谁吹来？翩翩的蝴蝶忽然飞满了芳草。看老人秀眉银发满面春色，精气筋骨爽健长久美好。自称是秦时避乱隐居的人，欢快地相互劝酒而不觉年老。四人各守与山间麋鹿为友的栖隐之志，耻于参加官场上的权力之争。可是忽然间又出山去佐助太子，使汉朝皇帝感到吃惊。回头对戚夫人说："那几位老翁啊，羽翼已经形成！"功成之后又回到商山之下，好像天上的浮云一样来去无情！共同举杯祭奠唐尧时代的巢父、许由，你们惧污洗耳，多么高洁自清！放声高歌，望着嵩岳那圣洁之地，你们的志趣情怀实在让人倾慕钦敬！

●许由洗耳

传说，上古时代的尧，想把帝位让给许由。许由是个不问政治的"清高"之人，不但拒绝了尧的请求，而且连夜逃进箕山，隐居不出。

幽涧泉

唐·李白

题解

《幽涧泉》，乐府旧题，属于《琴曲歌辞》。李白在这首诗里抒发自己哀时失志的苦闷之情，表现自己不与世俗同流合污的孤高品格。

原文

拂彼白石，弹吾素琴①。幽涧愀兮流泉深②，善手明徽，高张清心③。寂历似千古④，松飕飗兮万寻⑤。中见愁猿吊影而危处兮，叫秋木而长吟⑥。客有哀时失志而听者，泪淋浪以沾襟。乃缉商缀羽⑦，潺湲成音。吾但写声发情于妙指⑧，殊不知此曲之古今。幽涧泉，鸣深林。

①**素琴**：不加装饰的琴。②**"幽涧"句**：谓涧谷幽静，流泉水深，使人容色变得严肃。愀，忧伤的样子。③**"善手"二句**：谓琴师用手将琴弦上紧，使音调高亢明亮。善手，能手、高手。徽，这里指琴上系弦绳。明徽，指用螺蚌或金玉水晶装饰的琴徽。高张，把琴弦拧紧，使琴音高亢清亮。④**寂历**：空旷。⑤**寻**：古长度单位。一寻为八尺。⑥**"中见"二句**：谓从中看到，站在高耸的岩石上的秋木之上的猿猴，对影孤立而哀鸣。吊，悲伤怜惜。⑦**缉商缀羽**：谓协调五音，使得协调和合。商河羽分别为古代五音之一。这里以商、羽二音代指五音（宫、商、角、徵、羽）。缉，协调、和合，缀，系结、连接。⑧**"吾但"句**：意谓我只用琴声抒发独特的思想感情。但，只。写，宣泄。

●拂彼白石,弹吾素琴

拂他山白石，弹我的素琴。这琴声如涧谷幽静，流泉水深，使人容色变得严肃。琴师拧紧琴弦，琴音高亢清亮。他心中寂静，如历千古，又如大片松林发出飕飕之声，高飘万寻。从中看到，站在高耸岩石上的秋木之上的猿猴，对影孤立而哀鸣。客人中有人对时世悲哀不满，听其哀声而共鸣，顿时泪如雨下，湿透衣襟。所以调整琴弦，缉商缀羽，使得协调和合。琴师通过对五音的协调，弹奏出如同流水般的乐声。我辈只知道写声发情于妙指之上，却不知此曲之古今来历。幽涧泉啊，高鸣在树林，有没有知音！

松响猿吟，从琴中写出，俱可以例涧泉也。纵笔挥洒，泠泠有声。

——清·沈德潜《唐诗别裁》

雉朝飞

唐·李白

题解

《雉朝飞》是李白依据古人旧题为琴曲写的歌词。此诗似寄寓年岁迟暮、仕宦无望的感慨。

原文

麦陇青青三月时，白雉朝飞挟两雌。锦衣绮翼何离褷①。犊牧采薪感之悲。春天和，白日暖。啄食饮泉勇气满，争雄斗死绣颈断。雉子班奏急管弦，倾心酒美尽玉椀。枯杨枯杨尔生稊②，我独七十而孤栖。弹弦写恨意不尽，瞑目归黄泥。

注释

①离褷：鸟的羽毛初生的样子。②稊：树木再生的嫩芽。

诗解

三月时分，麦苗青青，一只白雉挟着两只雌雉款款飞去。锦衣绣翼，毛羽浓密，我这个老而无妻的人感觉悲苦。春天天气融和，白日照耀温暖。雄雉鸟吃饱了，喝足了，勇气勃勃，满身是劲，为争一雌，战斗直至绣颈折断也不肯罢休。《雉子班》曲调急促，管弦乱奏；赏心的美酒，倾满玉碗。枯杨啊枯杨，你又生出嫩叶，而我却七十岁了孤身一人。弹弦写恨，意犹不尽，只有闭目等死归黄泉。

卷八 杂曲歌辞

杂曲歌辞，散失了或残存下来的民间乐调的杂曲，与五言古诗相接近。内容有写心志、抒情思、叙宴游、发怨愤、言征战行役，或缘于佛老，或出于夷虏。兼收并载，故称杂曲。

卷八　杂曲歌辞

代出自蓟北门行①

南朝宋·鲍照

题解

　　此诗通过对边境紧急战事和恶劣环境的渲染，突出表现了壮士从军卫国、英勇赴难的壮志和激情。在表现壮士赴敌捐躯的忠良气节时，插穿胡地风物奇观的描写，是南北朝时期罕见的描写边塞生活的名篇。

原文

　　羽檄起边亭②，烽火入咸阳③。征师屯广武④，分兵救朔方⑤。严秋筋竿劲⑥，虏骑精且强。天子按剑怒，使者遥相望⑦。雁行缘石径⑧，鱼贯度飞梁⑨。箫鼓流汉思⑩，旌甲被胡霜⑪。疾风冲塞起，沙砾自飘扬。马毛缩如猬⑫，角弓不可张。时危见臣节，世乱识忠良。投躯报明主⑬，身死为国殇⑭。

注释

　　①蓟：古地名，在今北京市西南。②羽檄：紧急征召的文书。檄，征召的文书，写在一尺二寸长的木简上，情况紧急时插上羽毛。边亭：边境上的瞭望亭。③烽火：古代边防报警的烟火。咸阳：秦都城，故址在今陕西长安西。此泛指京都。④屯：驻扎。广武：县名，在今山西代县西。⑤朔方：郡名，治所在今内蒙古鄂尔多斯市西北。⑥严秋：

肃杀的秋天。**筋**：弓弦。**竿**：箭杆。⑦**遥相望**：形容使者往来不绝。⑧**雁行**：形容军队沿石径行进，如雁飞排成的行列。**缘**：沿。⑨**鱼贯**：形容士兵依次渡过桥梁，如游鱼前后连贯。**飞梁**：高架的桥梁。⑩**"箫鼓"句**：意思是军乐流露出汉人的情思。箫鼓，两种乐器，此代指军乐。⑪**旌甲**：旌旗、铠甲。⑫**猬**：刺猬。⑬**投躯**：献身。⑭**国殇**：为国牺牲的人。

乐府诗集

诗 解

敌方入侵的信息接连传入京城，汉军征集马队，屯驻广武，分遣精兵，出救朔方。胡方利用深秋弓坚矢劲，大举入犯，汉方天子震怒，使者促战，相望于道。战争十分激烈，传送军情战况的使者往来不绝。军队沿石径行进，如雁飞排成的行列；士兵依次渡过桥梁，如游鱼前后连贯。军乐流露出汉人的情思，战士们的旌旗和铠甲都披上了胡地的霜雪。他们冒着疾风冲锋陷阵，战场上的沙砾被扬起，随风飘荡。因为天气寒冷，马毛都像刺猬一样缩成一团，角弓也拉不开了。自占以来的忠节之士，都是在严峻考验中察见和识别出来的。他们必须在紧急关头付出最大牺牲。《九歌·国殇》是用来礼赞勇武刚强、为国捐躯的烈士们的。

赏 析

明远能为抗壮之音，颇似孟德。

——清·沈德潜《古诗源》

出自蓟北门行

唐·李白

题 解

公元752年（天宝十一载），李白北游蓟门时作此诗。诗中歌颂了反击匈奴贵族侵扰的战争，同时也描绘了远征将士的艰苦生活。

原 文

虏阵横北荒①，**胡星耀精芒**②。**羽书速惊电**③，**烽火昼连光**。**虎竹救边急**④，**戎车森已行**。**明主不安席**⑤，**按剑心飞扬**。**推毂出猛将**⑥，连旗登战场。兵威冲绝幕⑦，杀气凌穹苍。列卒赤山下⑧，开营紫塞旁⑨。孟冬风沙紧⑩，旌旗飒凋伤⑪。画角悲海月，征衣卷天霜⑫。挥刃斩楼兰⑬，弯弓射贤王⑭。单于一平荡⑮，种落自奔亡⑯。收功报天子，行歌归咸阳。

注 释

①**虏阵**：敌人的方阵。②**胡星**：指旄头星。古人认为旄头星是胡星，当它特别明亮时，就会有战争发生。**精芒**：星的光芒。③**羽书**：同"羽檄"。这里指告急的文书。④**虎竹**：泛指古代发给将帅的兵符。⑤**明主**：英明的皇帝。**不安席**：寝不安席。形容焦急得不能安眠。⑥**推毂**：相传是古代一种仪式，大将出征时，君王要为他推车，并郑重地嘱咐一番，授之以指挥作战全权。毂，车轮。⑦**绝幕**：极远的沙漠。幕，通"漠"。⑧**列卒**：布阵。**赤山**：山名，在今辽宁西部。⑨**开营**：设营，扎营。**紫塞**：指长城。因城土紫色，故名。⑩**孟冬**：初冬。⑪**飒**：飒飒风声。⑫**"画角"二句**：在边地的月光下吹奏出悲壮的画角声，战士的军衣上凝聚了层层寒霜。画角，古乐器，本细末大，用竹木或皮革制成，外加彩绘，军中用以报告昏晓。卷，这里是凝聚的意思。天霜，古人认为霜是从天上落下来的。⑬**楼兰**：古国名。⑭**贤王**：指敌军的高级将领。⑮**单于**：匈奴的首领。⑯**种落**：种族，部落。

诗 解

胡虏列阵横行在北方荒原，胡星闪耀血腥的光芒。报信的羽书速如惊电，示警的烽火昼夜燃烧。调兵遣将的虎形竹符急救边难，武装战车森森而行。明主坐不安席，按剑怒心飞扬。用隆重礼遇任命将帅，军旗连绵登上战场。兵威凌厉直逼大漠，杀气汹汹直冲苍穹。列站阵于赤山之下，扎军营于紫塞之旁。孟冬季节风沙漫天，旌旗被飒飒的风沙吹破。画角阵阵悲鸣海月，征衣不脱，漫卷天霜。挥利刃直斩楼兰王，弯雕弓直射左右贤王。荡平匈奴单于，追逐其部落，各自奔亡。将军战功捷报上呈天子，一路上漫天歌舞，凯旋回到咸阳。

君子有所思行

唐·李白

题 解

《君子有所思行》，乐府《杂曲歌辞》旧题。诗中体现了盛唐时期帝都长安的壮伟富丽。

原 文

紫阁连终南①，青冥天倪色②。凭崖望咸阳，宫阙罗北极③。万井惊画出④，九衢如弦直⑤。渭水银河清，横天流不息。朝野盛文物，衣冠何翕赩⑥？厩马散连山，军容威绝域。伊皋运元化，卫霍输筋力⑦。歌钟乐未休⑧，荣去老还逼⑨。圆光过满缺，太阳移中昃⑩。不散东海金，何争西辉匿⑪。无作牛山悲，恻怆泪沾臆⑫。

注 释

①"**紫阁**"句：言终南诸峰，连绵不断。紫阁，终南山山峰名，在陕西户县东南。以日光照射，呈现紫色而得名。终南山，秦岭主峰之一，在陕西西安市南。②"**青冥**"句：谓青苍幽远的山色，直接天边。青冥，青苍幽远的山色。③"**宫阙**"句：言皇城中宫殿罗列。北极，本是北极星，后以喻帝居。宫阙，即帝王宫殿。④"**万井**"句：谓房廊屋舍，鳞次栉比，繁华如画，使人惊叹。井，古制八家为井，后因指乡里、人口聚居处。⑤**九**

●皋 陶

传说皋陶是舜帝时期掌管刑法的官，他面貌奇特，脸是青绿色，嘴像鸟嘴一样。皋陶有一只有角的羊，这只羊有确认罪犯的神奇本领，皋陶断狱时，羊会用角抵触有罪的人。

衢：四通八达的道路。⑥ **"朝野"二句**：言从地方到朝廷，文士、百官众多，衣冠华美，呈现出太平景象。文物，文人、学士。翕赩，光色盛美的样子。⑦ **"伊皋"二句**：谓文臣掌管教化，武将捍卫疆土。伊，伊尹，商汤臣，佐汤伐夏桀，致于王道。见《史记·殷本纪》。皋，皋陶，舜之臣，掌管刑狱之事。《史记·五帝纪》：皋陶为大理。元化，帝王之德化。卫、霍，指汉武帝名将卫青、霍去病。输筋力，以武功报效朝廷。⑧ **歌钟**：本指编钟，后泛指乐歌。⑨ **"荣去"句**：青春易逝，衰老易来。⑩ **"圆光"二句**：谓月圆则亏，日中则昃，喻物盛则衰。⑪ **"不散"二句**：谓不应爱惜金钱，随时光的流转而死去。⑫ **"无作"二句**：谓不要因怕死而痛哭流涕。

诗 解

　　紫色台阁连绵直到终南山，天际一片暝色。倚凭丹崖远望咸阳城，宫阙罗列北极。街道如万井画出，九衢如弦笔直。渭水如银河清秀，横亘天际奔流不息。朝野文华鼎盛，衣冠光色鲜艳。厩马散布连山，军容威震绝域。文有伊皋大运元化，武有卫霍贡输筋力。歌舞钟乐日日不休，但叹荣华逝去老来岁月相逼。月光犹有圆缺盈亏，太阳也已过中午。谓不应过分爱惜金钱，因为任何人也阻止不了夕阳西下。不要伤感人生的短暂，而恻怆之泪沾满衣襟，要遵守自然规律。

空城雀

唐·李白

题 解

　　乐府《杂曲歌辞》旧题。诗人在这首诗里表达的是自己志向不得伸展，又不想屈节钻营，只能过着悲苦日子的愤懑与无奈之情。

原 文

　　嗷嗷空城雀，身计何戚促！本与鹪鹩群①，不随凤凰族。提携四黄口②，饮乳未尝足。食君糠秕馀，常恐乌鸢逐③。耻涉太行险，羞营覆车粟④。天命有定端，守分绝所欲⑤。

注 释

①鹪鹩：似黄雀的小鸟。②黄口：雏鸟。③鸢：鹰类的猛禽。④覆车粟：这里运用的是典故。杨宣为河内太守，行县，有群雀鸣桑树上，宣谓吏曰："前有覆车粟，此雀相随欲往食之。"行数里，果如其言。⑤分：本分。

诗 解

空城楼上的麻雀，身计那么穷迫。本与鹪鹩等小鸟为群，不随凤凰大族。提携嗷嗷待哺四只雏鸟，他们常常吃不饱。吃的是糠秕渣余，还害怕乌鸢追逐。耻于涉足太行山的险峻，更羞于抢食覆车之粟。富贵自有天命，守分守己，清心寡欲。

妾薄命

唐·李白

题 解

《妾薄命》属《杂曲歌辞》旧题。这首诗通过叙述汉武帝皇后陈阿娇由得宠到失宠之事，揭示了封建社会中妇女以色事人、色衰而爱弛的悲剧命运。

原 文

汉帝重阿娇①，贮之黄金屋。咳唾落九天，随风生珠玉②。宠极爱还歇，妒深情却疏。长门一步地，不肯暂回车。雨落不上天，水覆难再收③。君情与妾意④，各自东西流。昔日芙蓉花⑤，今成断根草⑥。以色事他人，能得几时好？

注 释

①阿娇：为汉武帝陈皇后的小名，"金屋藏娇"就是关于她的故事。汉武帝曾语："若得阿娇作妇，必作金屋贮之。"②"咳唾"二句：这里化用的是《庄子》里的故事。《庄子·秋水》中有："子不见夫唾者乎？喷则大者如珠，小者如雾，杂而下者不可胜数也。"③"水覆"句：传说姜太公妻子马氏，不堪太公的贫困而离开了他。到太公富贵的时候，

她又回来找太公请求再次和好。太公取了一盆水泼在地上，令其收之，不得，太公就对她说："若言离更合，覆水定难收。"④**君**：指汉武帝。**妾**：指阿娇。⑤**芙蓉花**：荷花。⑥**断根草**：失宠。

诗 解

汉武帝宠爱阿娇时，曾要将她贮于黄金屋。她位高势崇，就是吐一口唾沫，也会随风化为珠玉。但是宠极爱衰，由于她性情嫉妒，被汉武帝所疏远。长门宫虽然只有一步之遥，皇帝却不肯回车一顾。雨落在地，不能再回至天上；水倒在地，难以再收回盆中。君王与阿娇之间的情意，如同流水各自东西。昔日阿娇如芙蓉花一样娇美，如今却成了断根草一样可怜。以色事人的妇女，能够得宠到几时呢？

●水芙蓉

荷花，古代也称为芙蓉、菡萏、芙蕖。荷花夏天开放，它的根长在水中，一到秋天就枯萎折断。诗歌把荷花断根比作失宠，那些以色貌赢得恩宠的人，一旦年老色衰，就会被抛弃，像花开花落一样，好景不长。

赏 析

因题见意，与《白头吟》同，不必妄傅时事也。"雨落不上天"以下，一意折旋，可以发人深省。

——清·爱新觉罗弘历《唐宋诗醇》

一七一

名都篇

魏·曹植

题解

《名都篇》属于乐府《杂曲歌·齐瑟行》歌辞，无古辞，是曹植自己创作的乐府新题之一。诗写京洛少年斗鸡走马、射猎游戏、饮宴无度的生活状态。

原文

名都多妖女①，京洛出少年②。宝剑值千金，被服丽且鲜。斗鸡东郊道，走马长楸间③。驰骋未能半，双兔过我前。揽弓捷鸣镝④，长驱上南山。左挽因右发，一纵两禽连⑤。余巧未及展，仰手接飞鸢⑥。观者咸称善，众工归我妍⑦。我归宴平乐⑧，美酒斗十千。脍鲤臇胎虾⑨，炮鳖炙熊蹯⑩。鸣俦啸匹侣⑪，列坐竟长筵⑫。连翩击鞠壤⑬，巧捷惟万端。白日西南驰，光景不可攀⑭。云散还城邑⑮，清晨复来还。

注释

①名都：大都市或著名的都会，如当时的临淄、邯郸等。妖女：艳丽的女子，这里指娼妓。②京洛：当时东汉的京城洛阳。少年：指贵族纨绔子弟。③长楸：楸树是一种直干高耸的落叶乔木，古时往往于大道两旁种楸树。④捷：抽取。鸣镝：响箭。镝，箭头。⑤"左挽"二句：左挽因右发，指左手拉弓右手放箭。一般都用右手拉弓，这里故意用左手，以卖弄"巧技"，与下文"余巧未及展"相呼应。一纵，一发，放箭。两禽连，指两禽被同时射中。两禽，即上文所说的"双兔"，古代"禽"字鸟兽通用之故。后来才以"禽"专指飞鸟。⑥鸢：鹞鹰的俗称。⑦众工：许多善射的人。工，巧。归我妍：夸赞我的本领高超。妍，美善。⑧平乐：洛阳西门外的一座楼观。⑨脍：细切肉。臇：汁很少的肉羹。胎虾：有子的斑鱼。⑩炮、炙：烧烤。鳖：甲鱼。熊蹯：熊掌。⑪"鸣俦"句：呼朋唤友。俦、匹侣，朋友，同伴。⑫竟：坐满。⑬连

翩：连续而轻捷之状。**击鞠壤**：蹴鞠、击壤，都是古时的游戏。鞠为毛球，玩时用脚踢；壤为木制的游戏器具，共两块，玩时先将一块放在三四十步以外的地上，用另一块投击它。⑭**光景**：日光。**攀**：追挽，留住。⑮**云散**：如云散去，各回各家。

诗解

　　邯郸、临淄等著名都市有艳丽的女乐，京都洛阳有骄奢的游侠少年。我佩带的宝剑价值千金，所穿的衣服华丽鲜艳。在城东郊外斗鸡，在长长的楸树夹道上跑马。我骑马驰骋还不到半路，一双野兔就蹦到了跟前。于是立即弯起弓弩搭上了响箭，扬鞭策马追上了南山。我左手挽弓，右手发箭，只一箭就把双兔射倒了。别的技巧还没有施展，又迎头射中空中的飞鸢。观猎的行人齐声喝彩，旁边的射手为我赞叹。归来大宴于平乐古观，美酒一斗便值十千钱。细切了鲤鱼烹煮虾羹，爆炒甲鱼再烧烤熊掌。呼朋引伴地前来入座，长长的筵席顷刻坐满。蹴鞠和击壤忙个不停，身手敏捷，花样翻新。转眼白日西沉，时光无法拦阻，今晚只好各自回家了，但是大家约好了明天一早还来这里游玩。

美女篇

魏·曹植

题解

　　《美女篇》以美女盛年不嫁，比喻志士怀才不遇。

原文

　　美女妖且闲①，采桑歧路间。柔条纷冉冉②，落叶何翩翩。攘袖见素手③，皓腕约金环④。头上金爵钗⑤，腰佩翠琅玕⑥。明珠交玉体⑦，珊瑚间木难⑧。罗衣何飘飘，轻裾随风还。顾盼遗光采，长啸气若兰。行徒用息驾，休者以忘餐。借问女何居，乃在城南端。青楼临大路，高门结重关。容华耀朝日，谁不希令颜⑨。媒氏何所营，玉帛不时安⑩。佳人慕高义，求贤良独难。众人徒嗷嗷⑪，安知彼所观。盛年处房室，中夜起长叹[12]。

●美女妖且闲，采桑歧路间

注释

①**妖**：妖娆。②**柔条**：桑树的枝条。
冉冉：柔弱的样子。③**攘袖**：捋起袖子。
④**约**：束，戴上。⑤**金爵钗**：金钗一端
铸成雀形的首饰。⑥**琅玕**：像珠子一
样的石头或美玉。⑦**交**：指珠子交错
地挂着。⑧**木难**：宝珠名，是一种出
自大秦的绿色珠子。⑨**希**：羡慕。⑩**安**：
定的意思，指要求定亲。⑪**嗷嗷**：愁
叹的声音。⑫**中夜**：半夜。

诗解

那个容貌美丽性格文静的姑娘，正在乡间岔路口忙着采桑。桑树的枝条柔柔地垂摆，采下的桑叶翩翩飘落。挽起的衣袖可见她的手，洁白的手腕上戴着金色的手镯。头上插着雀形的金钗，腰上佩带着翠绿色的玉石。身上的明珠闪闪发光，珊瑚和宝珠点缀其间。丝罗衣襟在春风里飘舞，轻薄的裙纱随风旋转。她回首顾盼留下迷人的光彩，吹口哨时流出的气息仿佛兰花的芳香。赶路的人停下车驾不肯走开，休息的人们呆看时忘记了用餐。有人打听这个姑娘家住哪里，她的家就住在城的正南门。青漆的楼阁紧临大路，高大的宅门用的是两道门闩。姑娘的容光像早晨的太阳，谁不爱慕她动人的容颜？媒人干什么去了呢？为什么不及时送来聘礼，订下婚约。姑娘偏偏爱慕品德高尚的人，寻求一个贤德的丈夫实在很困难。众人徒劳地议论纷纷，怎知道她看中的到底是什么样的人！青春年华在闺房里流逝，半夜里传来她一声声的长叹。

赏析

子建求自试而不见用，如美女之不见售，故以为比。

——清·王尧衢《古唐诗合解》

白马篇

魏·曹植

题 解

　　《白马篇》是乐府《杂曲歌·齐瑟行》歌辞。诗中塑造了一个武艺精熟的爱国壮士的形象，歌颂了他为国献身、视死如归的高尚精神，寄托了诗人为国建功立业的雄心壮志。

原 文

　　白马饰金羁①，连翩西北驰②。借问谁家子，幽并游侠儿③。少小去乡邑，扬声沙漠垂④。宿昔秉良弓⑤，楛矢何参差⑥。控弦破左的⑦，右发摧月支⑧。仰手接飞猱⑨，俯身散马蹄⑩。狡捷过猿猴，勇剽若豹螭⑪。边城多警急，胡虏数迁移。羽檄从北来，厉马登高堤。右驱蹋匈奴，左顾陵鲜卑。寄身锋刃端，性命安可怀⑫。父母且不顾，何言子与妻。名编壮士籍，不得中顾私。捐躯赴国难，视死忽如归。

注 释

　　①金羁：金制的马笼头。②连翩：接连不断，这里是指马不停蹄的样子。③幽并：幽州、并州，古代两个州的名字。幽州在今河北北部及辽宁西南一带。并州在今山西北部及中部。④垂：与"陲"相通，边陲、边地的意思。⑤宿昔：昔时，往日。秉：手持。⑥楛矢：一种箭的名称。⑦左的：的是射箭的靶子，左的是左边的靶子。⑧月支：箭靶。⑨猱：一种猿猴，善攀援，上下如飞。⑩马蹄：也是一种箭靶。⑪剽：行动轻捷。豹螭：豹和螭都是凶猛的动物。⑫怀：顾惜，吝惜。

诗 解

　　白马装饰上金色的马具，马不停蹄地向西北飞驰。请问这是谁家的青年，是幽州和并州的游侠？在小时便远离了家乡，扬名在边陲；随时准备好弓箭，箭筒里箭很多，左右开弓射中目标，抬手就能射中飞驰而来的东西，俯身就能打碎箭靶，比树上的猿类还敏捷，比林中的豹螭更勇悍轻捷。边陲告急的消息传来，虏骑多次骚扰我们，征召的檄文从北方来，策马登上高坡；长驱直入打败匈奴，向东攻打，击溃鲜卑。我们既置身流血的事业，怎可去看重生命的安危？对父母尚不能赡顾、尽心，何况妻儿？名字被记在壮士名册中，早已忘记个人私利！为国献身，去血洒疆场，视死如归！

　　子建《名都》《白马》《美女》诸篇，辞极瞻丽，然句颇尚工，语多致饰，视东、西京乐府天然古质，殊自不同。

——明·胡应麟《诗薮》

发白马

唐·李白

题 解

　　《发白马》，属于乐府《杂曲歌辞》旧题。李白的这首五言乐府诗，描写了将士翻山越涧、抗击侵略者保卫国家的英姿。诗风豪放，想象丰富，语言流转自然。

原 文

　　将军发白马，旌节渡黄河[jīng]①。箫鼓聒川岳[guō]②，沧溟涌涛波[míng]。武安有震瓦，易水无寒歌③。铁骑若雪山，饮流涸滹沱[hū]④。扬兵猎月窟⑤，转战略朝那⑥。倚剑登燕然⑦，边峰列嵯峨。萧条万里外，耕作五原多⑧。一扫清大漠，包虎戢金戈[jí]⑨。

●荆轲刺秦王
荆轲受燕国太子丹所托，以樊於期之头与督亢地图为饵求见秦国国君，意图刺杀秦君以消解国家灭亡的危机。

注　释

①**旌节**：旌和节，两种信符。唐制，节度使赐双旌双节。旌以专赏，节以专杀。②**聒**：喧扰嘈杂。③**"易水"句**：言士气高涨，歌声豪壮。④**"饮流"句**：极言军队人数之多。涸，干。滹沱，河流名，发源山西，东流入河北平原，汇入子牙河，至天津汇北运河入海。⑤**"扬兵"句**：谓显扬军威于边地。月窟，指极西之地。此处泛指边疆。⑥**略朝那**：夺取朝那。朝那，古县名，汉置，故址在今甘肃平凉市崆峒区西北。《史记·孝文本纪》：十四年冬，匈奴谋入边为寇，攻朝那塞。⑦**"倚剑"句**：谓将军凭借强大的武力取胜后，刻石勒功。倚剑，倚天剑的省称。倚天剑，形容极长的剑。⑧**五原**：秦九原郡，汉武帝改置五原郡。⑨**"包虎"句**：谓天下太平，不再用武，兵器收藏。包虎，以虎皮包干戈。《礼记》："武王克殷反商，倒载干戈，包以虎皮。"郑玄注："包干戈以虎皮，明能以武服兵也。"正义曰："虎，武猛之物也，用此虎皮包裹兵器，示武王威猛能制服天下之兵戈也。"戢，藏兵也。

诗　解

将军骑着白马出发，旌节拥簇渡黄河。箫鼓喧天满川岳，犹如沧溟涌起洪波。声碎武安之瓦，易水悲歌无法比拟。铁骑若雪山云涌，饮流可以干涸滹沱河。扬兵聚猎西边的月窟，转战夺取朝那城。倚剑登上燕然山，边疆烽火台连绵，山势高峻。长城外萧条万里，边地无兵患，百姓安定，从事耕作。希望将军用武力扫清大漠，天下太平，不再用武，把兵器收藏。

伤歌行

题　解

《伤歌行》是一首汉乐府叙事诗。这首乐府叙事诗抒写闺情，以女主人公的感情冲动为线索，采用情景相间的艺术手法层层展开，步步升华，表现女主人公婚姻不能自主的痛苦。

原　文

昭昭素明月，辉光烛我床。忧人不能寐，耿耿夜何长①。微风吹闺

阋^②，罗帷自飘扬。揽衣曳长带^③，屣履下高堂^④。东西安所之^⑤，徘徊以彷徨。春鸟翻南飞，翩翩独翱翔。悲声命俦匹^⑥，哀鸣伤我肠。感物怀所思，泣涕忽沾裳。伫立吐高吟，舒愤诉穹苍^⑦。

注 释

①**耿耿**：心中不安。②**闺阋**：妇女所居内室的门户。阋，小门。③**揽衣**：穿衣、披衣。④**屣履**：穿上鞋子。屣，鞋子。⑤**安所之**：到哪里去。⑥**俦匹**：同伴，伴侣。⑦**穹苍**：苍天。

诗 解

夜深人静，皎洁的月光照到了她的床上，但她忧心忡忡，焦虑不安，尚在辗转反侧。微风吹，罗帷飘，她心绪更加不宁，躺不住了。干脆起床，到堂屋里去走走。但她无心收装，掖着衣服，拖着鞋子。可是到哪里去呢？只有在附近徘徊彷徨。春天鸟儿都向南方飞去，而有一只鸟却剩了下来，独自翱翔。它呼唤伙伴的声音多么悲伤，哀鸣的声音不禁让人断肠。孤鸟的哀鸣触动了她的心事，她伤心地哭了。她把满腔的幽愤向苍天诉说。这是为什么？为什么要喊天？

长相思 二首

唐·李白

题 解

《长相思》，属于乐府《杂曲歌辞》旧题，多写男女相思之情，第一首诗通过描写景色，渲染气氛，抒写男女相思，似有寄意；第二首诗白描了思妇弹琴寄意、借曲传情、流泪断肠、望眼欲穿的情景，表现思妇对远征亲人的深情怀念。

原 文

其 一

长相思，在长安。络纬秋啼金井阑^①，微霜凄凄簟色寒^②。孤灯不明思欲绝，卷帷望月空长叹。美人如花隔云端。上有青冥之长天^③

下有渌水之波澜。天长路远魂飞苦，梦魂不到关山难。长相思，摧心肝。

注　释

①**络纬**：虫名，即莎鸡，俗称络丝娘、纺织娘。夏秋夜间振羽作声，声如纺线，故名。**金井阑**：精美的井栏。②**簟色寒**：指竹席的凉意。③**青冥**：形容青苍幽远，指青天。

诗　解

日日夜夜地思念哪，我思念的人在长安。秋夜里纺织娘在井栏啼鸣，微霜浸透了竹席分外清寒。孤灯昏暗思情无限浓烈，卷起窗帘望明月仰天长叹。亲爱的人相隔在九天云端。上面有长空一片渺渺茫茫，下面有清水卷起万丈波澜。天长地远日夜跋涉多艰苦，梦魂也难飞越这重重关山。日日夜夜地思念哪，相思之情痛彻心肝。

赏　析

题中偏不欲显，象外偏令有余，一以为风度，一以为淋漓，乌乎，观止矣。

——明·王夫之《唐诗评选》

原　文

其　二

日色欲尽花含烟，月明如素愁不眠。赵瑟初停凤凰柱①，蜀琴欲奏鸳鸯弦②。此曲有意无人传，愿随春风寄燕然③。忆君迢迢隔青天。昔日横波目，今作流泪泉。不信妾肠断，归来看取明镜前。

注　释

①**赵瑟**：相传瑟这种乐器战国时流行于赵国，故称。**凤凰柱**：瑟柱上雕饰凤凰形状。②**"蜀琴"句**：古人诗中常以蜀琴喻佳琴。③**燕然**：山名，即杭爱山，在今蒙古国境内。此处泛指塞北。

诗　解

日色将尽花儿如含着烟雾，月光如水心中愁闷难安眠。刚停止弹拨凤凰柱的赵瑟，又拿起蜀琴拨动那鸳鸯弦。只可惜曲虽有意无人相传，但愿它随着春风飞向塞北。思念你隔着远天不能相见。过去那双顾盼生辉的眼睛，今天已成泪水奔淌的清泉。假如不相信我曾多么痛苦，请回来明镜里看我憔悴的容颜。

千里思

唐·李白

题解

《千里思》,乐府《杂曲歌辞》旧题。描写了苏武回汉朝后,李陵留在匈奴的复杂心情,表达了诗人对那些滞留在胡地不能归汉之人的无限同情。

原文

李陵没胡沙①,苏武还汉家②。

迢迢五原关③,朔雪乱边花。

一去隔绝国④,思归但长嗟。

鸿雁向西北,因书报天涯⑤。

注释

①**李陵**:汉武帝命令将军李广利抗击匈奴,李陵自请率部到兰干山南,以分单于兵。后李陵被匈奴大军围困,兵败而降。②**"苏武"句**:苏武出使匈奴被扣留,不屈服匈奴,就在北海牧羊。多年后才得以重返汉朝。③**五原关**:关塞名,在今内蒙古自治区五原县。④**绝国**:极远的邦国。⑤**"鸿雁"二句**:是说苏武和李陵二人,一人留在匈奴,一人返回汉朝,天涯相隔,只凭书信来往。古人认为,鸿雁能传书,后以"鸿雁"代指书信。

诗解

李陵的军队全部被围困在胡地沙漠,在北海牧羊的苏武最终回归汉朝。迢迢五原的关外,朔风吹雪迷乱边塞。一去胡塞,便与家国隔绝,思归故乡无果,只有长嗟感叹。鸿雁飞向西北的时候,请让它寄书信报给远在天边的亲人。

仙人篇

魏·曹植

题解

《仙人篇》，杂曲歌辞。这种游仙题材在曹植诗中为数不少，他其实不信神仙，只是借此排解自己不得志的心情。

原文

仙人揽六箸[zhù]①，对博太山隅②。湘娥拊琴瑟③，秦女吹笙竽[shēng yú]④。玉樽盈桂酒，河伯献神鱼。四海一何局⑤，九州安所如⑥。韩终与王乔⑦，要我于天衢[qú]⑧。万里不足步，轻举凌太虚。飞腾逾景云，高风吹我躯。回驾观紫微⑨，与帝合灵符⑩。阊阖正嵯峨[chāng hé cuó]，双阙万丈余。玉树扶道生⑪，白虎夹门枢[shū]⑫。驱风游四海，东过王母庐。俯观五岳间，人生如寄居。潜光养羽翼⑬，进趣且徐徐[xú]⑭。不见昔轩辕[yuán]，升龙出鼎湖。徘徊九天下，与尔长相须。

注释

①**六箸**：古人玩的棋子，共十二枚，黑白各六枚。②**山隅**：山的一角。③**湘娥**：湘水女神，一说即帝尧的两个女儿娥皇和女英。④**秦女**：指秦穆公之女。她嫁给萧史，善吹箫。⑤**局**：局促，狭小。⑥**安所如**：到哪里可安身。⑦**韩终**：人名，传说是古代的仙人。⑧**要**：与"邀"相通，邀请的意思。**天衢**：天上的路。⑨**紫微**：星名，古代人认为上帝所居之地。⑩**"与帝"句**：指手持神符，让上帝相信自己得以升仙。⑪**扶道生**：

●**西王母**

夹生在道路旁。⑫**白虎**：古代神话中为上帝守门的神兽。⑬**"潜光"句**：指隐居求仙，得道后长出羽翼，得以升天。⑭**进趣**：行进的意思。

诗　解

　　仙人们玩着黑白六箸，悠闲地在泰山一角对博。女神湘娥抚弄着琴瑟，秦穆公之女秦娥吹着笙竽。仙境中，不仅有美妙的音乐，还有美酒珍肴。而尘世中天地何其狭小，不知道哪里才可以安身。仙人韩终与王乔，邀请我来到天上。还没举步就已经行万里路程，轻轻一跃就登上了太虚仙境。在云端飞腾，天上的风吹着我。回头看到了上帝所居之所紫微，手持神符，让上帝信任自己得以升仙。只见宫门嵯峨，高殿万丈，玉树夹生于道旁，门枢有守门的神兽。驾着轻风游览四海，向东经过王母的居所。俯观五岳之间，人生就如寄居生活那样无所着落。真希望能够隐居求仙，得道后长出羽翼，得以缓缓升天。想着往昔黄帝铸好鼎以后，上天便派龙下来迎接，往返于九天间，希望与你（黄帝）互相依存。

代春日行

南朝宋·鲍照

题　解

　　《春日行》属古乐府《杂曲歌辞》。"代"犹拟，仿作。这首诗描写在明媚的春光中男女青年郊游嬉戏的欢乐情景，洋溢着诗情画意。

原　文

　　献岁发①，吾将行②。春山茂，春日明。园中鸟，多嘉声③。梅始发，柳始青。泛舟舻（lú），齐棹（zhào）惊④。奏《采菱》，歌《鹿鸣》。风微起，波微生。弦亦发，酒亦倾。入莲池，折桂枝。芳袖动，芬叶披。两相思，两不知。

注　释

　　①**献岁**：一年的开始。②**将行**：将出游。③**嘉声**：美妙的声音。④**齐棹**：一起划船。

新春始发，来到郊野游逛。春天的山林丰茂，春天的太阳明亮。园中鸟儿，啼鸣婉转多么动听。梅花刚刚绽放，杨柳刚刚转青。泛舟江上，齐举桨，船儿晃，令人吃惊。奏起《采菱》曲，唱起《鹿鸣》歌。微风轻吹，水上微波泛起。拨弄琴弦，斟满酒杯。进入莲池，攀折桂枝。挥动艳丽的衣袖，拨开芳香的叶子。两处相思，两不相知。

赏　析

声情骀荡。末六字比"心悦君兮君不知"更深。

——清·沈德潜

春日行

唐·李白

题　解

《春日行》是李白借用乐府古题创作的古诗。此诗旨在讽刺封建帝王们好神仙，求长生而不成功，而提倡道家无为的治国之术。诗人借用祝寿之机，用黄帝升天的故事来劝告唐玄宗要清静无为，休养生息，才能治国安民。

原　文

深宫高楼入紫清①，金作蛟龙盘绣楹（yíng）。佳人当窗弄白日，弦将手语弹鸣筝②。春风吹落君王耳，此曲乃是《升天行》③。因出天池泛蓬瀛（yíng）④，楼船蹙沓（cù tà）波浪惊⑤。三千双蛾献歌笑，挝（wō）钟考鼓宫殿倾⑥。万姓聚舞歌太平。我无为，人自宁⑦。三十六帝欲相迎⑧，仙人飘翩下云軿（píng）⑨。帝不去，留镐京（hào）⑩。安能为轩辕（xuān yuán），独往入杳冥（yǎo míng）⑪？小臣拜献南山寿⑫，陛下万古垂鸿名⑬。

注　释

①紫清：天帝居住的地方。②弦将手语：意思是弦与手摩擦而成声。③《升天行》：

古乐府名。④**天池**：指汉武帝时所建太液池，池中筑有三座山，象征蓬莱、瀛洲、方丈三神山。⑤**蹙沓**：密集迫近的样子。⑥**挝钟考鼓**：敲钟击鼓。⑦**我无为，人自宁**：《老子》中有"我无为而民自化"之句。这里指无为而治。⑧**三十六帝**：道教传说有三十六天帝。⑨**云辁**：这里指仙人在云中乘坐的有帷有盖的车子。辁，有帷有盖的车子。⑩**镐京**：西周武王建都镐京，在长安县西北十八里，自汉武帝后遗址沦陷。这里代指汉唐都城长安。⑪**杳冥**：遥远处，这是指遥远的天空。⑫**南山寿**：喻寿命长，为常用祝寿之语。⑬**垂**：流传。**鸿名**：大名。

〔诗　解〕

　　深宫的高楼高耸入云，宫殿中的大柱子上盘着金龙。当窗的佳人在白日下纤手调筝，发出优美的乐声。春风将曲子徐徐吹进君王之耳，原来这是一首仙人之曲，曲名叫《升天行》。众多楼船绕着天池中的蓬莱仙岛，接沓而行，船下的波浪发出哗哗的响声。三千名宫娥在船上载歌载舞，撞钟击鼓之声震得宫殿发出轰鸣。群臣和百姓们也都翩翩起舞，歌颂天下太平。君王实行无为而治，天下百姓自然安居乐业。天庭上三十六个天帝要来迎接，仙人们纷纷驾着云车翩然而下。但是当今之圣明天子，要留在都城与民同乐。他怎忍心像轩辕黄帝那样，丢下群臣百姓独自一个人去升天成仙呢？小臣谨向陛下拜祝：祝圣上寿比南山，愿陛下的鸿名，永垂后世，万古流芳！

〔赏　析〕

　　此以王道讽求仙也。不直讥求仙，而曰"帝不去，留镐京。安能为轩辕，独往入杳冥？"以反观荒废万机之失，明不如王道太平之可慕也。孰谓太白不闻道，但赋凌云飘遥之气者？

　　　　　　　　　　　　　　　　　　——清·陈沆《诗比兴笺》

古朗月行

唐·李白

〔题　解〕

　　《古朗月行》是李白借乐府古题所作的一首五言古诗。此诗作于安史之乱之前不久。诗人运用浪漫主义的创作方法，通过丰富的想象、神话传说的巧妙加工，以及强烈的抒情，构成瑰丽神奇而含义深蕴的艺术形象。

原文

小时不识月，呼作白玉盘①。又疑瑶台镜②，飞在青云端。仙人垂两足③，桂树作团团？白兔捣药成，问言与谁餐④？蟾蜍蚀圆影⑤（chánchú），大明夜已残。羿昔落九乌⑥（yì），天人清且安。阴精此沦惑⑦（lún），去去不足观。忧来其如何，凄怆摧心肝⑧（chuàng）。

注 释

①呼作：称为。**白玉盘**：白玉做的盘子。②疑：怀疑。**瑶台**：传说中神仙居住的地方。③"仙人"句：意思是月亮里有仙人和桂树。当月亮初升的时候，先看见仙人的两只脚，月亮渐渐圆起来，就看见仙人和桂树的全貌。仙人，传说驾月的车夫，叫舒望，又名纤阿。④"白兔"二句：白兔老是忙着捣药，究竟是给谁吃呢？言外有批评长生不老药之意。问言，问。⑤**蟾蜍**：指代月亮。**圆影**：指月亮。⑥**羿**：后羿，中国古代神话中射落九个太阳的英雄。⑦**阴精**：月亮。**沦惑**：沉沦迷惑。⑧**凄怆**：伤心。

诗 解

我小的时候，以为月亮是白玉做的圆盘，又以为月亮是瑶池的仙镜，飘荡在云霓之间。仙娥与桂树，在月中隐隐浮现。玉兔放下药杵，不知道是为谁而制这仙丹。却有那可恨的蟾蜍，把月亮啃食得残缺不全，如此暗淡。回想当年，英武的后羿，射下九个太阳，为人间解除了灾难。如今谁来拯救月亮，让它恢复光亮，如同以前。

● 嫦娥
嫦娥被逢蒙所逼，无奈之下，吃下了西王母赐给丈夫后羿的两粒不死之药后飞到了月宫。

已经不忍心再看，更不忍心一走了之，可我又能为它做些什么呢？只有发愁，肝肠寸断地悲痛。

　　曲始鲍照，叙闺阁玩赏。白则借自刺阴之太盛，思去之。或似指太真妃言。便觉可疑、可问。不待后语（首二句下）。

——明·胡震亨《李杜诗通》

少年行

唐·李白

　　《少年行》，乐府《杂曲歌辞》旧题。李白的《少年行》，一组三首，这里所选的是其中的一首，一个风流少年的豪爽跃然纸上，这是李白对自己年轻时候的回忆。

　　君不见，淮南少年游侠客，白日球猎夜拥掷^{zhì}。呼卢百万终不惜，报仇千里如咫^{zhǐ}尺。少年游侠好经过，浑身装束皆绮^{qǐ}罗。兰蕙相随喧妓女，风光去处满笙歌。骄矜自言不可有，侠士堂中养来久。好鞍好马乞与人，十千五千旋沽酒。赤心用尽为知己，黄金不惜栽桃李①。桃李栽来几度春，一回花落一回新。府县尽为门下客，王侯皆是平交人。男儿百年且乐命，何须徇书受贫病？男儿百年且荣身，何须徇节甘风尘？衣冠半是征战士，穷儒浪作林泉民。遮莫枝根长百丈②，不如当代多还往。遮莫亲姻连帝城，不如当身自簪缨^{zān yīng}。看取富贵眼前者，何用悠悠身后名？

　　①**栽桃李**：交朋友。②**遮莫**：任凭。

诗 解

　　难道你看不见，淮南年少的游侠们白天打猎晚上掷骰子。他们玩博戏，一天之内散尽百万也不惋惜，要行千里之远报仇在他们心里也觉得近在咫尺。少年游侠，他们注重的是经历，浑身上下装束华贵，遍身绮罗。他们身边常有美女香花为伴，常光顾风月场所，他们所去之处皆是笙歌飘飞。他们看起来虽然骄纵但其实却很谦和，与他们结交的人都是高人侠士。自己的好鞍好马都送给友人，遇见相投之人散尽千金也不可惜，对知己绝对是一片赤诚。他们散尽千金，年年如此，所以结交了很多朋友，府县官吏都是他们的门下客，王侯都与他们平起平坐。男儿生来就应该享尽人生的欢乐，何必要读书遭受贫穷和疾病？男儿生来就应该豪气冲天，征战立功，自己建立功业。不要依仗与京城的关系而晋升，而应该凭自己的实力享厚禄高官。尽情享用眼前的一切，何必在意死后的声名呢？

游侠篇

西晋·张华

题 解

　　张华的诗风表现了由魏到晋的过渡。诗中赞赏游侠之士和战国四公子的贤明。《游侠篇》共计两首，此选其中一首。

原 文

　　翩翩四公子①，浊世称贤明②。龙虎方交争，七国并抗衡。食客三千余，门下多豪英。游说朝夕至，辩士自纵横③。孟尝东出关，济身由鸡鸣④。信陵西反魏，秦人不窥兵⑤。赵胜南诅楚⑥，乃与毛遂行。黄歇北适秦⑦，太子还入荆⑧。美哉游侠士，何以尚四卿。我则异于是，好古师老、彭⑨。

注 释

　　①**四公子**：指战国时期的孟尝君、平原君、信陵君和春申君。②**浊世**：混乱的时

世。③**纵横**：指无拘无束地施展自己的才能。④**"孟尝"二句**：指孟尝君出函谷关，依靠门客学鸡叫，才得以顺利通过。⑤**"信陵"二句**：指信陵君救赵国后，留居赵国，后秦攻打魏国，魏王召信陵君回来，秦兵不再敢伐魏。⑥**赵胜**：平原君。**诅**：以福祸指言在神前相约定。⑦**黄歇**：指春申君。⑧**荆**：楚国别名。⑨**老、彭**：古贤人名，指老子和彭祖。

●鸡鸣狗盗

齐国孟尝君出使秦国时，被秦昭王扣留，他逃至函谷关时，昭王又令追捕。孟尝君的一个食客装鸡叫，引起所有的鸡齐鸣，这样骗开城门，孟尝君才得以逃回齐国。

诗 解

　　战国四公子孟尝君、平原君、信陵君和春申君，他们个个风度翩翩的，在混乱的时世成就了贤达之名。战国七雄如龙争虎斗相互抗衡。他们门下的食客多达三千余名，大多是有才华的人。孟尝君出函谷关，依靠门客学鸡叫，才得以顺利通过。信陵君救赵国后，留居赵国，后秦攻打魏国，魏王召信陵君回来，秦兵不再敢伐魏。秦兵攻打赵国的都城邯郸，平原君到楚地求救，靠毛遂说服了楚王，楚国才出兵相救。春申君曾经游说秦王，才使楚国太子得以还楚。游侠之士那么贤明，怎么还会崇尚四公子呢？我与那些游侠士的想法不同，我喜好老子、彭祖等古人。

同声歌

东汉·张衡

题 解

　　《同声歌》这一题目是根据《周易》"同声相应，同气相求"而来，比喻志趣相同的人互相呼应，自然结合。这首诗以女子口吻写令她满意的丈夫，表示愿意尽妇职，希望能够与丈夫长久恩爱，以喻臣子事君以忠。

邂逅承际会^①，得充君后房^②。情好新交接，恐栗若探汤^③。不才勉自竭，贱妾职所当。绸缪主中馈^④，奉礼助蒸尝^⑤。思为苑蒻席^⑥，在下蔽匡床^⑦。愿为罗衾帱^⑧，在上卫风霜。洒扫清枕席，鞮芬以狄香^⑨。重户结金扃，高下华灯光。衣解巾粉御，列图陈枕张。素女为我师^⑩，仪态盈万方。众夫所稀见，天老教轩皇^⑪。乐莫斯夜乐，没齿焉可忘。

注 释

①**邂逅**：不期而遇。**际会**：机遇。②**后房**：后面的房屋，旧多指姬妾住处，又做姬妾的代称。③**探汤**：把手伸进滚开的水中，这里比喻戒惧之意。④**绸缪**：系好衣服的带结。比喻整顿好仪表。**主中馈**：主管厨中飨客的菜肴。⑤**蒸尝**：祭祀。冬天祭祀叫蒸，秋祭叫尝。⑥**苑蒻**：细嫩的蒲草，可以做成席子。⑦**匡床**：方正安适的床。⑧**罗衾帱**：绸做的被子。帱，床帐。⑨**鞮**：古代一种用兽皮制的鞋。**狄香**：外国来的香料。⑩**素女**：古代传说中的神女。⑪**天老**：相传为黄帝的辅臣。**轩皇**：指黄帝。

诗 解

　　她和他的故事始于一次邂逅，因为这样的机会，有幸成为他的妻室。虽然与丈夫感情很好，但毕竟是新妇，在丈夫家中仍不免有戒惧之心。但她还是决定尽力扮演好她在家庭中的角色，她愿意成为男方家族的一员，获得正式地位。整顿好仪表去主管厨中飨客的菜肴，并主持冬

●举案齐眉

东汉梁鸿与孟光夫妻二人互相尊敬，美满和谐。梁鸿每次回家时，孟光总是托着放好饭菜的盘子送到丈夫面前。为了表示对丈夫的恭敬，她都把盘子托得和眉毛齐平。

卷八　杂曲歌辞

一八九

秋的祭祀。夜晚来临，重重门户次第关闭，她进入了自己和丈夫的新房。她很贤惠地把枕席清扫干净，并用狄香为丈夫熏鞋。之后解衣就寝，按规定的样式为丈夫整顿床铺。我要以素女为师，像她那样，仪态形容要呈现万种美姿。这是多数男子希望见到的，还要像天老辅助黄帝那样辅助自己的丈夫。快乐莫过于每晚厮守的幸福快乐，一辈子也难忘和丈夫共度的时光。

侠客行

唐·李白

题解

　　《侠客行》，属于乐府《杂曲歌辞》。诗人借这首诗表达了他对侠客的倾慕，借以抒发自己豪猛的壮志，以及期望立功边塞的决心。这里的"行"指的是歌行体。

原文

　　赵客缦胡缨^①，吴钩霜雪明^②。银鞍照白马，飒沓如流星^③。十步杀一人^④，千里不留行。事了拂衣去，深藏身与名。闲过信陵饮，脱剑膝前横。将炙啖朱亥，持觞劝侯嬴^⑤。三杯吐然诺^⑥，五岳倒为轻。眼花耳热后^⑦，意气素霓生。救赵挥金槌，邯郸先震惊。千秋二壮士^⑧，烜赫大梁城。纵死侠骨香，不惭世上英。谁能书阁下，白首《太玄经》^⑨？

注释

　　①**赵客**：战国时燕赵一带多侠士，后人称侠客一类的人物为燕赵之士。**缦胡缨**：一种没有纹理的粗制帽带。缦，没有彩色花纹的丝织品。胡，北方的少数民族。缨，系冠帽的带子。②**吴钩**：泛指利剑宝刀。钩，兵器，形状似剑而刀刃弯曲。这里用的是典故。春秋战国时吴王阖闾命令国中之人制作金钩，有人贪图吴王的重赏，杀了他自己的两个儿子，以血衅金，因而成二钩，献给了吴王。③**飒沓**：群飞的样子。这里指马行疾速。④**十步杀一人**：形容刀剑疾快。这里用的是典故，源自《庄子·说剑》："臣之剑十步一人，千里不留行。"⑤**"将炙"二句**：用的是信陵君窃符救赵的故事。炙，

用火烤的肉。啖，食用，吃。持觞，举杯同饮。⑥**然诺**：许诺。⑦**眼花耳热**：形容酒酣时的形态。⑧**二壮士**：指朱亥和侯嬴。⑨**《太玄经》**：扬雄曾在皇帝藏书的天禄阁任校刊工作。《太玄经》是扬雄写的一部哲学著作。

诗 解

　　赵国的侠客帽上随便点缀着胡缨，吴钩宝剑如霜雪一样明亮。银鞍与白马相互辉映，飞奔起来如飒飒流星。十步之内，必杀一人，千里关隘，不可留行。完事以后，拂衣而去，不露一点声色，深藏身名。有时空闲，步过信陵郡，来点酒饮，脱剑横在膝前。与朱亥一起大块吃肉，与侯嬴一道大碗喝酒。三杯下肚，一诺千金，义气重于五岳。酒后眼花耳热，意气勃勃劲生，气吞虹霓。朱亥挥金槌杀大将窃兵符救赵，使邯郸军民大为震惊。朱亥与侯嬴真可谓千秋万古二壮士，声名煊赫大梁城。身为侠客纵死侠骨也留香，不愧为一世英豪。谁能学扬雄那个儒生，终身在书阁上，头发白了，还在书写《太玄经》。

赏 析

　　《复斋漫录》云：太白《侠客行》云："事了拂衣去，深藏身与名。"元微之《侠客行》云："侠客不怕死，怕死事不成，不肯藏姓名。"二公寓意不同。
　　　　　　　　　　　　　　　——南宋·胡仔《苕溪渔隐丛话》

游子吟

唐·孟郊

题 解

　　《游子吟》是一首五言古体诗。这是一首母爱的颂歌，采用白描的手法，通过回忆一个看似平常的临行前缝衣的场景，凸显并歌颂了母爱的伟大与无私，表达了诗人对母爱的感激以及对母亲深深的爱与尊敬。此诗情感真挚自然，千百年来广为传诵。

原 文

慈母手中线，游子身上衣。

临行密密缝，意恐迟迟归。

谁言寸草心①，报得三春晖②。

①**寸草心**：以萱草（花）来表达子女的孝心。寸草，即萱草。萱草（花）是我国传统的母亲花。②**三春晖**：春天的阳光，这里比喻慈母之恩如春天和煦的阳光照着子女。三春，春季的三个月。晖，阳光。

诗解

慈祥的母亲手里把着针线，为即将远游的孩子赶制新衣。临行前，她忙着把儿子远征的衣服缝得结结实实，担心孩子此去难得回归。谁能明白母亲无私的爱？正像萱草难以报答春天的阳光一样，儿子怎能报答母亲那春晖般深重的恩情呢？

赏析

仁孝蔼蔼，万古如新。

——明·邢昉《唐风定》

秦女休行

唐·李白

题解

《秦女休行》，乐府《杂曲歌辞》旧题。此诗是我国古代文学作品中歌颂妇女复仇的名篇。诗中所述烈女为父报仇一事，自晋广为传扬。

原文

西门秦氏女，秀色如琼花①。手挥白杨刀②，清昼杀仇家。罗袖洒赤血，英声凌紫霞。直上西山去，关吏相邀遮③。婿为燕国王，身被诏狱加④。犯刑若履虎⑤，不畏落爪牙。素颈未及断，摧眉伏泥沙。金鸡忽放赦⑥，大辟得宽赊⑦。何惭聂政姊⑧，万古共惊嗟⑨。

注释

①**秀色**：秀美的容色。②**白杨刀**：宝刀名。③**邀遮**：阻挡，拦截。④**诏狱**：奉皇帝的诏命拘禁罪犯的监狱。⑤**履虎**：踩在虎身上。比喻处境危险。⑥**金鸡忽放赦**：指天子降诏，赦免罪行。古代颁赦诏日，设金鸡于竿，以示吉辰，鸡以黄金饰首，故名金鸡。⑦**大辟**：死刑。**宽赊**：宽大赦免。⑧**聂政姊**：这里运用的是典故。聂政为人报仇，刺杀韩国宰相，然后毁容自杀。韩国把他的尸首曝露街头，悬赏千金，购问其姓名。政姊听说这件事，哭诉说："今死而无名，此为我故也。夫爱身不扬弟之名，吾不忍也。"于是抱尸而哭，自杀于尸旁。⑨**惊嗟**：惊叹。

●姐弟同义

聂政是齐国的勇士，他行刺韩国宰相后，为了不连累自己的姐姐，毁容自杀而死。谁知聂政的姐姐认尸自杀，并为聂政扬名。他们都是重然诺、轻生死的侠义之人。

诗解

西门有秦氏之女，名叫女休，她长得美如琼花。为了给宗亲报仇，她手持白杨刀，大白天前去刺杀仇家。她衣袖上沾满了仇人的鲜血，赢得了为亲人报仇的好名声。报仇之后，她逃至西山，被官吏所擒获。她的夫婿是燕国王，今日她却被诏拿入狱。虽然她明知犯刑以后的处境十分危险，可是她却丝毫也不畏惧。正当她低眉伏于泥沙之上，行将死刑之时，忽传来大赦的消息，她被宽大处理。她比古代的侠义之女聂政姊毫不逊色，她的事迹受到后人的热烈颂扬。

赏析

按女休事奇烈，第重述一过便堪击节，太白拟乐府有不与本辞为异，正复难及者，此类是也。

——明·胡震亨《杜李诗通》

壮士篇

西晋·张华

乐府诗集

题解

　　本诗是述志与战争，通过描写壮士的英雄豪气，表达了自己的胸襟和抱负。同时从人生意义、生命价值这些认识出发，比较深切，予人以激励。

原文

　　天地相震荡，回薄不知穷①。人物禀常格②，有始必有终。年时俯仰过，功名宜速崇③。壮士怀愤激，安能守虚冲④。乘我大宛马，抚我繁弱弓⑤。长剑横九野，高冠拂玄穹。慷慨成素霓，啸咤起清风。震响骇八荒⑥，奋威曜四戎⑦。濯鳞沧海畔⑧，驰骋大漠中。独步圣明世，四海称英雄。

注释

　　①回薄：交替运转。②禀常格：遵从着宇宙间的自然规律。③速崇：指功名应该尽快建立并使之崇高。④虚冲：守于虚无。⑤繁弱弓：一种大弓。⑥八荒：也叫八方，指东、西、南、北、东南、东北、西南、西北八面方向，指离中原极远的地方。后泛指周围、各地。⑦四戎：指周边的敌国。⑧濯鳞：壮士。

诗解

　　天地宇宙时刻不停地在运动，人和万物都受自然规律支配，有生就有灭，有始就有终。岁月俯仰之间就过去了，功名要赶快建立，使之崇高，壮士心怀愤激之情，不能恬淡无为。身为壮士应该愤而勇搏、激情满怀，怎能够以世间为虚无且乐于守持呢？乘上我那大宛产的良种战马，手按我那名为"繁弱"的大弓。手握我那可以横扫九野的长剑，头戴着高耸得快接得上天际的征战之冠。当慷慨走上战场的时候有天上的白虹为之壮气，有萧萧而起的清风为之送行。杀敌的吼声、鼓声惊骇着敌阵，奋勇向前的威势展示给周边的敌国。壮士既可横渡河海，也可驰骋于大漠。天下无敌手，四海都称赞他这位大英雄。

秦女卷衣

唐·李白

题解

乐府《杂曲歌辞》有《秦王卷衣》，李白这首《秦女卷衣》是一首宫怨之作，诗中写一位秦女通过选美入宫，却没有机会见到君王，只干些卷衣之类的杂活。言自己侍奉君王，忠心耿耿，竭尽全力，却得不到君王的宠爱。最后希望君王顾念自己的一片忠心，不要把她完全不放在心上。

原文

天子居未央①，妾侍卷衣裳。顾无紫宫宠②，敢拂黄金床。水至亦不去③，熊来尚可当④。微身奉日月⑤，飘若萤火光。愿君采葑菲，无以下体妨⑥。

注释

①**未央**：汉宫名。②**紫宫**：帝王宫禁。这里借指天子。③**"水至"句**：刘向《列女传·贞顺》：楚昭王出游，留妇人渐台之上而去。王闻江水大至，使使者迎夫人，忘持其符。夫人曰："王与宫人约，令召宫人必以符，今使者不持符，妾不敢行。"于是使返取符，则水大至，台崩，夫人流而死。④**"熊来"句**：《汉书·外戚传》：建昭（汉元帝年号）中，上幸虎圈斗兽，后宫皆坐。熊逸出圈，攀槛欲上殿。左右贵人傅昭仪等皆惊走，冯婕妤直前当熊而立，左右格杀熊。上问："人情惊惧，何故前当熊？"婕妤对曰："猛兽得人而止，妾恐熊至御座，故以身当之。"⑤**"微身"句**：为卷衣女自言全身心侍奉君王。日月，象征君王。⑥**"愿君"句**：意谓愿君王勿以自己身份的低下，而忽视自己对君王的一片忠心。《诗经·邶风·谷风》：采葑采菲，无以下体。郑玄笺："蔓菁与葍之类也，皆上下可食。然而其根有美时有恶时，采之者不可以其根恶时并弃其菜。"

天子身居未央宫，妻妾来收拾衣裳。现在没有得到皇上在紫宫的宠爱，怎敢拂坐黄金床？没有皇上的旨意，洪水来了也不敢乱走，如果皇上遇到危险，舍命也要保护皇上，就像搏熊的冯婕好一样。卑微之身侍奉皇上，轻飘若飞萤之光。愿君采撷葑菲草的时候，不因为它的根部难看而抛弃它的叶片。

丽人行

唐·杜甫

题 解

　　全诗通过对杨氏兄妹曲江春游的场面描写和情节叙述，讥刺了他们骄奢淫乱的生活，反映了安史之乱前夕的社会现实。

原 文

　　三月三日天气新①，长安水边多丽人。态浓意远淑且真，肌理细腻骨肉匀。绣罗衣裳照暮春，蹙(cù)金孔雀银麒麟。头上何所有，翠微㔠叶垂鬓(bìn)唇②。背后何所见，珠压腰衱(jié)稳称身③。就中云幕椒房亲④，赐名大国虢(guó)与秦⑤。紫驼之峰出翠釜，水精之盘行素鳞。犀箸厌饫(yù)久未下⑦，鸾刀缕(lún)切空纷纶⑧。黄门飞鞚(kòng)不动尘⑨，御厨丝络送八珍⑩。箫鼓哀吟感鬼神，宾从杂沓(tà)实要津⑪。后来鞍马何逡巡⑫，当轩下马入锦茵。杨花雪落覆白苹，青鸟飞去衔红巾⑬。炙手可热势绝伦，慎莫近前丞相嗔(chēn)。

注 释

　　①**三月三日**：为上巳日，唐代长安仕女多于此日去游江踏青。②**㔠叶**：㔠彩之叶。㔠彩，就是古时妇女的发饰。**鬓唇**：鬓边。③**珠压**：把珠子按在上面，不让风吹起。**腰衱**：这里指裙带。④**椒房亲**：因称皇后为椒房，皇后家属即称椒房亲。椒房，西汉皇后所居殿名，因以椒和泥涂墙壁而得名。⑤**"赐名"句**：这句是指天宝七载（748）唐玄宗赐封杨贵妃的大姐为韩国夫人、三姐为虢国夫人、八姐为秦国夫

人之事。⑥ **"紫驼"二句**：紫驼之峰，即驼峰，为一种珍贵的食品，唐贵族食品中有"驼峰灸"。釜，古代的一种锅。翠釜，形容锅的色泽。水精，即水晶。行，传送。素鳞，指白鳞鱼。⑦ **犀箸**：犀牛角做的筷子。**厌**：吃得腻了。⑧ **鸾刀**：带鸾铃的刀。**缕切**：细切。**空纷纶**：指厨师们白白忙活了一番。⑨ **黄门**：官名，多为宦官。**飞鞚**：飞马。⑩ **八珍**：形容珍美食品之多。⑪ **宾从**：指宾客随从。**杂沓**：众多杂乱。**要津**：本指重要渡口，这里喻指杨国忠兄妹的家门。⑫ **后来鞍马**：隐晦的说法，这里指杨国忠。**逡巡**：原意是犹豫不决的意思，这里指顾盼自得的样子。⑬ **青鸟**：神话中的鸟名，西王母的使者。相传西王母见汉武帝时，先有青鸟飞集殿前。后来被用作男女间的信使。**红巾**：指妇女所用的红手帕。

诗 解

三月三日正值阳春时节，天气清新，阳光明媚，长安曲江河畔上聚集那么多美人啊！她们姿态凝重、神情高远、文静自然、肌肤丰润、胖瘦适中、身材匀称。穿着的绫罗绸缎衣裳映衬暮春风光，金丝绣的孔雀银丝刺的麒麟格外耀眼。头上戴的是什么珠宝首饰呢？翡翠玉做的花饰垂挂在两鬓。在她们的背后能看见什么呢？珠宝镶嵌的裙腰多么适中合身。其中有几位都是后妃的亲戚，里面有虢国和秦国二位夫人。青黑色的蒸锅端出褐色驼峰，水晶圆盘送来鲜美的白鳞鱼。她们捏着犀角筷子久久不动，厨师们快刀细切空忙了一场。宦官骑马飞驰不敢扬起灰尘，御厨络绎不绝送来海味山珍。笙箫鼓乐缠绵宛转感动鬼神，宾客随从满座都是达官贵人。有一个骑马官人是何等骄横，车前下马从绣毯上走进帐门。白雪似的杨花飘落覆盖浮萍，青鸟飞去衔起地上的红丝帕。杨家气焰很高，权势尊贵，显赫无与伦比，不要上前打扰以免丞相发怒斥人！

赏 析

言穷则尽，意衰则丑，韵软则卑。杜少陵《丽人行》，一以雅道行之，故君子言有则也。色古而厚，点染处，不免墨气太重。

——明·陆时雍《唐诗镜》

东飞伯劳歌

南北朝·萧衍

题 解

　　《东飞伯劳歌》是南朝梁武帝萧衍根据民歌改作的一首七言古诗，诗歌描写一个男子恋慕一个少女的心曲。上句用伯劳与燕子的分飞来比喻情人之间的分离；下句用牵牛、织女隔河相望的典故，比喻与所爱的人可望而不可即。

原 文

　　东飞伯劳西飞燕①，黄姑织女时相见②。谁家女儿对门居，开颜发艳照里闾③。南窗北牖桂月光④，罗帷绮帐脂粉香。女儿年几十五六，窈窕无双颜如玉。三春已暮花从风⑤，空留可怜谁与同。

注 释

　　①伯劳：鸟名。②黄姑：牵牛星。③闾：原指里巷的大门，后指人聚居处，即乡里。④牖：古代建筑中室与堂之间的窗子。⑤三春：农历正月称孟春，二月称仲春，三月称季春。

诗 解

　　伯劳东飞燕子西去，黄姑和织女时而相见却不得相亲相近。谁家的女儿住对对门，面容美丽，艳光照人。皎洁的月光透过窗牖，照耀在女子的罗帷、绮帐上，屋内飘散着脂粉的芳香。女子今年将要十六岁，身材窈窕，容颜如玉洁白美丽，无与伦比。唉，如此隔街相望下去，一旦那佳丽三春已暮，花从风落，岂不空留下一片可怜！那时她又将随何人而去？

赏 析

　　自汉而下，乐府皆填古曲，自我作古者，惟此萧家老二公二歌（《河中之水歌》与《东飞伯劳歌》）而已。托体虽艳，其风神音旨，英英遥遥，固已笼罩百代。

　　　　　　　　　　　　　　　　　　　　　——明·王夫之

树中草

唐·李白

题 解

《树中草》，乐府《杂曲歌辞》旧题。此诗为借物慨叹世情：草和木虽然无情，却因为相互依靠而共存，可是亲兄弟为了政治利益却不惜手足相残，不禁让人叹息。

原 文

鸟衔^{xián}野田草，误入枯桑里。

客土植危根①，逢春犹不死。

草木虽无情，因依尚可生。

如何同枝叶，各自有枯荣？

注 释

①**客土**：异地的土壤。**危根**：入地不深、容易拔起的根。

诗 解

飞鸟衔来野田的草，偶然不小心进入枯桑的树杈里。异地的土壤恰好能培植入地不深的根，巧逢春雨而不死。野草与枯木虽无亲情，互相依靠，尚可生存。为什么同一棵树上的枝叶，却各自有枯有荣？

荆州歌

唐·李白

题 解

《荆州歌》，乐府旧题，属于《杂曲歌辞》。此诗写的是一位农村妇女辛勤劳作之时思念远方丈夫的愁苦情景。

原　文

　　白帝城边足风波^①，瞿塘五月谁
敢过^②？
　　荆州麦熟茧成蛾^③，缫丝忆君头
绪多^④。
　　拨谷飞鸣奈妾何^⑤！

注　释

　　①**白帝城**：古城名，在今重庆市奉节县
白帝山上。②**瞿塘**：瞿塘峡，长江三峡之一，
峡中水流险急，水中多暗礁。③**荆州**：在今
湖北江陵。④**缫丝**：缲丝，煮茧抽丝，制丝
时把丝从蚕茧中抽出，合并成丝。在南朝乐
府中"丝""思"为双关语。**头绪多**：思绪多。
⑤**"拨谷"句**：写思妇默念：拨谷鸟已鸣，春
天将尽，不见夫回，使人无可奈何。拨谷，
布谷鸟。布谷鸟叫声如同"布谷"二字之音。

●瞿塘峡
　　两岸如削，岩壁高耸，大江在悬崖
绝壁中汹涌奔流，自古就有"险莫若剑
阁，雄莫若夔"的美称。

诗　解

　　白帝城边的江面上满是狂风掀起的惊涛骇浪，五月的瞿塘峡，水流险急，满是暗
礁，有谁敢行船而过呢？荆州麦子成熟时节，蚕茧吐丝，生命殆尽，破茧成蝶，家家
都在煮茧缫丝。我一边缫丝，一边思念你，就像蚕抽的丝那样纷乱，理也理不清。布
谷鸟在哀鸣的时候，更加引起了我对你的思念，这叫我怎么办呢？

赏　析

　　"荆州麦熟茧成蛾，缫丝忆君头绪多""云鬟绿鬓罢梳结，愁如回飙乱白
雪"，可云善于言情，工于言愁。

——资中筠《老生常谈》

拟行路难

南朝宋·鲍照

题解

《行路难》为乐府旧题。鲍照的《拟行路难》乐府组诗共十八首。此处所选为第六首,借行路之艰难抒发了寒门出身士人的仕途艰难及离别悲伤之情。

原文

对案不能食^①,拔剑击柱长叹息。丈夫生世会几时,安能蹀躞垂羽翼^②。弃檄罢官去,还家自休息。朝出与亲辞,暮还在亲侧。弄儿床前戏^③,看妇机中织。自古圣贤尽贫贱,何况我辈孤且直^④。

注释

①案:一种放食器的小几。②蹀躞:小步行走的样子。③弄儿:逗小孩。戏:玩耍。④孤且直:孤高并且耿直。

诗解

对着案几上的美食却吃不下去,拔出宝剑对柱挥舞叹息。大丈夫一辈子有多长时间,怎么能裹足不前、垂翼不飞呢?既然在政治上不能有所作为,不如丢开自己的志向,罢官回家休息,还能与亲人朝夕团聚,共叙天伦之乐。早上出家门与家人道别,傍晚回家依然在亲人身边。在床前与孩子玩耍,看妻子在织布机前织布。自古以来圣人贤者都不免贫困不得意,何况像我们这样孤高而耿直的人呢!

行路难 三首

唐·李白

题解

　　《行路难》是古乐府《杂曲歌辞》名，其内容多叙写社会道途艰难和离别悲伤。本诗中写仕路艰难，充满着政治上遭遇挫折后的抑郁不平之感。同时，也表现了作者对人生前途乐观豪迈的气概，充满积极希望的情绪。

原文

其 一

　　金樽^{zūn}清酒斗十千①，玉盘珍羞直万钱②。停杯投箸^{zhù}不能食，拔剑四顾心茫然③。欲渡黄河冰塞川，将登太行雪满山。闲来垂钓碧溪上，忽复乘舟梦日边④。行路难，行路难，多歧路，今安在? 长风破浪会有时⑤，直挂云帆济沧海⑥。

注释

　　①**樽**：古代盛酒的器具。**斗十千**：一斗值十千钱（即万钱），形容酒价昂贵。②**珍羞**：珍贵的菜肴。羞，通"馐"，美味的食物。**直**：通"值"，价值。③**"停杯"二句**：化用鲍照《行路难》中诗句"对案不能食，拔剑击柱长叹息"。投箸，丢下筷子。茫然，无所适从。④**"闲来"二句**：《史记·齐太公世家》记载，吕尚年老垂钓于渭水边，后遇西伯姬昌（即周文王）而得重用。相传伊尹在受商汤聘请的前夕，梦见自己乘船经过日月之旁。吕尚和伊尹都曾辅佐帝王建立不朽功业，李白在此暗用两个典故表明对自己的政治前途仍存极大的希望。⑤**长风破浪**：据《宋书·宗悫传》载，宗悫少年时，叔父宗炳问他的志向，他说："愿乘长风破万里浪。"后人用"乘风破浪"比喻施展政治抱负。⑥**济**：渡过。

金杯中的美酒一斗价值十千，玉盘里的菜肴珍贵值万钱。但心情愁烦使得我放下杯筷，不愿进餐。拔出宝剑环顾四周，心里一片茫然。想渡过黄河，坚冰堵塞大川；想登太行山，大雪遍布高山。遥想当年，姜太公临溪垂钓，得遇重才的文王，伊尹乘舟梦日，受聘在商汤身边。人生的道路何等艰难，何等艰难，歧路纷杂，真正的大道究竟在哪边？坚信乘风破浪的时机定会到来，到那时，将扬起征帆远渡碧海青天。

赏 析

《行路难》，叹世路艰难及贫贱离索之感。古辞亡，后鲍照拟作为多。白诗似全效照。

——明·胡震亨《李杜诗通》

原 文

其 二

大道如青天，我独不得出。羞逐长安社中儿[①]**，赤鸡白狗赌梨栗**[②]**。弹剑作歌奏苦声**[③]**，曳裾王门不称情**[④]**。淮阴市井笑韩信**[⑤]**，汉朝公卿忌贾生**[⑥]**。君不见，昔时燕家重郭隗**[⑦]**，拥彗折节无嫌猜**[⑧]**。剧辛乐毅感恩分**[⑨]**，输肝剖胆效英才。昭王白骨萦蔓草，谁人更扫黄金台？行路难，归去来！**

注 释

①**社**：古代二十五家为一社。②**赤鸡白狗**：羽毛呈红色的鸡，白色的狗。又作"赤鸡白雉"。③**弹剑作歌**：冯谖在孟尝君门下做客，觉得孟尝君对自己不够礼遇，开始时经常弹剑而歌，表示要回去。后"弹剑作歌"比喻怀才不遇。④**曳裾王门**：《汉书·邹阳传》："饰固陋之心则何王之门不可曳长裾乎？"后以"曳裾王门"比喻在王侯权贵门下做食客。⑤**"淮阴"句**：据《汉书·韩信传》记载，西汉开国功臣韩信是淮阴人，他出身平民，父母早逝，贫寒无依。淮阴屠户中有个年轻人想侮辱韩信，说："虽长大，好带刀剑，怯耳。"并当众侮辱他说："能死，刺我；不能，出胯下。"韩信注视了对方良久，慢慢低下身来，从他的胯裆下爬过去。街上的人都耻笑韩信，认为他是个怯懦之人。⑥**贾生**：贾谊，西汉著名的政论家，力主改革弊政，提出许多重要政治主

张，但却遭谗被贬，一生抑郁不得志。**⑦郭隗：**战国中期燕国大臣、贤者。燕王哙七年齐宣王攻破燕国，哙被杀。赵武灵王闻燕国内乱，将燕王哙的庶子职从韩国送回燕国，职被燕人拥立为王，称燕昭王。昭王为报齐灭燕之仇，并复兴燕国，拜访郭隗，求计问策。郭隗以古人千金买骨为例，使昭王广纳社会贤才，建筑"黄金台"，昭王并尊郭隗为师。此举使天下震动，乐毅、邹衍、剧辛及其他有才能的人皆来归附燕国，燕国因此强大起来。**⑧拥篲：**燕昭王拿扫帚扫门，恐灰尘飞扬，用衣袖挡帚以礼迎贤士。**折节：**降低自己身份，又作"折腰"。**⑨剧辛：**战国时燕将，原居于赵，与庞暖友善，闻燕昭王下诏求贤，乃由赵赴燕。**乐毅：**战国时燕将。

诗 解

人生道路如此宽广，唯独我没有出路。我不愿意追随长安城中的富家子弟，去搞斗鸡走狗一类的赌博游戏。像冯谖那样弹剑作歌发牢骚，在权贵之门卑躬屈节是不合我心意的。当年淮阴的市井讥笑韩信怯懦无能，汉朝公卿大臣嫉妒贾谊。你看，古时燕昭王重用郭隗，拥篲折节、谦恭下士，毫不嫌疑猜忌。剧辛乐毅感激知遇的恩情，竭忠尽智以自己的才能来报效君主。然而燕昭王早就死了，还有谁能像他那样重用贤士呢？世路艰难，我只得去归隐啦！

原 文

其 三

有耳莫洗颍川水^①（yǐng），有口莫食首阳蕨^②（jué）。含光混世贵无名^③，何用孤高比云月。吾观自古贤达人，功成不退皆殒身（yǔn）。子胥既弃吴江上^④（xū），屈原终投湘水滨^⑤。陆机雄才岂自保？李斯税驾苦不早。华亭鹤唳讵（jù）可闻？上蔡苍鹰何足道^⑥？君不见，吴中张翰称达生^⑦，秋风忽忆江东行。且乐生前一杯酒，何须身后千载名？

注 释

①**"有耳"句：**传说帝尧曾多次向当时的贤人许由请教，后来想把君位传给他，但遭到了他的严词拒绝。许由逃到了登封的箕山隐居起来，再也不愿意与世俗社会交往。帝尧派人找到了他，想请他出任九州岛长官，他跑到颍水边洗耳，表示不愿意听这种话。许由以自己淡泊名利的崇高节操赢得了后世的尊敬，从而被奉为隐士，

的鼻祖。②**首阳蕨**:《史记·伯夷列传》:"武王已平殷乱，天下宗周，而伯夷、叔齐耻之，义不食周粟，隐于首阳山，采薇而食之。……遂饿死于首阳山。"蕨，薇，前人误以薇、蕨为一种草本植物。③**含光混世**:《高士传》记载巢父谓许由曰:"何不隐汝形，藏汝光?"此句言不露锋芒，随世俯仰之意。④**"子胥"句**:伍子胥，名员，春秋时楚国人，其父兄为楚平王所杀，他逃至吴国，助吴王阖闾筑城练兵，发愤图强，后率吴兵攻下楚国都城郢，掘楚平王墓，鞭尸三百。阖闾死后，被吴王夫差逼迫自杀。《吴越春秋》中记载:"吴王乃取子胥尸，盛以鸱夷之器，投之于江中。"⑤**"屈原"句**:屈原早年受楚怀王信任后受人谗言与排挤，被逐出郢都。后秦兵南下攻破郢都，屈原在绝望和悲愤之下怀抱大石投汨罗江而死。⑥**"陆机"四句**:李白借历史上陆机、李斯的遭遇说明功成应身退的道理。《晋书·陆机传》载，陆机因宦人诬陷而被杀害于军中，临终叹曰:"华亭鹤唳，岂可复闻乎?"秦丞相李斯辅助秦始皇完成了统一六国的大业，官拜丞相，后为赵高所忌，于秦二世二年被腰斩于咸阳闹市。《史记·李斯列传》载，李斯喟然叹曰:"……斯乃上蔡布衣……今人臣之位，无居臣上者，可谓富贵极矣。物极则衰，吾未知所税驾也。""……斯出狱，与其中子俱执，顾谓其中子曰:'吾欲与若复牵黄犬俱出上蔡东门逐狡兔，岂可得乎!'"税驾，解驾，指休息。⑦**张翰**:西晋文学家，字季鹰。性格放纵不羁，酣饮恣游，时人号为"江东步兵"。《晋书·张翰传》载，有人劝他顾惜点名声，他却说:"使我有身后名，不如即时一杯酒。"

| 诗　解 |

　　不要学许由用颍水洗耳，不要学伯夷和叔齐隐居首阳山采薇而食。在世上活着贵在韬光养晦，为什么要隐居清高自比云月？我看自古以来的贤达之人，功绩告成之后不自行隐退都死于非命。伍子胥被吴王弃于吴江之上，屈原最终抱石自沉汨罗江中。陆机如此雄才大略也无法自保，李斯以自己悲惨的结局为苦。陆机是否还能听见华亭别墅间的鹤唳？李斯是否还能在上蔡东门牵鹰打猎？你不知道吴中的张翰是个旷达之人，因见秋风起而想起江东故都。生时有一杯酒就应尽情欢乐，何须在意身后千年的虚名？

远别离

唐·李白

题解

《远别离》，乐府别离曲十九首之一，多写悲伤离别之事。诗人借传说中舜帝与皇、英二妃的别离，来抒发对现实政治的感慨和对国家前途的忧虑。

原文

远别离，古有皇英之二女①，乃在洞庭之南，潇湘之浦②。海水直下万里深，谁人不言此离苦③。日惨惨兮云冥冥，猩猩啼烟兮鬼啸雨④，我纵言之将何补。皇穹窃恐不照余之忠诚，雷凭凭兮欲吼怒⑤，尧舜当之亦禅禹⑥。君失臣兮龙为鱼，权归臣兮鼠变虎。或云尧幽囚，舜野死⑦，九疑联绵皆相似⑧，重瞳孤坟竟何是⑨。帝子泣兮绿云间⑩，随风波兮去无还。恸哭兮远望，见苍梧之深山。苍梧山崩湘水绝，竹上之泪乃可灭。

注释

①皇英：指娥皇、女英，相传是尧的女儿，舜的妃子。舜南巡，两妃随行，溺死于湘江，世称湘君。她们的神魂游于洞庭之南，并出没于潇湘之滨。②潇湘：湘水中游与潇水合流处。③"海水"二句：谁人不说这次分离的痛苦，像海水那样的深不见底！④"日惨惨"二句：日光暗淡，乌云密布；猩猩在烟云中悲鸣，鬼怪在阴雨中长啸。这里比喻当时政治黑暗。惨惨，暗淡无光。冥，阴晦的样子。⑤雷凭凭：形容雷声响而又接连不断。⑥禅：禅让。⑦或云：有人说。尧幽囚：传说尧因德衰，曾被舜关押，父子不得相见。舜野死：传说舜巡视时死在苍梧。幽囚，囚禁。这两句，作者借用古代传说，暗示当时权柄下移，藩镇割据，唐王朝有覆灭的危险。⑧九疑：苍梧山，在今湖南宁远县南。因九个山峰连绵相似，不易辨别，故又称九疑山。相传舜死后葬于

此地。⑨**重瞳**：指舜。相传舜的两眼各有两个瞳仁。⑩**帝子**：指娥皇、女英。传说舜死后，二妃相与恸哭，泪下沾竹，竹上呈现出斑纹。

卷八　杂曲歌辞

诗　解

　　远别离呀，古时有尧之二女娥皇、女英在洞庭湖之南、潇湘的岸边，在为与舜的远别而恸哭。洞庭、湘水虽有万里之深，也难与此别离之苦相比。她们只哭得白日无光，云黑雾暗，感动得猿猱在烟雾中与之悲啼！鬼神为之哀泣，泪下如雨。现在我提起此事有谁能理解其中的深意呢？我的一片忠心恐怕就是皇天也不能鉴照哇。我若说出来，不但此心无人能够理解，还恐怕要由此引起老天的雷霆之怒呢？国君若失去了贤臣的辅佐，就会像神龙化之为凡鱼；奸臣一旦把持了大权，他们就会由老鼠变成猛虎。到了这个份上，就是尧也得让位于舜，舜得让位于禹。我听说，尧不是禅位于舜的，他是被舜幽囚了起来，不得已才让位于舜的。舜也是死在荒野之外，死得不明不白。结果，他葬在九疑山内，因山中九首皆相似。娥皇和女英连她们丈夫的孤坟也找不到了。于是这两个尧帝的女儿，只好在洞庭湖畔的竹林中痛哭，泪水洒到竹子上，沾上了点点斑痕。最后她们一起投进了湖水，随着风波一去不返。她们一边痛哭，一边遥望着南方的苍梧山，因她们与舜再也不能见面了，这才是真正的远别离呀。要问她们洒在竹子上的泪痕何时才能灭去，恐怕只有等到苍梧山崩、湘水绝流的时候了。

赏　析

　　太白《蜀道难》《天姥吟》，虽极漫衍纵横，然终不如《远别离》之含蓄深永，且其词断而复续，乱而实整，尤合骚体。

——明·许学夷《诗源辩体》

久别离

唐·李白

题　解

　　《久别离》，属乐府《杂曲歌辞》。这首诗写思妇之情，缠绵婉转，步步深入，加上和谐舒畅的音节，错落有致的句式，一唱三叹，极富艺术感染力。

别来几春未还家，玉窗五见樱桃花①。况有锦字书②，开缄使人嗟③。至此肠断彼心绝，云鬟绿鬓罢揽结④。愁如回飙乱白雪⑤。去年寄书报阳台⑥，今年寄书重相催。胡为东风为我吹行云，使西来，待来竟不来，落花寂寂委青苔。

注　释

①**五见**：五年。②**锦字书**：用苏蕙织锦字回文书事。③**缄**：信封。④**云鬟绿鬓**：形容女子头发浓密如云，而且很有光泽。⑤**回飙**：旋风。⑥**阳台**：传说中的台名。楚王梦到与巫山神女欢会，神女离开时对楚王说："旦为朝云，暮为行雨，朝朝暮暮，阳台之下。"后指男女欢合之所。

诗　解

自从分别以后，已经几年没有回家了，窗边樱桃花已经五度开放了。纵然你寄来了情书，每次开启都让我感叹不已。我的肠断，你的心痛。我头发浓密如云，因愁绪像旋风吹动雪花那样绵绵不断，也实在懒得梳理。去年你寄书回来，表达朝云暮雨之念。今年你寄书又诉说归来之意。东风捎去对你的思念，等待你的到来，仍没有回来。实在是百无聊赖，只见满地落花堆积，青苔蔓延整个台阶。

西洲曲①

题　解

《西洲曲》是南朝乐府民歌中最长的抒情诗篇，历来被视为南朝乐府民歌的代表作。诗中描写了一位少女从初春到深秋、从现实到梦境对钟爱之人的苦苦思念。

原　文

忆梅下西洲，折梅寄江北②。单衫杏子红，双鬓鸦雏色③。西洲在何处，两桨桥头渡。日暮伯劳飞④，风吹乌臼树。树下即门前，门中露翠钿⑤。开门郎不至，出门采红莲。采莲南塘秋，莲花过人头。低头弄莲子，莲子青如水⑥。置莲怀袖中，莲心彻底红⑦。忆郎郎不至，仰头望飞鸿⑧。鸿飞满西洲，望郎上青楼。楼高望不见，尽日栏干头。栏干十二曲，垂手明如玉。卷帘天自高，海水摇空绿。海水梦悠悠，君愁我亦愁。南风知我意，吹梦到西洲。

● 低头弄莲子，莲子青如水

注 释

①**西洲**：当是在女子住处附近。②**"忆梅"二句**：女子见到梅花又开了，回忆起以前曾和情人在梅下相会的情景，因而想到西洲去折一枝梅花寄给在江北的情人。下，往。江北，当指男子所在的地方。③**鸦雏色**：像小乌鸦一样的颜色。形容女子的头发乌黑发亮。④**伯劳**：鸟名，仲夏始鸣，喜欢单栖。⑤**翠钿**：用翠玉做成或镶嵌的首饰。⑥**莲子**：和"怜子"谐音双关。**青如水**：和"清如水"谐音，隐喻爱情的纯洁。⑦**莲心**：和"怜心"谐音，即爱情之心。⑧**望飞鸿**：这里暗含有望书信的意思。

诗 解

　　思念梅花很想去西洲，折下梅花寄送去长江北岸。她那单薄的衣衫像杏子那样红，头发如小乌鸦那样黑。西洲到底在哪里？摇着小船的两只桨就可到西洲桥头的渡口。天色晚了伯劳鸟飞走了，风吹拂着乌桕树。树下就是她的家，门里露出戴着翠绿钗钿的她。她打开家门没有看到心上人，就出门采摘红莲去了。在秋天的南塘采摘莲子，莲花长得高过人头。低下头拨弄水中的莲子，莲子就像湖水一样清。把莲子藏在袖子里，莲子熟得红透了。思念郎君，郎君却还没来，只能抬头看着天上的飞鸟。西洲的天上飞满了鸟儿，走上青色的楼台遥望郎君。楼台太高看不到郎君，整天倚靠在栏杆边上。栏杆有十二个弯曲，女孩垂下的双手像玉一样明润。卷起帘子天显得更高，海水荡漾空显出一片深绿。海水像梦一般地悠悠然，你忧愁我也忧愁。南风知道我的情意，会把梦吹拂到西洲。

赏 析

言情之绝唱。

——清·陈祚明《采菽堂古诗选》

长干行 二首

唐·李白

题 解

　　《长干行》，乐府旧题《杂曲歌辞》调名，原为长江下游一带民歌，其源出于《清商西曲》，内容多写船家妇女的生活。李白的《长干行》是一篇以商人妇思夫为题材的富于民歌风味的作品。全篇通过人物的独白，以景物为衬托，描述了幼小相处、结婚、远别等几个生活阶段，把叙事、写景、抒情巧妙地融为一体，塑造了一个具有丰富深挚情感的少妇形象，表达了其对远方丈夫的思念之情。

原 文

其 一

　　妾发初覆额①，折花门前剧②。郎骑竹马来③，绕床弄青梅④。同居长干里⑤，两小无嫌猜⑥。十四为君妇，羞颜未尝开。低头向暗壁，千唤不一回⑦。十五始展眉⑧，愿同尘与灰。常存抱柱信⑩，岂上望夫台⑪？十六君远行，瞿塘滟滪堆⑫。五月不可触，猿声天上哀。门前迟行迹⑬，一一生绿苔⑭。苔深不能扫，落叶秋风早。八月蝴蝶来，双飞西园草⑮。感此伤妾心⑯，坐愁红颜老⑰。早晚下三巴⑱，预将书报家。相迎不道远⑲，

直至长风沙[20]。

卷八　杂曲歌辞

注释

①**妾**：古代妇女自称。**初覆额**：指头发还短，盖不住额头。覆，掩盖。②**剧**：玩耍，游戏。③**骑竹马**：儿童游戏时把竹竿当作马骑。④**床**：井床，井边的栏杆。**弄**：游戏。⑤**长干里**：里巷名，故址在今南京市秦淮河南，靠近长江。⑥**嫌猜**：嫌疑和顾忌。⑦**"十四"四句**：写初婚时害羞情景。⑧**始展眉**：指才懂些事，感情也在眉宇间显现出来。⑨**尘与灰**：比喻至死不渝。⑩**抱柱信**：相传古代有一个叫尾生的人，与一女子约好在一座桥下相会。女子临期未至，潮水忽然上涨，尾生不肯失信于女，抱着桥柱等待，结果被水淹死。见《庄子·盗跖》。⑪**望夫台**：即望夫山。据《寰宇记》记载，古代有人久出不归，其妻登山望夫，后来变成一块石头。⑫**瞿塘**：峡名，长江三峡之一，在重庆市奉节县东。**滟滪堆**：原是瞿塘峡峡口的一个危险的石滩。冬季水位低，它凸出江面，夏历五月江水上涨，就没入江中，船只容易触礁。⑬**迟**：等待，一作"旧"。⑭**一一**：一处一处。⑮**西园草**：西园的草地上。⑯**此**：指蝴蝶双飞。⑰**坐**：副词，形容程度很深。⑱**早晚**：什么时候。**三巴**：巴郡（今重庆市）、巴东（今奉节东北）、巴西（今阆中）的总称。三地均属重庆。⑲**不道远**：不管多远，不会嫌远。⑳**长风沙**：地名，在今安徽安庆市东的长江边上。

诗解

　　那时，我的头发刚刚盖过额头，在门前做折花的游戏。你骑着竹马过来，我们一起绕着井栏玩耍，互掷青梅嬉戏。我们同在长干里居住，两个人从小没有猜忌。十四岁时嫁给你做妻子，害羞得没有露出过笑脸。低着头对着墙壁的暗处，一再呼唤也不敢回头。十五岁才舒展眉头，愿意永远和你在一起。常抱着至死不渝的信念，怎么能想到会走上望夫台？十六岁时你离家远行，要去瞿塘峡滟滪堆。五月水涨时，滟滪堆不可相触，两岸猿猴的啼叫声传到天上。

●**长干里**

　　早在春秋战国时代，长干里一带已经是南京人口最密集地区，也是本地区经济命脉之所在。有众多描写长干里生活、爱情、风土的诗词歌赋，"青梅竹马，两小无猜"的典故即来源于此。

门前是你离家时徘徊的足迹，渐渐地长满了绿苔。绿苔太厚，不好清扫，树叶飘落，秋天早早来到。八月里，黄色的蝴蝶飞舞，双双飞到西园草地上。看到这种情景我很伤心，因而忧愁容颜衰老。无论什么时候你想下三巴回家，请预先把书信捎给我，好让我去迎接你。我不怕路途遥远，哪怕一直走到长风沙。

赏析

青莲才气，一瞬千里；此篇层析，独有节制。

——《历代诗法》

原文

其 二

忆妾深闺里，烟尘不曾识。嫁与长干人，沙头候风色①。五月南风兴，思君下巴陵。八月西风起，想君发扬子②。去来悲如何！见少离别多。湘潭几日到③？妾梦越风波。昨夜狂风度，吹折江头树。淼淼 miǎomiǎo 暗无边，行人在何处？北客真三公，朱衣满江中。日暮来投宿，数朝不肯东。好乘浮云骢④ cōng，佳期兰渚东 zhǔ。鸳鸯绿浦上 pǔ，翡翠锦屏中⑤。自怜十五余，颜色桃花红。那作商人妇，愁水复愁风。

注释

①**沙头**：沙岸上。**风色**：风向。②**扬子**：渡口名称。在今江苏省仪征市东南。③**湘潭**：今湖南湘潭。④**浮云骢**：汉文帝的骏马名称。骢，青白色相杂的马。⑤**翡翠**：水鸟名。

诗解

当年我未出闺时，根本不知烟尘为何物，可嫁给长干的男人后，却整日在江岸沙头上等候归来的消息。五月南风吹动的时候，想你正下巴陵；八月西风吹起的时候，想你正从扬子江出发。来亦悲，去亦悲，因为总是见面少而别离多。什么时候到湘潭呢？我在睡梦里也随君渡水越江而去。昨天夜里来了一阵狂风，将江边的大树都吹倒了。望着烟波浩渺的大江，夫君你现在究竟在什么地方？北客三公，穿着朱衣乘坐在船上。傍晚来投宿，一连几天都不肯东下。我将乘坐浮云骢，与你相会在兰渚东。鸳鸯嬉戏在绿浦池上，翡翠鸟儿绣在锦屏当中。自顾自怜才十五岁多，面容正如桃花一般嫣红。哪里想到嫁为商人妇，既要愁水又要愁风，天天过着异地相思担惊受怕的别离生活。

赏析

明艳娇憨，盖有所指。

——王闿运《王闿运手批唐诗选》

悲　歌

题解

《悲歌》，乐府古辞。这是一首描写游子思乡的诗，控诉战争带来的徭役之苦。

原文

悲歌可以当泣①，远望可以当归。

思念故乡，郁郁累累②。

欲归家无人，欲渡河无船。

心思不能言③，肠中车轮转④。

注释

①当：代替。②**郁郁累累**：形容忧思很重。郁郁，愁闷的样子。累累，失意的样子。③**思**：悲。④**"肠中"句**：形容内心十分痛苦。

诗解

这位悲歌者在此之前不知哭泣过多少回了，由于太伤心，以至最后以放声悲歌代替哭泣。一位游子，他远离故乡，无法还乡，只好以望乡来代替还乡了。茫茫的草木，重重的山冈遮住了眼，难见故乡，不见亲人。家里已经没有亲人了，已经无家可归了。即便是有家可归，也回不去，因为"欲渡河无船"。心中纷繁复杂、无限惆怅的思绪难以倾诉，就好像有车轮在肠中转动，缓缓抽出，绵延不绝。

结客少年场行

唐·李白

题解

　　乐府旧题，属于《杂曲歌辞》。诗中虽然有郁闷与不平，但依旧是扬厉雄健的风格，表现了诗人的豪侠气质。

原文

　　紫燕黄金瞳①，啾啾摇绿鬃②。平明相驰逐，结客洛门东③。少年学剑术，凌轹白猿公④。珠袍曳锦带，匕首插吴鸿⑤。由来万夫勇，挟此生雄风。托交从剧孟⑥，买醉入新丰。笑尽一杯酒，杀人都市中。羞道易水寒，从令日贯虹⑦。燕丹事不立，虚没秦帝宫。舞阳死灰人⑧，安可与成功？

注释

　　①**紫燕**：骏马名。②**啾啾**：马的鸣叫声。③**洛门**：指洛阳城门，汉代的长安城门。④**凌轹**：压倒，超过。**白猿公**：这里运用了典故。越国的一名女子善于剑术，在路上遇见了一名老翁，他自称袁公，与女子比试剑术，没有胜利，而飞上树，变成了一只白色的猿猴。⑤**吴鸿**：战国时期吴国末代太子名。"其父杀之，以其血涂金，铸成钩，进献吴王。故亦以为钩名。"后以此泛指宝剑或利器。⑥**剧孟**：人名，汉代洛阳名侠士。⑦**日贯虹**：白虹贯日，形容志气威猛。⑧**舞阳**：指战国末期与荆轲一道去刺杀秦王的秦舞阳。他进入秦宫，吓得脸色苍白，使得荆轲不得不更加小心应付。

诗解

　　紫燕骝的双目瞳孔呈黄金色，有着黑色的毛发。早晨和朋友相约于洛门东，一起赛马驰骋。年少时学习剑术，剑术高超，白猿公败在少年的手下，飞上枝头化为一只猿猴。少年穿着饰有珠宝的锦袍，腰间插着匕首和吴钩。荆轲生来就有万夫难挡之勇，佩上剑更是添了几许英雄气概。结交的人有剧孟这样的人物，一同在新丰喝酒，不醉不罢休。荆轲的勇猛，在市井中杀人，可见其胆大，从容饮酒，可见其淡定，是很有定力的人。而且认为害怕易水寒冷是羞耻的，有气贯长虹之概。可惜燕太子丹托付给他的事失败了，人也栽在了秦王的宫中。燕太子丹安排给荆轲的副手秦舞阳是一个无足轻重的人，太子谋略失当，燕国无人才，即便荆轲有如此胆识和武艺，又哪里能成功呢？

董娇饶

东汉·宋子侯

卷八 杂曲歌辞

 题 解

　　《董娇饶》，始见于《玉台新咏》，《乐府诗集》收入《杂曲歌辞》中。诗中感叹女子的命运不如鲜花，并包含作者自叹人生短促、青春不再的感慨。

 原 文

　　洛阳城东路，桃李生路傍。花花自相对，叶叶自相当①。春风东北起，花叶正低昂。不知谁家子，提笼行采桑。纤手折其枝，花落何飘飚yáng②。请谢彼姝子③，何为见损伤④。高秋八九月，白露变为霜。终年会飘堕，安得久馨xīn香。秋时自零落，春月复芬芳。何时盛年去，欢爱永相忘。吾欲竟此曲⑤，此曲愁人肠。归来酌美酒，挟瑟jiā sè上高堂⑥。

 注 释

　　①**相当**：指叶叶相交通，叶子稠密连到了一起。②**飘飚**：指落花缤纷之貌。③**彼姝子**：那美丽的女子。④**"何为"句**：为何受到你的攀折？见，是"被"的意思。此句是花对折花女子的问语。⑤**竟**：尽，终。⑥**高堂**：高大的厅堂，宽敞的房屋。

 诗 解

　　在洛阳城东路上见到的一片阳光明媚、百花盛开的景象：桃李盛开，花叶掩映，迎风低垂。不知谁家的采桑女子来了，攀折桃李，弄得枝残叶败，落叶缤纷。请允许我向那美丽的女子问一声，为什么要损伤这些花叶呢？即使不损伤它们，到了秋高八九月，白露变为霜，天气寒冷的日子，这些花叶也自然会飘落呀。这些可怜的花叶，整年有风刀霜剑相逼，它们的馨香怎能久留呢？它们秋时零落，来年春日再吐芬芳，始终不渝地遵循着大自然的规律。而美丽的女子却还不如这花叶，盛年过去后，就会色衰爱弛，被无情的男子相忘。我想把这支曲子唱完，可这支曲子，实在让人心里难过，只好饮美酒以消愁，挟琴瑟登堂以解忧了。及时行乐！

羽林郎①

东汉·辛延年

题解

　　此诗描写的是一位卖酒的胡姬，义正词严而又委婉得体地拒绝了一位权贵家奴的调戏。

原文

　　昔有霍家奴②，姓冯名子都。依倚将军势，调笑酒家胡③。胡姬年十五，春日独当垆④。长裾连理带，广袖合欢襦。头上蓝田玉⑤，耳后大秦珠⑥。两鬟何窈窕，一世良所无⑦。一鬟五百万，两鬟千万余。不意金吾子，娉婷（pīng）过我庐。银鞍何煜爚（yù yuè）⑧，翠盖空踟蹰（chí chú）。就我求清酒，丝绳提玉壶。就我求珍肴，金盘脍鲤鱼⑨。贻我青铜镜，结我红罗裾（jū）。不惜红罗裂⑩，何论轻贱躯！男儿爱后妇，女子重前夫。人生有新故，贵贱不相逾。多谢金吾子⑪，私爱徒区区⑫。

注释

　　①**羽林郎**：禁军官名。汉置，掌宿卫、侍从。②**霍家**：指西汉大将军霍光之家。③**酒家胡**：原指酒家当垆侍酒的胡姬。后亦泛指酒家侍者或卖酒妇女。④**垆**：旧时酒店内安放酒瓮的土台子，亦指酒店。⑤**蓝田玉**：指用蓝田产的玉制成的首饰，是名贵的玉饰。⑥**大秦珠**：西域大秦国产的宝珠，也指远方异域所产的宝珠。⑦**良**：确实。

⑧**煜爚**：光辉灿烂，光耀。⑨**脍**：细切的肉。⑩**红罗**：红色的轻软丝织品。多用以制作妇女衣裙。**裂**：古人从织机上把满一匹的布帛裁剪下来叫"裂"。⑪**谢**：感谢。**金吾子**：执金吾，是汉代掌管京师治安的禁卫军长官。这里指调戏女主人公的豪奴。⑫**私爱**：单相思。**徒**：白白地。**区区**：指拳拳之心，恳挚之意。

当年，有个霍将军的门人冯子都，曾经依仗将军的势力，调笑当垆卖酒的胡姬。这位胡姬，当年只十五岁，在一个春光明媚的日子独自在门前卖酒。内穿一件长襟衣衫，腰系两条对称的连理罗带，外罩一件袖子宽大、绣着象征夫妇合欢图案的短袄。再看她头上，戴着著名的蓝田所产美玉做的首饰，发簪两端挂着两串西域大秦国产的宝珠，一直下垂到耳后。她那高高地挽着的两个环形发髻更是美不胜言，简直连整个世间

●**当垆卖酒**
卓文君随司马相如私奔后，二人开了一家小酒店谋生。文君当垆卖酒，垆是酒铺在店门口安放酒瓮的土台子，司马相如则做打杂，二人的爱情成为风流佳话。

都很罕见。没有想到有不测风云的降临。执金吾的豪奴为调戏胡姬而做出婉容和色的样子前来酒店拜访，你看他派头十足，驾着车马而来，银色的马鞍光彩闪耀，车盖上饰有翠羽的马车停留在酒店门前，徘徊地等着。他一进酒店，便径直走近胡姬，向她要上等美酒，胡姬便提着丝绳系的玉壶来给他斟酒；一会儿他又走近胡姬向她要上品菜肴，胡姬便用讲究的金盘盛了细切的鲤鱼肉送给他。他赠胡姬一面青铜镜，又送上一件红罗衣要与胡姬欢好。胡姬面对倚权仗势的豪奴调戏，既不怯懦，也不急躁，而进行了义不容辱的严词拒绝："君不惜下红罗前来结好，妾何能计较这轻微低贱之躯呢！"仿佛一口答应，实则是欲扬先抑，欲擒故纵。之后，她说："但是，你们男人总是喜新厌旧，爱娶新妇，而我们女子却是看重旧情，忠于前夫的。既然女子在人生中

坚持从一而终，绝不以新易故，又岂能弃贱攀贵而超越门第等级呢！我非常感谢官人您这番好意，让您白白地为我付出这般殷勤厚爱的单相思，真是抱歉！"

古诗为焦仲卿妻作

题解

　　本诗主要讲述了焦仲卿、刘兰芝夫妇被迫分离并双双自杀的故事，控诉了封建礼教的残酷无情，歌颂了焦刘夫妇的真挚感情和反抗精神，寄托了人民群众追求恋爱自由和幸福生活的强烈愿望。

原文

　　其序曰："汉末建安中，庐江府小吏焦仲卿妻刘氏①，为仲卿母所遣②，自誓不嫁。其家逼之，乃没水而死。仲卿闻之，亦自缢于庭树。时伤之，而为诗云尔③。"

　　孔雀东南飞，五里一徘徊。"十三能织素④，十四学裁衣。十五弹箜篌⑤（kōnghóu），十六诵诗书⑥。十七为君妇，心中常苦悲。君既为府吏，守节情不移。贱妾留空房，相见常日稀。鸡鸣入机织，夜夜不得息。三日断五匹，大人故嫌迟。非为织作迟，君家妇难为。妾不堪驱使⑦，徒留无所施⑧。便可白公姥⑨（mǔ），及时相遣归。"

注释

　　①**庐江**：汉代郡名，郡城在今安徽怀宁、潜山一带。②**遣**：女子出嫁后被夫家休弃回娘家。③**云尔**：句末语气词。如此而已。④**素**：白绢。这句话开始到"及时相遣归"是焦仲卿妻对仲卿说的。⑤**箜篌**：古代的一种弦乐器，形如筝、瑟。⑥**诗书**：原指《诗经》和《尚书》，这里泛指儒家的经书。⑦**不堪**：不能胜任。⑧**徒**：徒然，白白地。**施**：用。⑨**白公姥**：禀告婆婆。白，告诉，禀告。公姥，公公婆婆，这里是偏指婆婆。

诗解

　　东汉末年建安年间，庐江府小吏焦仲卿的妻子刘氏，被仲卿的母亲驱赶回娘家，

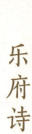

她发誓不再改嫁。但她娘家的人一直逼着她再嫁，她只好投水自尽。焦仲卿听到妻子的死讯后，也吊死在自己家里庭院的树上。当时的人哀悼他们，便写了这样一首诗。

孔雀朝着东南方向飞去，每飞五里便是一阵徘徊。"我十三岁就能织出白色的丝绢，十四岁就学会了裁衣。十五岁学会弹箜篌，十六岁就能诵读诗书。十七岁做了你的妻子，但心中常常感到痛苦伤悲。你既然已经做了府吏，当然会坚守臣节专心不移。只留下我孤身一人待在空房，我们见面的日子常常是日渐稀疏。每天当鸡叫的时候我就进入机房纺织，天天到了晚上也不能休息。三天就能在机上截下五匹布，但婆婆还故意嫌我缓慢松弛。不是我纺织缓慢行动松弛，而是你家的媳妇难做，公婆难服侍。我已经受不了你家这样的驱使，徒然留下来也没有什么用处，无法再忍受。你这就禀告公公婆婆，及时遣返我送我回娘家去吧。"

原文

府吏得闻之，堂上启阿母："儿已薄禄相①，幸复得此妇。结发同枕席②，黄泉共为友③。共事二三年，始尔未为久。女行无偏斜④，何意致不厚⑤？"阿母谓府吏："何乃太区区⑥。此妇无礼节，举动自专由。吾意久怀忿，汝岂得自由。东家有贤女，自名秦罗敷⑦。可怜体无比⑧，阿母为汝求。便可速遣之，遣去慎莫留。"府吏长跪告："伏惟启阿母。今若遣此妇，终老不复取⑨。"阿母得闻之，槌床便大怒⑩："小子无所畏，何敢助妇语。吾已失恩义，会不相从许。"

注释

①薄禄相：命中注定官禄微薄。②结发：刚成年时。③黄泉：地下，指死后。④偏斜：过错。⑤致不厚：引起您对她的不满。⑥区区：微小，这里指小事。⑦秦罗敷：《陌上桑》中的美女，古人认为是美女的典型。⑧可怜：可爱。⑨取：通"娶"，娶妻。⑩槌：同"捶"，敲打。

诗解

府吏听到这些话，便走到堂上禀告阿母："儿已经没有做高官享厚禄的福相，幸而娶得这样一个好媳妇。刚成年时我们便结成同床共枕的恩爱夫妻，并希望同生共死直到黄泉也相伴为伍。我们共同生活才过了两三年，这种甜美的日子只是开头还不算长久。她的行为没有什么不正当，哪里知道竟会招致你的不满？得不到慈爱亲厚。"阿母对府吏说："你怎么这样狭隘固执！这个媳妇不懂得礼节，行动又是那样自专自由。我心中早已怀着愤怒，你哪能自作主张对她迁就。东邻有个贤惠的女子，她本来的名字叫秦罗敷。她可爱的体态没有谁能比得上的，我当为你的婚事去恳求。你应该把兰芝快赶走，千万不要让她再停留！"府吏直身长跪作回答，他恭恭敬敬地再向母亲哀求："现在如果赶走这个媳妇，儿到老也不会再娶别的女子！"阿母听了府吏这些话，便敲着坐床大发脾气："你这小子胆子太大，毫无畏惧，你怎么敢帮着媳妇胡言乱语呢？我对她已经断绝了情义，对你的要求决不会依从允许！"

原文

府吏默无声，再拜还入户①。举言谓新妇，哽咽不能语。"我自不驱卿，逼迫有阿母。卿但暂还家，吾今且报府②。不久当归还，还必相迎取。以此下心意，慎勿违吾语。"新妇谓府吏："勿复重纷纭。往昔初阳岁③，谢家来贵门。奉事循公姥，进止敢自专。昼夜勤作息，伶俜萦苦辛④。谓言无罪过，供养卒大恩⑤。仍更被驱遣，何言复来还。妾有绣腰襦⑥，葳蕤自生光⑦。红罗复斗帐，四角垂香囊。箱帘六七十⑧，绿碧青丝绳。物物各自异，种种在其中。人贱物亦鄙，不足迎后人。留待作遣施，于今无会因。时时为安慰，久久莫相忘。"

注释

①户：卧室的门。②报府：去官府中办公。报，通"赴"，到……去。③初阳：指冬至至立春之间。④伶俜：孤独。⑤卒大恩：尽力以报父母养育之恩。⑥绣腰襦：绣花的齐腰小袄。⑦葳蕤：枝叶繁盛、羽毛壮实华丽的样子。这里形容短袄上的花纹精美。⑧箱帘：指箱子和镜匣。

诗解

府吏默默不说话，再拜之后辞别阿母回到自己的房里。开口向媳妇说话，悲痛气结已是哽咽难语："我本来不愿赶你走，但阿母逼迫着要我这样做。但你只不过是暂时回到娘家去，现在我也暂且回到县官府。不久我就要从府中回家来，回来之后一定会去迎接你。你就为这事委屈一下吧，千万不要违背我这番话语。"兰芝对府吏坦陈：

"不要再提接我回来这样的话了！记得那年初阳的时节，我辞别娘家走进你家门。侍奉公婆都顺着他们的心意，一举一动哪里敢自作主张不守本分？日日夜夜勤劳地操作，孤身一人周身缠绕着苦辛。自以为可以说是没有什么罪过，能够终身侍奉公婆报答他们的大恩。但仍然还是要被驱赶，哪里还谈得上再转回你家门。我有一件绣花的短袄，绣着光彩美丽的花纹。还有一床红罗做的双层斗形的小帐，四角都垂挂着香囊。大大小小的箱子有六七十个，都是用碧绿的丝线捆扎紧。里面的东西都各不相同，各种各样的东西都收藏其中。人既然低贱东西自然也卑陋，不值得用它们来迎娶后来的新人。你留着等待以后有机会施舍给别人吧，走到今天这一步今后不可能再相会相亲。希望你时时安慰自己，长久记住我，不要忘记我这苦命的人。"

原 文

　　鸡鸣外欲曙，新妇起严妆①。着我绣夹裙，事事四五通②。足下蹑丝履③，头上玳瑁光④。腰若流纨素，耳著明月珰⑤。指如削葱根，口如含朱丹。纤纤作细步，精妙世无双。上堂谢阿母，母听去不止。"昔作女儿时，生小出野里。本自无教训，兼愧贵家子⑥。受母钱帛多，不堪母驱使。今日还家去，念母劳家里。"却与小姑别⑦，泪落连珠子。"新妇初来时，小姑始扶床；今日被驱遣，小姑如我长。勤心养公姥，好自相扶将⑧。初七及下九⑨，嬉戏莫相忘。"出门登车去，涕落百余行。

注 释

　　①严妆：整妆，郑重地梳妆打扮。②通：次，遍。③蹑：踩，踏，这里指穿鞋。④玳瑁：一种同龟相似的爬行动物，甲壳可制装饰品。⑤珰：耳坠。⑥兼愧：更有愧于。⑦却：从堂上退下来。⑧扶将：扶持，搀扶。这里是服侍的意思。⑨初七及下九：七月七日和每月的十九日。初七，指农历七月七日，旧时妇女在这天晚上在院子里陈设瓜果，向织女星祈祷，祈求提高刺绣缝纫技巧，称为"乞巧"。下九，古人以每月的二十九为上九，初九为中九，十九为下九。在汉朝时候，每月十九日是妇女欢聚的日子。

诗 解

　　当公鸡鸣叫窗外天快要放亮的时候，兰芝起身精心地打扮梳妆。她穿上昔日绣花的夹裙，梳妆打扮时每件事都做了四五遍才算妥当。脚下她穿着丝鞋，头上的玳瑁簪闪闪发光。腰间束着流光的白绸带，耳边挂着明月珠装饰的耳珰。十个手指像尖尖的葱根又细又白嫩，嘴唇涂红像含着朱丹一样。她轻轻地小步行走，艳丽美妙真是举世无双。她走上堂去拜别阿母，阿母听任她离去而不挽留阻止。"从前我做女儿的时候，从小就生长在村野乡里。本来就没有受到教管训导，更加惭愧的是又嫁到你家愧对你家的公子。受了阿母许多金钱和财礼，却不能胜任阿母的驱使。今天我就要回到娘家去，还记挂着阿母孤身操劳在家里。"她退下堂来又去向小姑告别，眼泪滚滚落下像一连串的珠子。"我这个新媳妇初嫁过来时，小姑刚学走路始会扶床。今天我被驱赶回娘家，小姑的个子已和我相当。希望你尽心地侍奉我的公婆，好好地扶助他们，精心奉养他们。每当七夕之夜和每月的十九日，玩耍时千万不要把我忘。"她走出家门上车离去，眼泪落下百多行。

原 文

　　府吏马在前，新妇车在后。隐隐何甸甸（diàndiàn），俱会大道口。下马入车中，低头共耳语："誓不相隔卿。且暂还家去。吾今且赴府，不久当还归，誓天不相负。"新妇谓府吏："感君区区怀[1]。君既若见录，不久望君来。君当作磐（pán）石，妾当作蒲苇。蒲苇纫如丝，磐石无转移。我有亲父兄[2]，性行暴如雷。恐不任吾意，逆以煎我怀[3]。"举手长劳劳，二情同依依。

注 释

①区区：深情眷恋的样子。②亲父兄：同胞哥哥。③逆：想到将来。

诗 解

　　府吏骑着马走在前头，兰芝坐在车上跟在后面走。车声时而小声隐隐，时而大声甸甸，但车和马都一同到达了大道口。府吏下马走进车中，低下头来在兰芝身边低声细语："我发誓不同你断绝，你暂且回到娘家去，我今日也暂且赶赴官府。不久我一定会回来，我向天发誓永远不会辜负你。"兰芝对府吏说："感谢你对我的诚心和关怀。既然承蒙你这样记着我，不久之后我会殷切地盼望着你来。你应当像一块大石，我必定会像一株蒲苇。蒲苇像丝一样柔软但坚韧结实，大石也不会转移。只是我有一个亲哥哥，性情脾气不好常常暴跳如雷。恐怕不能任凭我的心意由我自主，他一定会违背我的心意使我内心饱受煎熬。"两人忧伤不止地举手告别，双方都依依不舍情意绵绵。

入门上家堂，进退无颜仪。阿母大拊掌①："不图子自归。十三教汝织，十四能裁衣。十五弹箜篌，十六知礼仪。十七遣汝嫁，谓言无誓违②。汝今无罪过，不迎而自归。"兰芝惭阿母："儿实无罪过。"阿母大悲摧。

还家十余日，县令遣媒来。云有第三郎，窈窕世无双。年始十八九，便言多令才③。阿母谓阿女："汝可去应之。"阿女衔泪答："兰芝初还时，府吏见丁宁④，结誓不别离。今日违情义，恐此事非奇。自可断来信，徐徐更谓之。"阿母白媒人："贫贱有此女，始适还家门⑤。不堪吏人妇，岂合令郎君。幸可广问讯，不得便相许。"

①**拊掌**：拍掌，这里表示惊诧。②**无誓违**：没有过失。③**便言多令才**：指口才很好，又多才能。便，口才敏捷。④**丁宁**：同"叮咛"，嘱咐的意思。⑤**始适**：刚嫁出去就被遣回母家。适，旧称女子出嫁。

兰芝回到娘家进了大门走上厅堂，进退为难觉得脸面已失去。母亲十分惊异地拍着手说道："想不到没有去接你，你竟自己回到家里。十三岁我就教你纺织，十四岁你就会裁衣，十五岁会弹箜篌，十六岁懂得礼仪，十七岁时把你嫁出去，总以为你在夫家不会有什么过失。你现在有什么过失？为什么你自己回到家里？"兰芝十分惭愧面对亲娘："女儿实在没有什么过失。"亲娘听了十分伤悲。

回家才过了十多日，县令便派遣了一个媒人来提亲。说县太爷有个排行第三的公子，身材美好举世无双。年龄只有十八九岁，口才很好，文才也比别人强。亲娘便对女儿说："你可以出去答应这门婚事。"兰芝含着眼泪回答说："兰芝当初返家时，府吏一再嘱咐我，发誓永远不分离。今天如果违背了他的情义，这门婚事就大不吉利。你就可以去回绝媒人，以后再慢慢商议。"亲娘出去告诉媒人："我们贫贱人家养育了这个女儿，刚出嫁不久便被赶回家里，不配做小吏的妻子，哪里适合再嫁你们公子为妻？希望你多方面打听打听，我不能就这样答应你。"

　　媒人去数日，寻遣丞请还①。说有兰家女，承籍有宦官。云有第五郎，娇逸未有婚。遣丞为媒人，主簿通语言。直说太守家，有此令郎君。既欲结大义②，故遣来贵门。阿母谢媒人："女子先有誓，老姥岂敢言③。"阿兄得闻之，怅然心中烦。举言谓阿妹："作计何不量。先嫁得府吏，后嫁得郎君。否泰如天地，足以荣汝身。不嫁义郎体④，其住欲何云。"兰芝仰头答："理实如兄言。谢家事夫婿，中道还兄门。处分适兄意，那得自任专！虽与府吏要⑤，渠会永无缘⑥。登即相许和⑦，便可作婚姻。"

　　①**寻**：不久。②**结大义**：喜结连理。③**老姥**：我一个老婆子。④**义郎**：对太守儿子的尊称。⑤**要**：同"邀"，约定的意思。⑥**渠**：他，指府吏焦仲卿。⑦**登即**：立即。

　　媒人去了几天后，那派去郡里请示太守的县丞刚好回来。他说："在郡里曾向太守说起一位名叫兰芝的女子，出生于官宦人家。"又说："太守有个排行第五的儿子，貌美才高还没有娶妻。太守要我做媒人，这番话是由主簿来转达。"县丞来到刘家直接说："在太守家里，有这样一个美好的郎君，既然想要同你家结亲，所以才派遣我来到贵府做媒人。"兰芝的母亲回绝了媒人："女儿早先已有誓言不再嫁，我这个做母亲的怎敢再多说？"兰芝的哥哥听到后，心中不痛快十分烦恼，向其妹兰芝开口说道："做出决定为什么不多想一想！先嫁嫁给一个小府吏，后嫁却能嫁给太守的贵公子。命运好坏差别就像天和地，改嫁之后足够让你享尽荣华富贵。你不嫁这样好的公子郎君，往后你打算怎么办？"兰芝抬起头来回答说："道理确实像哥哥所说的一样，离开了家出嫁侍奉丈夫，中途又回到哥哥家里，怎么安排都要顺着哥哥的心意，我哪里能够自作主张？虽然同府吏有过誓约，但同他相会永远没有机缘。立即就答应了吧，就可以结为婚姻。"

　　媒人下床去，诺诺复尔尔。还部白府君："下官奉使命，言谈大有缘。"府君得闻之，心中大欢喜。视历复开书①，便利此月内。六合正

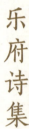
乐府诗集

二二四

相应②。"良吉三十日，今已二十七，卿可去成婚。"交语速装束③，络绎如浮云。青雀白鹄舫，四角龙子幡。婀娜随风转，金车玉作轮。踯躅青骢马，流苏金镂鞍。赍钱三百万④，皆用青丝穿。杂彩三百匹，交广市鲑珍⑤。从人四五百，郁郁登郡门。

阿母谓阿女："适得府君书，明日来迎汝。何不作衣裳，莫令事不举。"阿女默无声，手巾掩口啼，泪落便如泻。移我琉璃榻，出置前窗下。左手持刀尺，右手执绫罗。朝成绣夹裙，晚成单罗衫。晻晻日欲暝⑥，愁思出门啼。

注释

①历：指历书，古人办婚事，要看历书选择良辰吉日。②六合：指"月建"和"日辰"相配合适，即为"六合相应"，是吉日。③交语：即"教语"，下令手下的属官。速装束：赶快准备。④赍：赠送，这里是给彩礼。⑤交广：交州和广州。鲑：古书上对山珍鱼类的总称。⑥晻晻：昏暗的样子。

诗解

媒人从坐床走下去，连声说："好！好！就这样！就这样！"他回到太守府禀告太守："下官承奉着大人的使命，商议这桩婚事谈得很投机。"太守听了这话以后，心中非常欢喜。他翻开历书反复查看，吉日就在这个月之内。"成婚吉日就定在三十日，今天已是二十七日，你可立即去办理迎娶的事。"彼此传语快快去筹办，来往的人连续不断像天上的浮云。迎亲的船只上画着青雀和白鹄，船的四角还挂着绣着龙的旗子。旗子随风轻轻地飘动，金色的车配着玉饰的轮。驾上那毛色青白相杂的马缓步前进，马鞍两旁结着金线织成的缨子。送了聘金三百万，全部用青丝串连着。各种花色的绸缎三百匹，还派人到交州、广州购来海味和山珍。随从人员共有四五百，热热闹闹地齐集太守府前准备去迎亲。

亲娘对兰芝说："刚才得到太守的信，明天就要来迎娶你。你为什么还不做好衣裳？不要让事情办不成！"兰芝默默不说话，用手巾掩口悲声啼，眼泪坠落就像流水往下泻。移动她那镶着琉璃的坐榻，搬出来放到前窗下。左手拿着剪刀和戒尺，右手拿着绫罗和绸缎。早上做成绣夹裙，傍晚又做成单罗衫。一片昏暗天时已将晚，她满怀忧愁，想到明天要出嫁便伤心哭泣。

　　府吏闻此变，因求假暂归。未至二三里，摧藏马悲哀。新妇识马
声，蹑履相逢迎。怅然遥相望，知是故人来。举手拍马鞍，嗟叹使心伤。
"自君别我后，人事不可量。果不如先愿，又非君所详。我有亲父母，
逼迫兼弟兄。以我应他人，君还何所望。"府吏谓新妇："贺卿得高迁。
磐石方且厚，可以卒千年。蒲苇一时纫，便作旦夕间。卿当日胜贵[①]，
吾独向黄泉。"新妇谓府吏："何意出此言。同是被逼迫，君尔妾亦然。
黄泉下相见，勿违今日言。"执手分道去，各各还家门。生人作死别，
恨恨那可论。念与世间辞，千万不复全。

　　①日胜贵：一天天富贵起来。

　　府吏听到这个意外的变故，便告假请求暂且回家去看看。还未走到刘家，大约还
有二三里，人很伤心马儿也悲鸣。兰芝熟悉那匹马的鸣声，蹑着鞋急忙走出家门去相
迎。心中惆怅远远地望过去，知道是从前的夫婿到来。她举起手来拍拍马鞍，不断叹
气，彼此更伤心。"自从你离开我之后，人事变迁真是无法预测和估量。果然不能满
足我们从前的心愿，内中的情由又不是你能了解端详。我有亲生的父母，逼迫我的还
有我的亲兄长。把我许配了别的人，你还能有什么希望！"府吏对兰芝说："祝贺你能
够高升！大石方正又坚厚，可以千年都不变。蒲苇虽然一时坚韧，但只能坚持很短的
时间。你将一天比一天生活安逸地位显贵，只有我独自一人下到黄泉。"兰芝对府吏说：
"想不到你会说出这样的话！两人同样是被逼迫，你我都是这样受熬煎。我们在黄泉
之下再相见，不要违背今天的誓言！"他们握手告别分道离去，各自都回到自己家里
面。活着的人却要做死的离别，心中抱恨哪里能够说得完。他们都想很快地离开人世，
无论如何也不愿苟且偷生得保全。

　　府吏还家去，上堂拜阿母："今日大风寒[①]，寒风摧树木，严霜结

乐府诗集

庭兰。儿今日冥冥，令母在后单。故作不良计^②，勿复怨鬼神。命如南山石，四体康且直。"阿母得闻之，零泪应声落。"汝是大家子，仕宦于台阁。慎勿为妇死，贵贱情何薄。东家有贤女，窈窕艳城郭。阿母为汝求，便复在旦夕。"府吏再拜还，长叹空房中，作计乃尔立。转头向户里，渐见愁煎迫。

诗　解

　　府吏回到自己家，上堂拜见阿母说："今天风大天又寒，寒风摧折了树木，浓霜冻坏了庭院中的兰花。我今天已是日落西山生命将终结，让母亲独留世间，以后的日子孤单。我是有意做出这种不好的打算，请不要再怨恨鬼神施责罚！但愿你的生命像南山石一样的久长，身体强健又安康。"阿母听到了这番话，泪水随着语声往下落："你是大户人家的子弟，一直做官在官府台阁。千万不要为了一个妇人去寻死，贵贱不同，你将她遗弃怎能算情薄？东邻有个好女子，苗条美丽全城称第一。做母亲的为你去求婚，答复就在这早晚之间。"府吏再拜之后转身走回去，在空房中长叹不已。他的决心就这样定下了，把头转向屋子里，心中忧愁煎迫一阵更比一阵紧。

原　文

　　其日牛马嘶，新妇入青庐。奄奄黄昏后，寂寂人定初。"我命绝今日，魂去尸长留"。揽裙脱丝履，举身赴清池。府吏闻此事，心知长别离。徘徊庭树下，自挂东南枝。

　　两家求合葬，合葬华山旁。东西植松柏，左右种梧桐。枝枝相覆盖，叶叶相交通^①。中有双飞鸟，自名为鸳鸯。仰头相向鸣，夜夜达五更。行人驻足听，寡妇起彷徨。多谢后世人^②，戒之慎勿忘。

诗　解

　　迎亲的那一天牛马嘶叫，新媳妇兰芝被迎娶进入青色帐篷里。天色昏暗已是黄昏后，静悄悄的四周无声息。"我的生命终结就在今天，只有尸体长久留下我的魂魄将要离去。"她挽起裙子脱下丝鞋，纵身一跳投进了清水池。府吏听到了这件事，心里知道这就是永远的别离，于是来到庭院大树下徘徊了一阵，自己吊死在东南边的树枝。

　　两家要求将他们夫妻二人合葬，结果合葬在华山旁。坟墓东西两边种植着松柏，左右两侧栽种梧桐。各种树枝枝枝相覆盖，各种树叶叶叶相连通。中间又有一对双飞鸟，鸟名本叫鸳鸯，它们抬起头来相对鸣叫，每晚都要鸣叫一直叫到五更。过路的人都停下脚步仔细听，寡妇惊起更是不安和彷徨。我要郑重地告诉后来的人，以此为鉴戒千万不要把它忘。

赏　析

　　长篇淋漓古致，华采纵横，所不俟言。佳处在历述十许人口中语，各各肖其声情，神化之笔也。

——清·陈祚明《采菽堂古诗选》

于阗采花

唐·李白

题　解

　　《于阗采花》，乐府《杂曲歌辞》旧题。李白借王昭君身陷胡虏，感伤君子生不逢时，为谗妒所蔽，有才能的人被埋没，弃之不用，那些无能的人反而受到重用，讽刺了贤佞不分的丑恶现象。

原　文

于阗采花人^{tián}①，自言花相似。
明妃一朝西入胡②，胡中美女多羞死。
乃知汉地多名姝，胡中无花可方比。
丹青能令丑者妍③，无盐翻在深宫里④。

自古妒蛾眉⑤，胡沙埋皓齿⑥。

注释

①**于阗**：汉代西域五国。故址在今新疆和田一带。这里泛指塞外胡地。②**明妃**：王昭君。汉代南郡秭归人，名嫱，字昭君。晋朝人避司马昭讳，改称明君，后人又称明妃。③**丹青**：此处指画家。我国古代绘画常用红色、青色，故称画为丹青。**能令丑者妍**：这里运用的是典故。汉成帝时后宫佳丽特别多，成帝就令画工绘图，按照画工绘的图召幸宫人。很多宫女都贿赂画工，为了让画工把自己画得美些，以得到皇帝的召幸。王昭君不肯贿赂画工，画工就把她的样貌画得很丑，所以她一直得不到皇帝的召宠。匈奴派使者来汉朝求美女和亲，王昭君画像丑陋，被选中远嫁匈奴。出嫁前入宫辞别汉成帝，昭君光彩照人，惊动左右，汉成帝悔恨不及，但考虑不能失信于匈奴，无可奈何，追究画工失责，将画工毛延寿等处死。④**无盐**：战国时齐国一位相貌极丑的女子，宣王立她为皇后。⑤**蛾眉**：美女的代称。⑥**皓齿**：本义为雪白的牙齿，后用作美女的代称。

诗解

　　于阗的采花人，竟然以为天下的花儿都相似，女人也都差不多。等到明妃王昭君一旦西入胡地，胡地自认为是美女的都惭愧得很，大愧不如。他们才知道汉族美女如此多，是胡中的女人不可相提并论的。像王昭君这样一位如花似玉的美女，本应让她去其相称的去处，可是事情恰恰相反，却被恶人陷害。丹青画画，能令丑者美丽，像那个无盐丑女反而选入宫里。自古红颜妒蛾眉，多少皓齿美人白白葬送在这漫漫胡沙之中，郁郁寡欢。

夜坐吟

唐·李白

题解

　　这首《夜坐吟》塑造的是一个具有刚强性格的女性。诗中的女子要求的是男女双方建立在彼此平等的相待、情投意合基础上的爱情，表现了作者进步的爱情理念。

原 文

冬夜夜寒觉夜长，沉吟久坐坐北堂。
冰合井泉月入闺^①，金钉青凝照悲啼^②。
金钉灭，啼转多。掩妾泪，听君歌。
歌有声，妾有情。情声合，两无违。
一语不入意，从君万曲梁尘飞^③。

注 释

①**井泉**：水井。《礼记·月令》："天子命有司，祈祀四海、大川、名源、渊泽、井泉。"
②**金钉**：古代照明用的灯盏，或用铜制，称为金钉。③**从**：通"纵"，纵使。**梁尘**：相传汉朝鲁人虞公擅长歌唱，发声清哀，盖振梁尘。

诗 解

冬天的夜晚寒冷而漫长，女子夜起坐在北屋低吟歌唱，消解难耐的寂寞。窗外的水井台上已经结了厚厚的一层冰，月光透过窗户将清辉洒落闺房。凝望昏黄的烛光，泪水止不住地流淌。灯火随着寒风吹过忽明忽暗，哭啼声越来越大。她不时地擦擦眼泪，倾听着情郎歌唱。歌声缠绵，情意浓浓，好像诉说彼此的爱意。两个人必须情意相投，才能忠贞不渝。如果有一丝的虚情假意，就是他唱上一万首美妙的歌曲，也不会动心。

古别离

南朝梁·江淹

题 解

《古别离》属乐府《杂曲歌辞》，内容写男女别离之情。

原 文

远与君别者，乃至雁门关。

乐府诗集

二三〇

黄云蔽千里，游子何时还。

送君如昨日，檐前露已团。

不惜蕙草晚^①，所悲道里寒。

君在天一涯，妾身长别离。

愿一见颜色^②，不异琼树枝^③。

菟丝及水萍，所寄终不移。

注 释

①**蕙草**：一种香草。②**颜色**：表情，神色。③**琼树枝**：美貌。

诗 解

　　心爱的人要到雁门关外很远的地方去了，我们只有无奈地道别。天上的黄云遮蔽了千里，到远方去的游子什么时候才能回来呀？想起当时送心爱的人远去的情景，就好像发生在昨天一样，可是如今，已经到了深秋，檐前的露已经凝结成团。蕙草虽然凋零了，也没有什么好可惜的。我担忧的是远方的爱人在外是否饱暖。爱人远在天涯，我们长年分别。但愿时而看见自己的容颜，还是像琼树枝一样洁丽。但愿能像菟丝和水萍一样，有所寄托，与爱人的感情也能始终不渝。

独不见

唐·李白

题 解

　　《独不见》，乐府《杂曲歌辞》旧题。此诗以思妇的口吻，写她见一骑白马的俊男而触发思夫之情，诗中通过一系列凄冷的意象，充分表现了女主人公思念征人的悲伤。

原 文

白马谁家子，黄龙边塞儿^①。

天山三丈雪，岂是远行时？

春蕙忽秋草②，莎鸡鸣曲池③。
风摧寒梭响④，月入霜闺悲。
忆与君别年，种桃齐蛾眉。
桃今百余尺，花落成枯枝。
终然独不见，流泪空自知。

注释

①**黄龙**：古代府名，一名龙城。治所在今吉林农安县。古为边远之地。②**蕙**：蕙兰，兰花的一种，春日开花。③**莎鸡**：虫名，又名络纬，俗称纺织娘、络丝娘。④**"风摧"句**：天冷了，妇女们赶着抛梭织布，准备过冬衣裳。梭，织机上牵引纬线的工具。

诗解

那骑白马的是谁家小子？原来是黄龙边塞的男儿。天山雪深三丈，真不是远行的时候啊！从春天蕙草初绿到秋天野草苍茫，西池上莎鸡鸣叫。秋天的寒风吹动寒梭哗哗作响，月亮的冷光直入闺房，让人悲伤。还记得与君离别那年，你种的齐眉高的桃树，如今长得也已有百余尺高，花落以后成为枯枝。然而还是不见你人影，只有独自流泪，可有人知我的悲苦？

赏析

"喓喓草虫，趯趯阜螽""卉木萋止，女心悲止"，思妇之言，《三百篇》具矣，幽怨凄清，宛然可听。

——清·爱新觉罗弘历《唐宋诗醇》

定情诗

东汉·繁钦

题解

《定情诗》为繁钦最著名、最出色的作品，他用第一人称的口吻叙写了爱情的欢悦和失恋的痛苦。

乐府诗集

我出东门游，邂逅承清尘①。思君即幽房，侍寝执衣巾②。时无桑中契③，迫此路侧人。我既媚君姿④，君亦悦我颜。何以致拳拳⑤，绾臂双金环⑥；何以致殷勤？约指一双银⑦；何以致区区⑧，耳中双明珠；何以致叩叩⑨？香囊系肘后；何以致契阔⑩？绕腕双跳脱；何以结恩情，佩玉缀罗缨⑪；何以结中心，素缕连双针⑫；何以结相于⑬，金薄画搔头⑭；何以慰别离，耳后玳瑁钗；何以答欢忻，纨素三条裾⑮；何以结愁悲，白绢双中衣。与我期何所，乃期东山隅，日旰兮不至⑯，谷风吹我襦⑰。远望无所见，涕泣起踟蹰。与我期何所，乃期山南阳，日中兮不来，飘风吹我裳。逍遥莫谁睹，望君愁我肠。与我朝何所？乃期西山侧，日夕兮不来，踯躅长叹息。远望凉风至，俯仰正衣服。与我期何所，乃期山北岑，日暮兮不来，凄风吹我衿。望君不能坐，悲苦愁我心。爱身以何为，惜我华色时。中情既款款⑱，然后克密期⑲。褰衣蹑茂草⑳，谓君不我欺。厕此丑陋质㉑，徙倚无所之㉒。自伤失所欲，泪下如连丝。

注 释

①承：承蒙。清尘：灰尘。这里是用以指代心仪的人。②"思君"二句：女子表示愿意在对方入室就寝时手持衣巾侍候。③桑中契：指男女约会之事。契，约会的意思。④媚：爱的意思。⑤拳拳：眷恋不忘的意思。⑥绾：缠绕。⑦约指：套在手指上的一双银戒指。⑧区区：诚挚的心意。⑨叩叩：真诚的心意。⑩契阔：这里是偏义词，指两人的亲密之意。契，聚合。阔，分别。⑪"佩玉"句：佩玉上装有丝制的带子。⑫素缕：白线。连双针：用双针连贯，象征同心相连。"针"为"真"的谐音。⑬相于：与"相与"相通。这里指相爱交好的意思。⑭搔头：指一种首饰。用金箔装饰的搔头，形容十分珍贵。⑮三条裾：条，又作"绦"，丝带。三条裾，指镶有三道花边的衣袍。⑯日旰：日落时。⑰谷风：山谷中的凉风。⑱款款：忠诚。⑲克密期：定下幽会的日期。克，约定。⑳褰衣：挽起衣服。褰，挽起，撩起。㉑厕：置身于。丑陋质：失恋女子的自称。㉒徙倚：徘徊迟疑。

　　我从东门出去游玩，不经意间遇见了你，对你一见倾心。盼望郎君来到我闺房，我愿意在你入室就寝时在一旁手持衣巾。我本来没有桑中的约会，只是路人般偶然的亲近。我既爱慕郎君的风姿，郎君也喜欢我的容颜。用什么表达我的眷恋之意呢？缠绕在我臂上的一双金环。用什么表达我对你的殷勤？套在我指上的一双银戒指。用什么表达我的真诚呢？戴在我耳上的一对明珠。用什么表达我的挚诚呢？系在我肘后的香囊。用什么表达我们之间的亲密呢？套在我腕上的一对手镯。用什么连接我们的感情呢？缀有罗缨的佩玉。用什么让我们的心连在一起呢？用白色的丝绒双针缝贯。用什么表达我们的交好呢？用金箔装饰的搔头。用什么慰藉我们的别离之情呢？用我耳后的玳瑁钗。用什么报答你对我的欢悦呢？用有三条绦丝带的衣袍。用什么连接我们的悲愁呢？用缝在内衣里的白绢。和我期约在哪里？就约定相会在东山的一个角落里。太阳都落山了你还没有来，谷风吹动着我的短襦。远远望去还看不到你，含泪地站起来久立。和我期约在哪里？就约定在山南相见。从清晨等到中午你还没有来，飘风吹动着我的衣裳。逍遥的日子从没见过，盼望郎君的日子使我惆怅。和我期约在哪里？就相约在西山之侧。到日暮仍然看不到你的身影，我不禁踯躅叹息。远望阵阵凉风已袭至，俯仰之间就要加衣服。和我期约在哪里？就相约在山北的一个小丘上。你又一次没来，只有凄风吹动着我的衣裳。每次盼望等待，我坐立不安，悲苦愁凄了我的心。你爱我的目的是什么？只是爱我年华正好时。内心已流露出款款的情意，然后才定下约期。我挽起衣服在花草间踟蹰，告诉自己你是不会欺骗我的。如今我容颜已变得丑陋，伤心地独自徘徊不知应到哪里去。只为失去了想要的爱情而悲伤，不禁泪如雨下，悲伤不已。

　　繁钦乐府五言《定情诗》，才思逸发而情态横生，中用一法数转，可为长篇之式。冯元成云："休伯《定情诗》何其蔓绕，然有伦有趣，颇得《国风》之体。"

——明·许学夷《诗源辩体》

卷九 近代曲辞

近代曲辞，隋唐时代配合新兴的燕乐演唱的歌辞，已缺乏古乐府辞的风格。近代曲辞也是杂曲，因是隋唐的杂曲，故称近代。

卷九　近代曲辞

纪辽东

隋·杨广

题 解

《纪辽东》，为隋炀帝所作。隋炀帝在位期间曾三次征讨辽东，即高句丽。大业八年（612），隋炀帝征伐高丽，渡过辽水，与高句丽大战于东岸，大败高句丽，进围辽东。这两首诗写战争胜利后班师回朝、庆功行赏的情景。

原 文

其 一

辽东海北翦长鲸①，风云万里清②。
方当销锋散马牛③，旋师宴镐京④。
前歌后舞振军威，饮至解戎衣。
判不徒行万里去⑤，空道五原归。

注 释

①**海北**：渤海北面。**翦**：剪除，消灭。**长鲸**：大鲸，这里用的是比喻义，指与隋朝对立的高句丽。②**风云**：指硝烟弥漫的战场氛围。**万里清**：指战争结束后万里晴空，一切都回归平静。③**销锋**：熔化兵器。此指息兵。④**镐京**：镐京在今陕西长安区西北，

是西周时代的首都，又称西都、宗周，周武王即位后，由丰迁都镐京。镐京与东都洛邑（在今河南洛阳西），为西周时的两大都城。镐京这里代指隋的都城。⑤**判**：截然不同。

诗　解

我军日行万里，跨海渡江，为了征讨辽东。终于歼灭了辽东巨寇，使风云变幻、硝烟弥漫的战场归于平静。此时正应当销毁兵器、放养马牛，使天下太平。皇上在都城设宴庆功，迎接班师回朝的将士们。酒席上歌舞欢闹，更显现出军威。将士们开怀畅饮，直到醉了方才归去。我强大的军队，决不会去辽东白走一遭，败仗归来中原，一定会奏着凯歌而回！

原　文

其　二

秉旄仗节定辽东①，俘馘(guó)变夷风②。
清歌凯捷九都水，归宴洛阳宫。
策功行赏不淹留③，全军藉智谋。
讵似南宫复道上④，先封雍齿侯⑤。

注　释

①**旄**：用牦牛尾装饰的旗帜。**节**：古称司节、竹节。少数民族敲击体鸣乐器。俗称柳节、簸箕、柳条簸箕。②**俘馘**：指敌人被俘虏斩杀。馘，割下左耳，古时战争搜集敌人左边的耳朵以献功授爵。**变夷风**：指平定。夷，古代对东部少数民族的称呼。③**不淹留**：指不滞留，不吝惜封赏。④**讵**：怎能，难道。**南宫**：唐及以后，尚书省六部统称南宫。⑤**雍齿**：汉代的人名。这里运用的是典故。刘邦最忌恨雍齿，因为他虽然功劳多，但太张狂，几次想把他杀掉。刘邦定国后，封赏故旧亲近，诛伐旧日私怨，张良力谏刘邦封赏宿怨雍齿，以用来安定群臣之心。

●楼台牡丹

隋炀帝杨广奢靡至极。他好奇花异石，曾三下江南搜寻。花师把牡丹嫁接在高高的香椿树上，结果成功了。牡丹昂然怒放，高过了楼台，杨广看得清楚，不禁龙颜大悦，称其为"楼台牡丹"。

我军浩浩荡荡地出发去平定辽东地区,最终我们在战争中取得胜利,敌军被俘虏。我们凯旋,在洛阳宫开宴庆功。这次战争取得胜利是全军智慧凝聚的结果,庆功宴上,对全军的将士给予褒奖,论功行赏,丝毫不吝惜对大家的封赏。这次征讨辽东获得大的胜利,别说是尚书省这样高级的官员,就连雍齿那样素来有积怨的人也毫不例外,一视同仁地受到嘉奖。

辽东行

唐·王建

题 解

这首乐府诗反映了战事的艰苦,流露出诗人强烈的反战情绪。

原 文

辽东万里辽水曲①,古戍无城复无屋②。
黄云盖地雪作山,不惜黄金买衣服。
战回各自收弓箭,正西回面家乡远。
年年郡县送征人③,将与辽东作丘坂④。
宁为草木乡中生,有身不向辽东行。

注 释

①**万里**:形容道路遥远而漫长。②**古戍**:指戍守的古城楼。③**征人**:指出征或戍边的军人。④**丘坂**:山坡。

诗 解

去往辽东之地长路漫漫,辽水曲曲折折难以横渡。战士们戍守的古城楼已经破旧不堪,早已没有城楼,城墙之上也早就没有房屋了。那里气候异常寒冷,常常是黄云满天冰雪盖地,战士们身上的衣服真是难以御寒!如果有厚厚的暖和的衣服可以抵御这异地的寒冷,即使耗费掉万两黄金,又怎会吝惜呢?战争结束后战士们各自收回弓箭准备回家，向西遥望回家的路，一望无际，遥不可及。每年郡县都有前来戍边的军人，将在这凄寒的辽东戍守征战，不知又有多少人命丧异乡。我宁愿生为家乡的草木一生不离开，也不想到辽东这地方来，客死他乡！

渡辽水

唐·王建

题解

　　本诗中，作者以士兵渡过辽河时的情景为切入点，以表达战争开始前士兵们沉重的心情。同时，揭示了战争的残酷。

原文

　　渡辽水①，此去咸阳五千里②。
　　来时父母知隔生，重著衣裳如送死。
　　亦有白骨归咸阳，营家各与题本乡③。
　　身在应无回渡日，驻马相看辽水傍④。

注释

　　①辽水：指大小辽河，源出吉林和内蒙古，流经辽宁入海。②咸阳：古都城。③营家：军中的长官。题：上奏呈请。④驻马：停住了马。

诗解

　　渡过辽水，此时离开咸阳足有五千里。出征的时候父母就已知道今生很难再次相聚，便让我重新穿好衣裳，好像是伤悼我去送死一般。打仗时还有士兵战死后尸骨被送回咸阳的，这些坟墓的碑石上都刻出了各人的家乡。活着的战士知道应该不会有渡河归家的那一天了，只能在辽水边驻马回望远在天边的家乡。

昔昔盐①

隋·薛道衡

题解

《昔昔盐》，隋唐乐府题名。这首乐府诗书写了闺妇的愁思，全诗着重以春末夏初的景象来衬托思妇的内心感受。

原文

垂柳覆金堤，蘼芜叶复齐②。水溢芙蓉沼③，花飞桃李蹊④。采桑秦氏女⑤，织锦窦家妻⑥。关山别荡子⑦，风月守空闺。恒敛千金笑⑧，长垂双玉啼⑨。盘龙随镜隐⑩，彩凤逐帷低⑪。飞魂同夜鹊⑫，倦寝忆晨鸡⑬。暗牖悬蛛网⑭，空梁落燕泥⑮。前年过代北⑯，今岁往辽西⑰。一去无消息，那能惜马蹄⑱。

注释

①昔昔：夜夜的意思。盐：同"艳"，曲的别名。②蘼芜：香草名，其叶风干后可作香料。复：又。③沼：池塘。④桃李蹊：桃李树下的路。蹊，小路。⑤秦氏女：指罗敷。汉乐府诗《陌上桑》："秦氏有好女，自名为罗敷。罗敷喜蚕桑，采桑城南隅。"这里是用来表示思妇的美好。⑥窦家妻：指窦滔妻苏蕙。窦滔为前秦苻坚时秦州刺史，被谪戍流沙，其妻苏蕙织锦为回文诗寄赠。这里是用来表示思妇的相思。⑦荡子：在外乡漫游的人，即游子。⑧恒敛：经常收敛。恒，常。敛，收敛。千金笑：一笑值千金，形容笑得

●苏蕙

苏蕙，字若兰，魏晋三大才女之一，回文诗之集大成者，传世之作仅一幅用不同颜色的丝线绣制织锦《璇玑图》。

美好。⑨**双玉**：指双目流泪。⑩**盘龙**：铜镜背面所刻的龙纹。**随镜隐**：是说镜子因为不用而藏在匣中。⑪**彩凤**：指锦帐上绣的凤形花纹。**逐帷低**：是说帷帐不上钩而长垂。⑫**飞魂**：唐朝赵氏用《昔昔盐》的每一句为题作诗，第十三首以本句为题，"飞魂"作"惊魂"。**同夜鹊**：用曹操《短歌行》"月明星稀，乌鹊南飞，绕树三匝，何枝可依"意，用来形容神魂不定。⑬**倦寝**：睡觉倦怠，即睡不着。⑭**牖**：窗户。⑮**空梁**：空无人住之屋的房梁上。⑯**代**：隋朝代州治所，在今山西省代县。⑰**辽**：辽水，在今辽宁省境辽河。⑱**那能**：奈何这样。**惜马蹄**：爱惜马蹄，指不回来。

诗 解

　　金黄色的堤岸上被丝丝柳枝低垂覆盖着；蘼芜的叶子在炎炎夏日下又变得异常繁茂浓密。在荷叶的映衬下显得更加碧绿的池塘水溢出池塘外，桃李的花瓣随风飘然而落，撒满树下的路。思妇长得像采桑的秦罗敷一样美貌，她对丈夫的思念情怀像织锦的窦家妻那样真切。丈夫已去关山之外，思妇在风月之夜只能独守空闺，忍受寂寞。她独处闺中，长期收敛值千金的笑容，相思使她经常整日流泪。她无心打扮，铜镜背面所刻的龙纹被藏在匣中；懒得整理房间，凤形花纹的帷帐没上钩而长垂。她因思念丈夫神魂不定，夜里睡不着，就像夜鹊见月惊起而神魂不定，也像晨鸡那样早起不睡。她的屋内，昏暗的窗户上到处悬着一张一张的蜘蛛网；空废的屋梁上剥落着一块一块的燕巢泥。丈夫征戍行踪不定，前年还在代州北部，而今又到了辽水西边。一经出征，从此便再无消息，何时才能听到丈夫归来的马蹄声？

清平调

唐·李白

题 解

　　这组诗共包含三首，是李白在长安供奉翰林时所作。第一首从空间角度写，以牡丹花比杨贵妃的美艳；第二首从时间角度写，表现杨贵妃的受宠幸；第三首总承一、二两首，把牡丹和杨贵妃与君王糅合，融为一体。

其 一

云想衣裳花想容，春风拂槛^{kǎn}露华浓^①。

若非群玉山头见^②，会向瑶台月下逢^③。

注 释

① **"云想"二句**：实际上是以云喻衣，以花喻人。槛，栏杆。露华浓，牡丹花沾着晶莹的露珠更显得颜色艳丽。② **群玉**：山名。神话传说中西王母居住的地方。因山中多玉石，所以得名。③ **"若非……会向……"**：是关联句，为"不是……就是……"的意思。**瑶台**：西王母所居宫殿。

诗 解

天上缥缈的云彩真像杨贵妃美丽飘逸的衣裳；园中盛开的花朵真像杨贵妃那美丽的容颜。春风轻轻拂过栏杆，花朵在露水的滋润下更加美艳，晶莹透亮。如此美人若不是曾经在西王母居住的地方见过，那就只能在月光瑶台下相逢。

●牡 丹

唐朝人以富态丰满为美，这牡丹端庄艳丽雍容华贵正符合唐人审美的标准。牡丹是"花中之王"，而杨贵妃更是美人中之美人，人如花美。

卷九 近代曲辞

原 文

其 二

一枝红艳露凝香^①，云雨巫山枉断肠^②。

借问汉宫谁得似？可怜飞燕倚新妆^③。

注 释

①"一枝"句：指红艳的牡丹花（芍药花）好像凝结着袭人的香气。②**云雨巫山**：宋玉《高唐赋》描写楚王与巫山神女欢会，神女离去时辞别说："妾在巫山之阳，高丘之阻，旦为朝云，暮为行雨。朝朝暮暮，阳台之下。"后用来指男女欢会离别。③**可怜**：可爱。

诗 解

贵妃就如一枝红艳的牡丹，带着凝露和香气。传说楚王与神女巫山相会，枉然悲伤断肠。如果要问汉宫中谁能和贵妃的美艳相比，唯有赵飞燕穿衣打扮的美艳才能比得上。

原 文

其 三

名花倾国两相欢①，长得君王带笑看。
解释春风无限恨②，沉香亭北倚阑干③。

注 释

①**名花**：指牡丹花。**倾国**：喻美色惊人，此处指杨贵妃。②**解释**：消除，消散。③**沉香亭**：亭子名称，由沉香木所筑。在唐兴庆宫龙池东。

诗 解

今日有牡丹花与美人相得益彰，十分欢洽，惹得君王带着笑容细细观看。动人的姿色消除了春风带来的无限怅恨，在沉香亭北君王与贵妃

● 杨贵妃

唐玄宗后期宠爱杨贵妃，不理政事。杨贵妃善舞，据说唐玄宗编创了《霓裳羽衣曲》，杨贵妃把这首曲子编为舞蹈。李白《清平调》为杨贵妃而作，"云想衣裳花想容"一句，从虚处着笔，而贵妃之美呼之欲出。

双双倚靠着栏杆欣赏着美景。

赏 析

《清平调》三首章法最妙。第一首赋妃子之色，二首赋名花之丽，三首合名花、妃子夹写之，情境已尽于此，使人再续不得。所以为妙。

——清·吴烶《唐诗选胜直解》

渭城曲①

唐·王维

题 解

《渭城曲》另题为《送元二使安西》，或名《阳关曲》或《阳关三叠》，后遂被用于歌。本诗是为朋友所作的送别诗，友人将西出阳关，远去边陲，从此难以相见，表达了对友人深深的惜别之情。

原 文

渭城朝雨浥轻尘②，客舍青青柳色新。
劝君更尽一杯酒，西出阳关无故人③。

注 释

①**渭城**：在今陕西省西安市西北，即秦代咸阳古城。②**浥轻尘**：意谓一场朝雨后，尘土湿润不飞扬。浥，沾湿。③**阳关**：在今甘肃省敦煌西南，为自古赴西北边疆的要道。

诗 解

渭城的早晨被春雨沾湿了轻尘。道边、客舍周围的柳树被晨雨洗出青翠的本色，映照得客舍青青。天空、道路、客舍、柳树，一切都是那么明亮和清新。劝友人再干一杯饯别酒，出了阳关就再也见不到老朋友了。

竹枝词

唐·刘禹锡

 题 解

　　"竹枝"是四川东部一种民间音乐，与舞蹈结合边跳边唱。这首诗摹拟民间情歌的手法，写一位初恋少女听到情人的歌声时微妙复杂的心情。

原 文

　　杨柳青青江水平①，闻郎江上踏歌声。
　　东边日出西边雨，道是无晴却有晴。

注 释

　　①**江水平**：江中流水平缓，水平如镜。

诗 解

　　杨柳青翠，江水平静清澈。在这美好的环境里，少女忽然听到自己心上人的歌声从江边传来。他一边朝着江边走来，一边唱着歌，他是不是对自己也有点意思呢？少女并不清楚。因此她想到：这个人有点像黄梅时节晴雨不定的天气，说它是晴天，西边还下着雨；说它是雨天，东边又还出着太阳。是晴是雨，真令人难以捉摸。

赏 析

　　陆时雍曰：《子夜》遗情。周珽曰：起兴于杨柳、江水，而借景于东日、西雨，隐然见唱歌、闻歌无非情之所流注也。

　　　　　　　　　　　　　　——明·周珽《唐诗选脉会通评林》

杨柳枝词

唐·白居易

这是一首写景寓意诗，通过描写柳条的动态、形态、色泽和材质之美，表达了诗人对柳树遭遇及自己的评价，因为柳树所生之地不得其位，而不能得到人的欣赏，寓意怀才不遇而鸣不平。

原 文

一树春风万万枝，嫩于金色软于丝。
永丰西角荒园里①，尽日无人属阿谁？

注 释

①**永丰**：指永丰坊，为唐代东都洛阳坊里名。

诗 解

春风阵阵吹拂，柳枝随风摇曳，绽出的嫩芽是一片嫩黄，竟比丝柔还要软。它们生长在永丰坊的荒园里，那儿整日都没有人，这柳枝属于谁呢？

忆江南 三首

唐·白居易

题 解

这首《忆江南》，是白居易晚年六十七岁时在洛阳所写。白居易曾经担任杭州刺史，在杭州两年，后来又担任苏州刺史，任期也一年有余。在他的青年时期，曾漫游江南，旅居苏杭，他对江南有着相当的了解，故此江南在他的心目中留有深刻印象。当他因病卸任苏州刺史，回到洛阳后十余年，写下了这三首《忆江南》。

其 一

江南好，风景旧曾谙^{ān}①。日出江花红胜火，春来江水绿如蓝②。能不忆江南？

注 释

①谙：熟记，熟悉。

②蓝：蓝草，植物名。青绿色的叶子可以提制蓝色染料。

诗 解

江南是个多么好的地方，我熟悉那里的风光。日出时，江边红花比火还红艳。春天里，碧绿的江水仿佛被蓝草浸染。怎能让人不常常怀念美好的江南？

●钱塘观潮

钱塘江潮涌简称钱江潮，又称海宁潮，是世界一大自然奇观，以其磅礴的气势和壮观的景象闻名于世，被誉为"天下奇观"。

原 文

其 二

江南忆，最忆是杭州。山寺月中寻桂子，郡亭枕上看潮头①。何日更重游！

注 释

①郡亭：疑指杭州城东楼。看潮头：钱塘江入海处，有二山南北对峙如门，水被夹束，势极凶猛，为天下名胜。

诗 解

江南的回忆，最让我怀念的是杭州。在山寺中借着月光找桂子，在郡亭上观看潮涨潮落。唉，什么时候才能再次去游玩呢？

原 文

其 三

江南忆，其次忆吴宫①。吴酒一杯春竹叶②，吴娃双舞醉芙蓉③。早晚复相逢④！

注 释

①**吴宫**：指吴王夫差为西施所建的馆娃宫，在苏州西南灵岩山上。②**竹叶**：酒名。③**娃**：旧称美女。**醉芙蓉**：形容舞伎之美。④**早晚**：何时。

诗 解

我对江南的回忆，其次就是苏州的吴宫。喝一杯馆娃宫的竹叶美酒，看那吴宫的美女双双起舞像朵朵迷人的芙蓉。什么时候还能与此再相逢？

赏 析

《望江南》，即唐法曲《献仙音》也。但法曲凡三叠，《望江南》止两叠尔。白乐天改法曲为《忆江南》。其词曰："江南好，风景旧曾谙。"二叠云："江南忆，最忆是杭州。"三叠云："江南忆，其次忆吴宫。"见乐府。

——明·杨慎《词品》

宫中调笑·团扇

唐·王建

题 解

这首《宫中调笑》，又作《调笑令》，本是专门供君王开开玩笑的，王建却用来抒写宫中妇女的哀怨，别具一格。在古代诗词中出现的团扇，常常笼罩着一派人生失意、世态炎凉的哀怨气氛。

团扇^①，团扇，美人病来遮面。
玉颜憔悴三年^②，谁复商量管弦？
弦管^③，弦管，春草昭阳路断^④。

注释

①**团扇**：圆形有柄的扇子。古代宫内多用之，又称宫扇。②**玉颜**：形容美丽的容貌。多指美女。③**弦管**：弦乐器和管乐器。泛指乐器。④**昭阳路断**：通往昭阳宫的路径被淹没。昭阳，即昭阳宫，汉时宫殿。后泛指嫔妃所居之宫。

● 团 扇

诗解

团扇，团扇，宫中的美人病后用它来遮面。抱病三年，容颜憔悴，再没有谁同她商量管弦！管弦，管弦，无情的春草把通往昭阳殿的道路阻断。

赏析

王仲初古《调笑》，融情会景，犹不失题旨。

——明·顾起纶《花庵词选跋》

卷十 杂歌谣辞

杂歌谣辞，不配合音乐的歌谣。大多是谶语、徒歌、谣、识、谚语。

卷十　杂歌谣辞

鸡鸣歌

题解

鸡鸣，据说是一种楚歌，起源于汉代。

原文

东方欲明星烂烂，汝南晨鸡登坛唤①。

曲终漏尽严具陈②，月没星稀天下旦。

千门万户递鱼钥③，宫中城上飞乌鹊。

注释

①**汝南**：后汉郡名，在洛阳东面。②**漏尽**：指夜尽天亮。漏，铜壶滴漏，古代的计时器。**严具陈**：戒严的设施都陈列好了。③**鱼钥**：古代的钥匙，铸成鱼形。

●**铜壶滴漏**

铜壶滴漏是中国古代的自动计时装置，又称漏壶、刻漏、漏刻。铜壶滴漏由两个以上的铜制水壶组成，置于台阶或架上，均有小孔滴水，最下层流入受水壶。受水壶里有立箭，箭上划分一百刻，箭随蓄水逐渐上升，露出刻度，以表示时间。

渐渐地，东方天际露出鱼肚白，天快亮了，这时夜空中还有星星闪耀，汝南地区已有晨鸡啼叫了。一曲终了后，夜尽天亮，戒严的设施都陈列好了。月亮隐没，星星稀落，天大明了。那用钥匙开宫门的声音非常震撼，就像千家万户都在开门的声音。只见宫中城墙之上有乌鹊飞来飞去。

永巷歌

题 解

《永巷歌》，即《戚夫人歌》，又名《春歌》。相传为汉高祖刘邦的宠姬戚夫人所作。戚夫人是汉高祖刘邦的宠妃，生赵王刘如意。因争立自己的儿子为太子，戚夫人成了吕后的仇家。刘邦去世后，吕后成为皇太后，她将戚夫人囚禁在永巷，让戚夫人整日春米，不得与外界有任何联系。诗中倾诉了戚夫人悲苦的生活、思子的情怀以及愤怒的心声。

原 文

子为王^①，母为虏^②。终日春薄暮^③，常与死为伍^④。相离三千里^⑤，当谁使告汝^⑥。

注 释

①**子为王**：指戚夫人所生的儿子赵王刘如意。②**虏**：奴仆。③**春**：把东西放在石臼里捣，使破碎或去皮去壳。**薄**：通"迫"，迫近，直到。④**常与死为伍**：经常有死的危险。伍，伴。⑤**三千里**：此处为虚指。赵王刘如意的封国位于赵地，与京城长安相隔甚远。⑥**汝**：你。

诗 解

儿子呀，你为赵王，而你的母亲却被囚禁起来了。整日春米一直到日落西山，还经常有死的危险。与你相离三千里，应当让谁送信给你呢？

秋风辞

西汉·刘彻

题解

公元前113年，汉武帝刘彻率领群臣到河东郡汾阳祭祀后土，时值秋风萧瑟，鸿雁南归，汉武帝乘坐楼船泛舟汾河，饮宴中流，触景生情，感慨万千，写下了这首《秋风辞》。诗以景物起兴，继写楼船中歌舞盛宴的热闹场面，最后以感叹乐极生悲、人生易老、岁月流逝作结。

●秋 兰

秋兰是一种香草，它的叶子香味浓郁，阴干的秋兰叶可以装入香囊随身佩带。屈原在《离骚》中说："纫秋兰以为佩。"以秋兰喻自己高洁的品行。

原文

秋风起兮白云飞，草木黄落兮雁南归。

兰有秀兮菊有芳①，怀佳人兮不能忘②。

泛楼船兮济汾河③，横中流兮扬素波④。

箫鼓鸣兮发棹歌⑤，欢乐极兮哀情多，少壮几时兮奈老何！

注释

①秀：这里比佳人颜色。芳：香气，比佳人香气。兰、菊：这里比拟佳人。②佳人：这里指想求得的贤才。③泛：浮。楼船：上面建造楼的大船。汾河：起源于山西宁武，是黄河的第二大支流。④中流：中央。扬素波：激起白色波浪。⑤鸣：发声，响。发：引发，即"唱"。

棹歌：船工行船时所唱的歌。

[诗 解]

阵阵秋风携白云而飞，草木枯黄树叶落下，大雁飞向南方。幽兰含芳，秋菊斗艳，却不能忘记佳人。楼船在汾河中疾驰，碧水中扬起白浪。吹箫击鼓唱着棹歌，欢乐多了，哀伤也多。年轻的日子能有多长，怎样才能阻挡衰老与死亡？

[赏 析]

武帝《秋风辞》，言固雄伟，而终有感慨之语，故其末年，几至于变。

——北宋·陈岩尚《庚溪诗话》

李延年歌

西汉·李延年

[题 解]

《李延年歌》又名《北方有佳人》，为汉代音乐家李延年的小诗，以简单、平实的语言赞颂了一位举世无双的绝世美女，看似寻常的诗句却给读者留下了广阔的审美空间。

[原 文]

北方有佳人，绝世而独立①。
一顾倾人城，再顾倾人国。
宁不知倾城与倾国②，佳人难再得。

[注 释]

①**绝世：**举世无双。**独立：**写美人幽处娴雅，超俗出众。②**倾城、倾国：**都是形容佳人的顾盼之美。这里是使动用法，意思是使城墙倒塌，使国家倾覆。后以此形容女子的容貌极美。

诗 解

北方有位美丽姑娘，独立世俗之外，她对守城的将士瞧一眼，将士弃械，墙垣失守；她对君临天下的皇帝瞧一眼，皇帝倾心，国家败亡！美丽的姑娘呀，常常带来"倾城、倾国"的灾难。纵然如此，也不能失去获得佳人的好机会。美好姑娘世所难遇、不可再得！

赏 析

千古颂美人者无了其右，是为绝唱。

——清·姚际恒《诗经通论》

中山孺子妾歌

唐·李白

题 解

《中山孺子妾》，乐府旧题，属于乐府《杂歌谣辞》。诗人在这首诗里抒写了宫中嫔妃的宠辱不在自身而在命运，以喻自己的仕途不顺。

原 文

中山孺子妾，特以色见珍。虽不如延年妹①，亦是当时绝世人。桃李出深井②，花艳惊上春③。一贵复一贱，关天岂由身？芙蓉老秋霜，团扇羞网尘④。戚姬髡发入春市⑤，万古共悲辛。

注 释

①**延年妹**：李延年的妹妹李夫人，有倾国倾城之貌，是汉武帝最宠爱的妃子。②**深井**：庭中天井。③**上春**：指孟春，春季的第一个月。④**"芙蓉"二句**：本义谓荷花逢霜而衰败，团扇天凉被闲置。这里以此比喻美人迟暮，爱弛宠歇。团扇，汉成帝时，班婕妤失宠，供养于长信宫，作了一首《团扇歌》，以表达自己失宠后的心情。⑤**"戚姬"句**：汉高祖刘邦时，戚夫人得宠，高祖驾崩以后，吕后成为皇太后，用残酷的手段整治戚夫人。髡发，剃去头发。

乐府诗集

●桃 花

桃花颜色艳丽，形态丰腴，古代常以桃花喻美人。如："桃花脸薄难藏泪，柳叶眉长易觉愁。""去年今日此门中，人面桃花相映红。"

诗 解

中山王的孺子妾，只凭美色受宠。虽说比不上李延年的妹妹李夫人那般美貌，但在当时也是绝世佳人。庭院天井中生出的桃树和李树，花开在初春季节，分外艳丽。一贵一贱，全在于上天的安排，自己怎么能够决定呢。芙蓉花在寒意袭来的深秋季节里渐渐老去凋零，美人失宠之后，团扇也很久不用了。戚夫人当年是多么夺得汉高祖的宠爱，谁知最后落得被剃光头发，被驱进猪圈的下场啊，从古至今，失势人的悲苦历程是一样的啊。

赏 析

以鲍照《行路难》意致作艳诗，此公三头六臂，采姿今古，作一丸弄，直由本等圆彻，好向异类中行，非但拗一张法也。

——明·王夫之《唐诗评选》

匈奴歌

题 解

此歌本匈奴人所唱。汉武帝派卫青、霍去病将兵出击匈奴，夺取焉支山和祁连山。匈奴人悲伤作此歌。

原 文

失我焉支山[①]，令我妇女无颜色[②]。
失我祁连山[③]，使我六畜不蕃息[④]。

注 释

①**焉支山**：燕支山，又叫焉脂山、删丹山、燕脂山、胭脂山等。汉以前为匈奴所据，以产燕支(胭脂)草而得名。②**颜色**：容颜、姿色。多指女子的姿色。③**祁连山**：中国西部名山，位于甘、青两省。汉以前曾经为匈奴浑邪王与休屠王的驻牧地。④**六畜**：通常指六种家畜：马、牛、羊、鸡、狗、猪。**蕃息**：滋生，繁衍。

诗 解

失去了焉支山，我们也就无法放牧，妇女们因过着穷苦的日子容颜衰老。失去了祁连山，我们也失去了牧场，牲畜不能繁殖。

●**霍去病渡河受款**

霍去病是西汉名将，汉武帝元狩二年，霍去病任骠骑将军，出击匈奴。同年夏天，霍去病追击匈奴至居延泽，又至祁连山，俘获匈奴贵族和将领多人，取得了空前的胜利。本诗即为匈奴失去焉支、祁连二山后所作。

司马将军歌

唐·李白

题 解

《司马将军歌》，乐府《征伐王曲》调名，是李白模仿《陇上歌》而作的乐府诗。诗中歌颂南征将士威武的气概和严肃的纪律，表达了诗人对平定康、张叛乱的必胜信念。全诗充满了爱国主义热情。

原 文

狂风吹古月①，窃弄章华台②。北落明星动光彩③，南征猛将如云雷。手中电曳_{yè}倚天剑④，直斩长鲸海水开。我见楼船壮心目，颇似龙骧_{xiāng}下三蜀⑤。扬兵习战张虎旗⑥，江中白浪如银屋。身居玉帐临河魁⑦，紫髯若戟冠崔嵬⑧。细柳开营揖天子，始知灞上为婴孩⑨。羌笛横吹《阿䶚回》⑩，向月楼中吹《落梅》⑪。将军自起舞长剑，壮士呼声动九垓⑫。功成献凯见明主⑬，丹青画像麒麟台⑭。

注释

①古月：胡人。②窃弄：非法弄兵。章华台：楚灵王所筑造，旧址在今湖北省。这里代称胡人所侵犯的中原荆、襄一带。③北落：星名，即北落师门星。位置在北方，古代常用此星占卜战争胜负。如星光明亮，就认为胜利在望。这里以北落明星比喻国家兴兵抵御侵犯中原的胡人。④电曳：像闪电一样地挥动。倚天剑：据说是三国时曹操所佩名剑，锋锐无比，后成为宝剑的代称。⑤龙骧：人名，指益州刺史王濬。太康元年，他率领军队东下，直取吴国的都城，接受了吴军的投降。官至大将军。三蜀：指蜀郡、广汉、犍为三郡。皆在今四川境内。⑥虎旗：熊虎旗，古时主将的军旗。《释名·释兵》："熊虎为旗，军将所建，象其猛如熊虎也。"⑦玉帐：指主将所居的军帐，坚固不可侵犯，像玉制作的帐篷一样。临河魁：在河魁星的方位设置军帐。古人认为军中主将须根据时历选择一定的方位设置军帐。河魁，星名。⑧紫髯：原为三国时吴国孙权容貌的美称，这里指南征将领容貌的威武。髯，胡须。崔嵬：高耸的样子。⑨"细柳"二句：据《史记·绛侯周勃世家》记载，文帝后元六年，匈奴侵犯边境，朝廷任命刘礼、徐厉、周亚夫率军屯驻灞上和棘门、细柳（古代西北的两个要塞，在今陕西渭河沿岸）等地，以防匈奴的袭击。一次，文帝亲往劳军，先到灞上、棘门，刘礼、徐厉恭敬地迎送，军门内外，通行无阻。后到细柳，军中戒备森严，车驾被阻不得入。文帝下诏后，周亚夫才传令开营

●孙权

孙权字仲谋，是三国吴帝国的创建者。他自幼就聪明机智，接掌江东后，在名将周瑜的辅佐下战胜曹操，使天下呈三国鼎立之势。孙权治国有术，曹操也不无感慨，"生子当如孙仲谋"。

乐府诗集

二六〇

门，请皇帝下马徐行，仅以军礼相见，没有跪拜。事后，文帝对将士们说："这才是真正的将军！灞上和棘门两处队伍，就像孩子们在做游戏，很容易受到敌人的袭击。"李白引用这个典故，称赞南征将领治军的严谨。⑩**羌笛：**由西方部族传入的笛子，这里泛指笛。**《阿籦回》：**即《阿滥堆》，番曲名。⑪**《落梅》：**即《落梅花》，又名《梅花落》，羌族乐曲名。⑫**九垓：**九重天，谓天空极高远处。垓，层、级。⑬**献凯：**献捷、奏凯歌，军队得胜庆功时演奏的乐曲。⑭**丹青：**绘画用的颜料。**麒麟台：**麒麟阁，在汉代的未央宫内。汉宣帝时，画功臣霍光、苏武等十一人图像在麒麟阁上。

[诗　解]

　　狂风吹荡胡地，叛将逆反起兵，窃取了荆州。北方天空，明星闪动光彩；南征猛将，如云如雷。手中倚天剑电闪风生，直斩长鲸，海水裂开。我见兵家楼船壮人心目，就像当初王濬直下三蜀的龙骧战舰。大张虎旗，扬兵习战，江中白浪，翻滚如银屋。身居中心玉帐，面临月神方向，满脸紫髯若戟冠崔嵬。恰如周亚夫在细柳开营拜揖天子，才知道灞上驻军简直是儿戏的婴孩。羌笛横吹《阿籦回》乐曲，向月楼中吹响《落梅》的笛声。将军自起，挥舞长剑，属下壮士呼声如雷，惊动九垓。等待功成之日凯旋，演奏凯旋之曲，觐见明主，到那时，自己的丹青画像一定可以供在麒麟台上。

上云乐

唐·李白

[题　解]

　　乐府《神仙二十二曲》中有《上云乐》，又名《洛滨曲》。李白拟作《上云乐》，写西域胡人携狮子、凤凰来唐朝祝天子寿的盛况，从一个侧面反映了胡人的宗教思想。

[原　文]

　　金天之西①，白日所没。康老胡雏②，生彼月窟③。巉岩容仪④，戍削风骨⑤。碧玉炅炅双目瞳，黄金拳拳两鬓红⑥。华盖垂下睫⑦，嵩岳临上唇⑧。不睹诡谲貌，岂知造化神？大道是文康之严父，元气乃文康之老亲⑨。抚顶弄盘古⑩，推车转天轮。云见日月初生时，铸冶火精与水银⑪。阳乌未出谷，顾兔半藏身⑫。女娲戏黄土⑬，团作愚下人。散在六合间，蒙蒙若沙尘。生死了不尽，谁明此胡是仙真⑭？西海栽若木，东溟植扶桑⑮。别来几多时，枝叶万里长。中国有七圣⑯，半路颓鸿荒。陛下应运起，龙飞入咸阳。赤眉立盆子⑰，白水兴汉光⑱。叱咤四海动，洪涛为簸扬。举足蹋紫微⑲，天关自开张。老胡感至德，东来进仙倡。五色师子⑳，九苞凤凰㉑。是老胡鸡犬㉒，鸣舞飞帝乡㉓。淋漓飒沓，进退成行。能胡歌，献汉酒。跪双膝，并两肘。散花指天举素手。拜龙颜，献圣寿。北斗戾，南山摧㉔。天子九九八十一万岁，长倾万岁杯。

●女娲

女娲不但是补天救世的英雄和抟土造人的女神，还是一个创造万物的自然之神，神通广大化生万物，每天至少能创造出七十样东西。她开世造物，因此被称为大地之母，是被民间广泛而又长久崇拜的创世神和始母神。

注释

①金天：西方。②康老：西方老胡文康，传说中胡人神仙名。生自上古，长生不死，能歌善舞，又善弄凤凰、狮子。**胡雏**：胡人小儿，胡人僮仆。③月窟：传说月的归宿处，这里泛指边远之地。④巉岩：本义是指山峰陡峭，这里形容长相奇特。⑤戍削：清瘦的样子。⑥黄金拳拳：这里指金黄色弯曲的头发。拳拳，弯曲的样子。⑦华盖：指眉毛，道教的说法。⑧嵩岳：嵩山，这里比喻高高的鼻梁。⑨元气：指天地未分前的混沌之气。⑩盘古：我国神话中开天辟地首出创世的人。《太平御览》记载："天地混沌如鸡子，盘古生其中。万八千岁，天地开辟，阳清为天，阴浊为地。盘古在其中，一日九变，神于天，圣于地。天日高一丈，地日厚一丈，盘古日长一丈，如此万八千岁，天数极高，地数极深，盘古极长，后乃有三皇。"⑪火精、水银：指太阳和月亮。汉王充《论

衡·说日》："夫日，火之精也；月，水之精也。"⑫ **"阳乌"二句**：古代神话传说中在太阳里有三足乌，月中阴精积成兔形，这里借指太阳和月亮。⑬ **女娲**：古代神话传说中在天地开辟之初，大地上并没有人类，是女娲抟捏黄土造了人。她干得又忙又累，竭尽全力干还赶不上供应。于是她就拿了柳条把它投入泥浆中，举起柳条一甩，泥浆洒落在地上，就变成了一个个人。后人说，富贵的人是女娲亲手抟黄土造的，而贫贱的人只是女娲用柳条蘸泥浆，把泥浆洒落在地上变成的。⑭ **仙真**：道家称升仙得道之人。⑮ **若木、扶桑**：古代神话中的树名。⑯ **七圣**：指传说中的黄帝、方明、昌寓、张若、谞朋、昆阍、滑稽七人。《庄子·徐无鬼》："黄帝将见大隗乎具茨之山，方明为御，昌寓骖乘，张若、谞朋前马，昆阍、滑稽后车，至于襄城之野，七圣皆迷，无所问涂。"⑰ **赤眉**：指汉末以樊崇等为首的农民起义军。因以赤色涂眉为标志，故称。《汉书·王莽传下》："赤眉樊崇等众数十万人入关，立刘盆子，称尊号。"⑱ **白水**：水名，源出湖北省枣阳市东大阜山，相传汉光武帝旧宅在此。⑲ **紫微**：紫微垣。星官名，三垣之一。《晋书·天文志上》："大帝之座也，天子之常居也，主命主度也。"⑳ **五色师子**：也作五色狮子，道家传说中元始天尊的坐骑。㉑ **九苞凤凰**：古时认为凤凰在外形和内在上有许多美质，有"凤有六象九苞"的说法。九苞，就内在而言的。㉒ **鸡犬**：传说汉朝淮南王刘安修炼成仙后，把剩下的药撒在院子里，鸡和狗吃了，也都升天了。㉓ **帝乡**：传说中天帝住的地方。㉔ **南山**：指终南山帝乡。

●凤　凰

古代传说中的百鸟之王。常用来象征祥瑞，凤凰齐飞，是吉祥和谐的象征，自古就是中国文化的重要元素。

诗解

　　金天之西边，是白日落下的地方，有老胡名字叫文康，就诞生在那月亮升起的地方。他容仪如巉岩，风骨戌削而成，双目瞳孔如碧玉炅炅，毛发黄金色，拳拳两鬓红，眉毛如华盖垂覆下睫，鼻子如嵩岳，高高耸立在上唇。没有见过他如此诡谲的面貌，怎么知道是造化神的杰作？大道无形，是文康之严父，元气密布，是文康之老母，抚弄盘古的头顶，推车样转动宇宙。日月初生时云雾漫天，用它来铸冶火精与水银。太阳还没有出谷的时候，月亮半藏着身子。女娲嬉戏捏黄土，捏成为一个个愚蠢的下人。人分散在天地六合间，朦朦胧胧若沙尘。生生死死，永无尽头。谁明白此胡人是真仙？在西海栽种若木，在东溟种植扶桑，经过多少岁月，枝叶已有万里长。中国有七圣，半路上遭遇了安史之乱，如洪水泛滥。陛下应运而生，龙飞入咸阳，当上皇帝。赤眉军拥立刘盆子，不足为虑；白水兴旺汉光，是天下大兴。叱咤风云，四海震动，洪涛为之簸扬。举足登蹋紫微，天关为你开张。老胡为你的至德感动，东来进献仙方神技。有五色的狮子，有九苞的凤凰。五色的狮子是老胡的犬，九苞的凤凰是老胡的鸡，鸡鸣狮舞在帝乡。狮子与凤凰井然有序，进退成行。能唱胡歌，进献汉酒，跪下双膝，立着两肘。天女散花，纤纤举素手，拜龙颜，献圣寿。即使北斗破裂，南山摧毁，而天子却能九九八十一万岁，万寿无疆永存世。

赏 析

广平王复西京，此诗当是闻西京克复捷音以后而作。

——瞿蜕园、朱金城《李白集校注》

敕勒歌

题 解

　　《敕勒歌》是南北朝时期黄河以北的北朝鲜卑族间流传的一首民歌，是由鲜卑语译成汉语的。该诗描写了北国草原壮丽富饶的风光，书写了敕勒人民热爱家乡热爱生活的豪情。

原 文

敕勒川^①chì lè，阴山下^②。天似穹庐^③，笼盖四野。天苍苍^④，野茫茫，风吹草低见牛羊^⑤xiàn。

注 释

①**敕勒川：**敕勒族居住的地方。敕勒，种族名，属于原始游牧部落，北齐时居住在朔州（今山西省北部）一带。川，平川，平原。②**阴山：**山脉的名称，在今内蒙古

自治区北部。③**穹庐**：古代游牧民族用毡布搭成的帐篷。因中央隆起，四周下垂，形状似天，因而称"穹庐"。④**苍苍**：青色。⑤**见**：通"现"，显露，显现。

诗 解

辽阔的敕勒大平原就在阴山脚下。天空像个巨大的帐篷，笼盖着整个原野。蔚蓝的天空一望无际，碧绿的原野茫茫不尽。一阵风吹过，牧草低伏，露出一群群正在吃草的牛羊。

赏 析

慷慨歌谣绝不传，穹庐一曲本天然。中州万古英雄气，也到阴山敕勒川。

——金·元好问

箜篌谣

唐·李白

题 解

《箜篌谣》，古乐府旧题，即《箜篌引》，又名《公无渡河》。李白这首诗是借用旧题名，慨叹结交挚友之难。

原 文

攀天莫登龙，走山莫骑虎。贵贱结交心不移，惟有严陵及光武①。周公称大圣②，管蔡宁相容③！汉谣一斗粟（sù），不与淮南舂（chōng）④。兄弟尚路人，吾心安所从？他人方寸间，山海几千重。轻言托朋友，对面九疑峰⑤。多花必早落，桃李不如松。管鲍久

●**严光垂钓**

严光，字子陵，东汉时浙江余姚人，曾与光武帝刘秀为同学。光武帝即位，严光坚辞不仕，携妻子梅氏回富春山隐居，耕田钓鱼终老林泉。

已死⑥，何人继其踪？

注释

①**严陵及光武**：据《汉书·逸民传》：严光，字子陵，会稽姚余人。少有高名，与光武帝刘秀同学。光武即位，改变姓名，隐身不见。光武念其有贤德，令按其貌寻。后齐国上言，有一男子，披羊裘，钓泽中。光武疑其是光，备车马，带礼物，遣使聘之。凡三返，而后至。帝车驾即日幸其馆。光卧不起。帝即其卧所，抚其腹曰，咄咄子陵，不肯相助耶？光眠不应。良久曰，古之帝尧有德，巢父洗耳。人故有志，何必相逼？终乘车而去。后帝与光共卧，光加脚于帝腹。翌日，太史奏客星犯御座甚急。帝笑曰："朕故人严子陵共卧尔。"授予建议大夫之职，终不屈从，耕于富春山。②**周公**：周文王姬昌第四子。因封地在周（今陕西岐山北），故称周公或周公旦，是西周初期杰出的政治家、军事家和思想家，被尊为儒学奠基人，孔子一生最崇敬的古代圣人之一。③**管蔡**：管叔和蔡叔，是周武王的弟弟。周武王死后，成王年幼，周公摄政，管叔、蔡叔不服，扬言周公将不利于成王，和商纣王之子武庚一起作乱。周公三年东征，平定管蔡作乱。管叔、武庚被杀，蔡叔被逐。④**"汉谣"二句**：语出自《史记·淮南衡山列传》："民有作歌歌淮南厉王曰：一尺布，尚可缝；一斗粟，尚可舂。兄弟二人不能相容。"讲的是汉文帝与淮南王之间的兄弟恩怨故事。⑤**九疑**：山名。在湖南宁远县南。其山九谷皆相似，故称"九疑"。⑥**"管鲍"句**：《史记·管晏列传》：管仲夷吾者，颍上人也。少时常与鲍叔牙游，鲍叔知其贤。管仲贫困，常欺鲍叔，鲍叔终善遇之，不以为言。已而鲍叔事公子小白，管仲事公子纠。及小白立为桓公，公子纠死，管仲囚焉。鲍叔遂进管仲。管仲曰："吾始困时，尝与鲍叔贾，分财利多自与，鲍叔不以我为贪，知我贫也。吾尝为鲍叔谋事而更贫困，鲍叔不以我为愚，知时有利不利也。吾尝三仕三见逐于君，鲍叔不以我为不肖，知我不遭时也。吾尝三战

●**管仲**

管仲有位好朋友鲍叔牙，两人友情很深。在长期交往中，他们两人结下了深情厚谊，管仲多次对人讲过：生我的是父母，知我的是鲍叔牙。

三走，鲍叔不以我为怯，知我有老母也。公子纠败，召忽死之，吾幽囚受辱，鲍叔不以我为无耻，知我不羞小节而耻功名不显天下也。生我者父母，知我者鲍子也。"天下不多（看重）管仲之贤而多鲍叔能知人也。

诗 解

上天切莫登着龙，爬山切莫骑着虎。古来贵贱结交而心不移者，唯有严子陵与汉光武帝。周公被称为大圣人，也不容下管叔与蔡叔。汉谣唱道："一尺布，尚可缝；一斗粟，尚可舂。兄弟二人不能相容。"说尽了汉文帝与淮南王之间的兄弟恩怨。兄弟尚且与路人一样，我的心要服从谁呢？人心方寸之间，便有山海几千重。轻信了朋友，面对着面，心里也像隔着九疑峰。花开必有花谢，桃李树不如松树坚贞。管仲与鲍叔那样的友谊早已消亡，不知道后世之人是否可以继承他们的风尚。

赏 析

此诗亦有所指，观其引管仲及淮南事，疑亦与永王一案有关。

——瞿蜕园、朱金城《李白集校注》

塞下曲 二首

唐·王昌龄

题 解

《塞下曲》是古时边塞地区的一种军歌。唐朝很多诗人，尤其是边塞诗人用此题写诗。王昌龄的这两首乐府诗，通过对战场荒凉凄惨景象的描述，反映了作者对战争的看法。

原 文

其 一

饮马渡秋水，水寒风似刀，
平沙日未没，黯黯见临洮①。
昔日长城战，咸言意气高②。

黄沙足今古③，白骨乱蓬蒿。

注 释

①**临洮**：今甘肃岷县，因其地临洮水，故名。秦代蒙恬筑长城，西边的起点即在临洮。②**咸**：都。③**足**：满。

诗 解

牵马饮水渡过了那大河，水寒刺骨秋风如剑如刀。沙场广袤夕阳尚未下落，昏暗中看见遥远的临洮。当年长城曾经一次鏖战，都说戍边战士的意气高。自古以来这里黄尘迷漫，遍地白骨凌乱夹着野草。

原 文

其 二

蝉鸣空桑林，八月萧关道①。
出塞复入塞，处处黄芦草。
从来幽并客②，皆共尘沙老③。
莫学游侠儿④，矜夸紫骝好⑤。

注 释

①**萧关**：关名，在今宁夏固原东南。②**幽并**：幽州和并州，今河北、山西以及陕西一部分。③**尘沙**：幽并二州外接沙漠。④**游侠儿**：自恃勇武、讲义气而轻视生命的人。⑤**矜**：骄傲自夸，自命不凡。**紫骝**：泛指骏马。

诗 解

初秋时分，知了在桑林里鸣叫。八月，只见在萧关的道路上，士兵频繁地出塞入塞，到处芦草枯黄，一片荒凉。从古至今幽州和并州的健儿都在沙场度过一生。收获季节，北方少数民族的统治者常在此举兵掠夺，塞上形势紧张。但居住在幽州、并州的健儿，为了保卫国家，在沙尘、战斗中度过了一生，国家正是因为有了他们，才得安全的。千万不要学那些游侠儿骄奢放纵，只知夸耀自己的紫骝骏马。

卷十一 新乐府辞

新乐府辞，是唐代新歌，辞拟乐府而未配乐，不能歌唱，或寓意古题，刺美人事，或即事名篇，无复依傍。实际上相当于古体诗。

卷十一　新乐府辞

老将行

唐·王维

题解

唐玄宗开元二十五年（737），王维被任命为监察御史，奉使出塞，在凉州河西节度使副使崔希逸幕下任节度判官，在此度过了一年的军旅生活。这期间他深入士兵生活，穿梭于各将校之间，发现军队之中也存在着很多不合理的地方。此诗是王维有感而发。

原文

少年十五二十时，步行夺得胡马骑①。射杀山中白额虎②，肯数邺下黄须儿③。一身转战三千里，一剑曾当百万师。汉兵奋迅如霹雳，虏骑崩腾畏蒺藜④。卫青不败由天幸⑤，李广无功缘数奇⑥。自从弃置便衰朽，世事蹉跎成白首。昔时飞箭无全目⑦，今日垂杨生左肘⑧。路旁时卖故侯瓜⑨，门前学种先生柳⑩。茫茫古木连穷巷，寥落寒山对虚牖。誓令疏勒出飞泉⑪，不似颍川空使酒⑫。贺兰山下阵如云，羽檄交驰日夕闻。节使三河募年少，诏书五道出将军。试拂铁衣如雪色，聊持宝剑动星文⑬。愿得燕弓射天将⑭，耻令越甲鸣吾君⑮。莫嫌旧日云中守⑯，犹堪一战取功勋。

乐府诗集

●冥山射虎

西汉将军李广有一次出猎时，看见草丛中有大虎，他一箭将其射中。走近一看，才发现射中的是一块大石头，李广十分惊奇，再次射石，却再也射不中了。

注　释

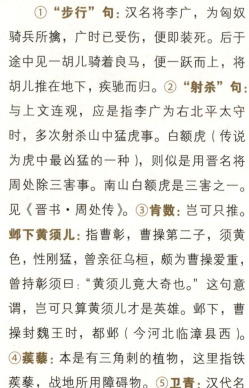

① **"步行"句**：汉名将李广，为匈奴骑兵所擒，广时已受伤，便即装死。后于途中见一胡儿骑着良马，便一跃而上，将胡儿推在地下，疾驰而归。② **"射杀"句**：与上文连观，应是指李广为右北平太守时，多次射杀山中猛虎事。白额虎（传说为虎中最凶猛的一种），则似是用晋名将周处除三害事。南山白额虎是三害之一。见《晋书·周处传》。③ **肯数**：岂可只推。**邺下黄须儿**：指曹彰，曹操第二子，须黄色，性刚猛，曾亲征乌桓，颇为曹操爱重，曾持彰须曰："黄须儿竟大奇也。"这句意谓，岂可只算黄须儿才是英雄。邺下，曹操封魏王时，都邺（今河北临漳县西）。④ **蒺藜**：本是有三角刺的植物，这里指铁蒺藜，战地所用障碍物。⑤ **卫青**：汉代名将，汉武帝皇后卫子夫之弟，以征伐匈奴官至大将军。卫青姊子霍去病，也曾远入匈奴境，却未曾受困折，因而被看作"有天幸"。"天幸"本霍去病事，然古代常卫、霍并称，这里当因卫青而联想霍去病事。⑥ **"李广"句**：李广曾屡立战功，汉武帝却以他年老数奇，暗示卫青不要让李广抵挡匈奴，因而被看成无功，没有封侯。缘，因为。数，命运。奇，单数。偶之对称，奇即不偶，不偶即不遇。⑦ **飞箭无全目**：鲍照《拟古诗》："惊雀无全目。"李善注引《帝王世纪》："吴贺使羿射雀，贺要羿射雀左目，却误中右目。"这里只是强调羿能使雀双目不全，于此见其射艺之精。飞箭，作"飞雀"。⑧ **垂杨生左肘**：意思是说，庄子的"柳生其左肘"的"柳"本来即疡之意，王维却误解为杨柳之柳，因而有垂云云。高步瀛说："或谓柳为瘤之借字。"⑨ **故侯瓜**：召平，故秦东陵侯，秦亡为平民，贫，种瓜长安城东，瓜味甘美。⑩ **先生柳**：晋陶渊明弃官归隐后，因门前有五株杨柳，遂自号"五柳先生"，并写有《五柳先生传》。⑪ **"誓令"句**：后汉耿恭与匈奴作战，据疏勒城，匈奴于城下绝其涧水，恭于城中穿井，至十五丈犹不得水，他仰叹道："闻昔贰师将军

(李广利）拔佩刀刺山，飞泉涌出，今汉德神明，岂有穷哉。"旋向井祈祷，过了一会儿，果然得水。事见《后汉书·耿恭传》。疏勒，指汉疏勒城，非疏勒国。⑫**颍川**：灌夫，汉颍阴人，为人刚直，失势后颇牢骚不平，后被诛。**使酒**：恃酒逞意气。⑬**聊持**：且持。**星文**：指剑上所嵌的七星文。⑭**天将**：一作"大将"。⑮**"耻令"句**：意谓以敌人甲兵惊动国君为可耻。《说苑·立节》记载，越国甲兵入齐，雍门子狄请齐君让他自杀，因为这是越甲在鸣国君，自己应

● **召平种瓜**
《史记·萧相国世家》："召平者，故秦东陵侯。秦破，为布衣，贫，种瓜于长安城东，瓜美，故世俗谓之'东陵瓜'。"

当以身殉职，遂自刎死。鸣，这里是惊动的意思。⑯**云中守**：云中太守魏尚。

诗 解

　　当年十五二十岁青春之时，徒步就能夺得胡人战马骑。年轻力壮射杀山中白额虎，数英雄岂止邺下的黄须儿？身经百战驰骋疆场三千里，曾以一剑抵挡了百万雄师。汉军声势迅猛如惊雷霹雳，虏骑互相践踏就像遇蒺藜般恐惧。卫青不败是由于天神辅助，李广无功却缘于命运不济。自被摈弃不用便开始衰朽，世事随时光流逝人成白首。当年像后羿飞箭射雀无数，如今不操弓疡瘤生于左肘。像故侯流落为民路旁卖瓜，学陶令门前种上绿杨垂柳。古树苍茫一直延伸到深巷，寥落寒山空对冷寂的窗牖。誓学耿恭在疏勒祈井得泉，不做颍川灌夫为牢骚酗酒。贺兰山下战士们列阵如云，告急的军书日夜频频传闻。持节使臣去三河招募兵丁，诏书令大将军分五路出兵。老将揩拭铁甲光洁如雪色，且持宝剑闪动剑上七星纹。愿得燕地的好弓射杀敌将，绝不让敌人甲兵惊动国君。莫嫌当年云中太守又复职，还堪得一战为国建立功勋。

赏 析

　　右丞七古，和平宛委，无蹈厉莽崇之态，最不易学。

——《历代诗法》

洛阳女儿行

唐·王维

乐府诗集

题 解

　　这首诗描写洛阳贵妇生活的富丽豪贵，夫婿行为的骄奢放荡，揭示了高层社会的骄奢淫逸。

原 文

　　洛阳女儿对门居，才可颜容十五余①。良人玉勒乘骢马②，侍女金盘脍鲤鱼。画阁朱楼尽相望，红桃绿柳垂檐向。罗帏送上七香车，宝扇迎归九华帐。狂夫富贵在青春，意气骄奢剧季伦③。自怜碧玉亲教舞，不惜珊瑚持与人。春窗曙灭九微火④，九微片片飞花琐⑤。戏罢曾无理曲时⑥，妆成只是熏香坐。城中相识尽繁华，日夜经过赵李家⑦。谁怜越女颜如玉⑧，贫贱江头自浣沙。

注 释

　　①**才可**：恰好。②**良人**：古时，妻子对丈夫的尊称。③**季伦**：晋石崇字季伦，家甚富豪。④**九微**：《汉武内传》记有"九光九微之灯"。⑤**花**：指雕花的连环形窗格。⑥**曾无**：从无。**理**：温习。⑦**赵李家**：汉成帝的皇后赵飞燕、婕妤李平两家。这里泛指贵戚之家。⑧**越女**：指未入宫时的西施。

诗 解

　　洛阳有一位女子住在我家对门，正当十五六的芳龄，容颜非常美丽。她的丈夫骑一匹青白相间的骏马，马具镶嵌着珍贵的美玉。她的婢女捧上黄金的盘子，里面盛着烹制精细的鲤鱼。她家彩绘朱漆的楼阁一幢幢遥遥相望，红桃绿柳在廊檐下排列成行。她乘坐的车子是用七种香木做成，绫罗的帷幔装在车上。仆从们举着带羽毛的扇子，把她迎回绣着九花图案的彩帐。她的丈夫青春年少正得志，骄奢更胜过石季伦。他亲自教授心爱的姬妾学习舞蹈，名贵的珊瑚树随随便便就送给别人。他们彻夜寻欢作乐，窗上现出曙光才熄去灯火，灯花的碎屑片片落在雕镂的窗棂。她成天嬉戏游玩，竟没有温习歌曲的空暇，她打扮得整整齐齐，只是对着熏着香成天坐着。相识的全是城中的豪门大户，日夜来往的都是些贵戚之家。有谁怜惜貌美如玉的越女，身处贫贱，只好在江头独自洗纱。

悲陈陶①

唐·杜甫

卷十一 新乐府辞

题 解

　　唐肃宗至德元年（756）冬，唐军跟安史叛军在这里作战，唐军四五万人几乎全军覆没。来自西北十郡（今陕西一带）清白人家的子弟兵，血染陈陶战场，景象是惨烈的。杜甫这时被困在长安，诗即为这次战事而作。他根据战争正义性，写出了人民的感情和愿望。

原 文

　　孟冬十郡良家子②，血作陈陶泽中水。
　　野旷天清无战声，四万义军同日死③。
　　群胡归来血洗箭④，仍唱胡歌饮都市⑤。
　　都人回面向北啼⑥，日夜更望官军至。

注 释

　　①**陈陶**：地名，在长安西北。②**孟冬**：农历十月。**十郡**：指秦中各郡。**良家子**：百姓中良家弟子。③**义军**：为国牺牲的官军。④**群胡**：指安史叛军。⑤**市**：指长安街市。⑥**回面**：转过脸。**向北啼**：唐肃宗驻守灵武，在长安之北，故都人向北而啼。

诗 解

　　农历十月，那些从长安西北地区各郡招的那些良家子弟们，鲜血流得似陈陶河的水。原野空旷苍天清远停息了战声，四万为国牺牲的官军在同一天里英勇阵亡。那些胡寇归来时箭上还在滴着百姓的血，他们仍然高唱胡歌狂饮在长安街市上，人民抑制

二七五

不住心底的悲伤，他们北向而哭，向着陈陶战场，向着肃宗所在的彭原方向啼哭，更加渴望官军收复长安，恢复往日的太平生活。

悲青坂

唐·杜甫

题解

　　此诗作于天宝十五载（756），作者在长安城听到唐军惨败于安禄山叛军的消息后，与《悲陈陶》写的是同一时间同一事件。前半部分说唐朝官军占据了太白山高地坚守着，可是黄头奚兵非常骄横；后半部分写唐军的败象，以及被困在长安城内的人民的思想感情。

原文

我军青坂在东门①，天寒饮马太白窟②。
黄头奚儿日向西③，数骑弯弓敢驰突④。
山雪河冰野萧飀⑤，青是烽烟白人骨⑥。
焉得附书与我军⑦，忍待明年莫仓卒⑧。

注释

　　①**青坂、东门**：都是唐军驻军之地。②**太白**：山名，在武功县，离长安二百里。这里泛指山地。**饮马**：给马喝水。③**黄头、奚**：都是胡人部族，当时安禄山的军队里有很多是奚、契丹的部族。**日向西**：一天天向西推进。青坂在陈陶以西。④**驰突**：飞骑冲击突破，形容勇士战斗。⑤**山雪河冰**：雪、冰都是动词，指山上积雪，河水结冰。**野萧飀**：指寒风凄厉。⑥**烽烟**：烽火，军事告急的信号。⑦**焉得附书**：怎能够托书信。⑧**仓卒**：同"仓促"，毫无准备。

诗 解

我军驻扎在青坂所属县城的东门。山高天寒，饮马困难，条件极为艰苦。安禄山的军队一天天向西推进，我军的很多飞骑冲击突破，勇于战斗。山上积雪，河水结冰，寒风凄厉，战斗的环境十分恶劣。青色的是烽火，是军事告急的信号，白色的是征人的战骨。怎么才能够托书信给我军，告诉他们到明年再与敌军奋死一战，不要过于仓促而无法成功。

赏 析

落句深伤中人督战，以致一败涂地也。

——清·何焯《义门读书记》

哀江头

唐·杜甫

题 解

这首诗借唐玄宗和杨贵妃生离死别、命运的剧变，感叹李唐王朝的盛衰剧变，充满了国破家亡的巨大悲痛之情。

原 文

少陵野老吞声哭①，春日潜行曲江曲②。江头宫殿锁千门，细柳新蒲 *pú* 为谁绿③。忆昔霓旌下南苑④，苑中万物生颜色⑤。昭阳殿里第一人⑥，同 *ní jīng* 辇随君侍君侧⑦。辇前才人带弓箭⑧，白马嚼啮黄金勒⑨。翻身向天仰 *niǎn* *niè* 射云⑩，一笑正坠双飞翼⑪。明眸皓齿今何在⑫，血污游魂归不得。清 *hào* 渭东流剑阁深⑬，去住彼此无消息⑭。人生有情泪沾臆，江水江花岂终 极。黄昏胡骑尘满城，欲往城南望城北。 *hú jì*

注 释

①**少陵**：杜甫祖籍长安杜陵。少陵是汉宣帝许皇后的陵墓，在杜陵附近。杜甫曾在少陵附近居住过，故自称"少陵野老"。**吞声哭**：不出声地哭。②**潜行**：因在叛军

管辖之下，只好偷偷地走到这里。**曲江曲**：曲江的隐曲角落之处。这句写曲江边宫门紧闭，游人绝迹。③**为谁绿**：意谓国家破亡，连草木都失去了故主。④**霓旌**：云霓般的彩旗，指天子之旗。**南苑**：指曲江东南的芙蓉苑。⑤**生颜色**：万物生辉。⑥**昭阳殿**：汉代宫殿名。汉成帝皇后赵飞燕之妹为昭仪，居住于此。唐人多以赵飞燕比杨贵妃。**第一人**：最得宠的人。⑦**辇**：皇帝乘坐的车子。古代君臣不同辇。此句指贵妃之受宠超出常规。⑧**才人**：宫中的女官。⑨**嚼啮**：咬。**黄金勒**：用黄金做的衔勒。⑩**仰射云**：仰射云间飞鸟。⑪**一笑**：杨贵妃因才人射中飞鸟而笑。**正坠双飞翼**：或亦暗寓唐玄宗和杨贵妃的马嵬驿之变。⑫**明眸皓齿**：写安史乱起，玄宗从长安奔蜀，路经马嵬驿，禁卫军逼迫玄宗缢杀杨贵妃。⑬**清渭**：渭水清澄，流经马嵬驿南。杨贵妃即葬于渭水之滨。**剑阁**：在今四川省剑阁县北，玄宗入蜀所经之地。⑭**彼此**：唐玄宗、杨贵妃。

●杜甫

安史之乱发生后，杜甫饱受战乱之苦。得知肃宗在灵武继位后，杜甫前往投奔，结果中途被叛军俘虏，被押解到沦陷的长安。目睹了被战争践踏、繁华不再的长安，杜甫写下了《哀江头》《春望》等诗篇，流露出忧国忧民的情怀。

诗　解

　　少陵老人无声地痛哭，春日里偷偷地到曲江岸边。江岸的宫殿千门闭锁，嬉戏的柳丝和新生的水蒲为谁而绿。想当年皇帝的旌旗仪仗浩浩荡荡，来到芙蓉苑，苑中真是风光无限，万物生辉。昭阳殿里最受宠爱的人，与皇上同车出入陪伴在皇帝左右。御车前矫捷的女官，人人背带弓箭，白马嘴上衔嚼勒全部是黄金做成。有个女官翻身向天上仰射一箭，一箭就射中了一对比翼齐飞的鸟。眼睛明亮、牙齿洁白、美貌异常的杨贵妃而今在何处？可怜她成了满脸污血的游魂，只有在旷野荒草间飘荡，欲归不得了。清清渭水不停地向东流去，而入蜀道中的剑阁是那么深邃；贵妃和玄宗一去一留，生者死者彼此永无消息。人生有情，想到世事变化，有谁不泪落沾襟？江水流哇江花漂，年年依旧，哪里会有尽头？黄昏时，胡骑往来践踏，尘埃满天，想往南逃却望着北方。

赏析

　　李耆卿曰：此诗妙在"清渭"二句。明皇、肃宗一去一住，两无消息，父子之间，人所难言，子美能言之，非但"细柳新蒲"之感而已。

　　　　　　　　　　　　　　　——明·凌宏宪《唐诗广选》

哀王孙①

唐·杜甫

题解

　　诗作于安史之乱爆发后的第二年。唐玄宗天宝十五载（756）六月九日，潼关失守；十三日，玄宗奔蜀，仅带着杨贵妃姐妹几人，其余妃嫔、皇孙、公主都来不及逃走。七月，安禄山部将孙孝哲攻陷长安，先后杀戮霍长公主以下百余人。此诗即作于此时。这首诗写的是诗人在长安城中看到了往日娇生惯养的黄金之躯的王公贵族的子孙们在安史叛军占领长安城之后的凄惨遭遇。

原文

　　长安城头头白鸟②，夜飞延秋门上呼③。又向人家啄大屋，屋底达官走避胡。金鞭断折九马死④，骨肉不待同驰驱。腰下宝玦青珊瑚，可怜王孙泣路隅⑤。问之不肯道姓名，但道困苦乞为奴。已经百日窜荆棘，身上无有完肌肤。高帝子孙尽隆准⑥，龙种自与常人殊。豺狼在邑龙在野⑦，王孙善保千金躯。不敢长语临交衢⑧，且为王孙立斯须⑨。昨夜东风吹血腥，东来橐驼满旧都。朔方健儿好身手，昔何勇锐今何愚。窃闻天子已传位，圣德北服南单于。花门剺面请雪耻⑩，慎勿出口他人狙⑪。哀哉王孙慎勿疏，五陵佳气无时无⑫。

注 释

①**王孙**：此指大难中幸存的王公贵族子孙。②**白头乌**：白头乌鸦，不祥之物。③**延秋门**：唐玄宗曾由此出逃。④**九马**：皇帝御马。⑤**隅**：角落。⑥**高帝子孙**：汉高祖刘邦的子孙。这里是以汉代唐。**隆准**：高鼻。⑦**豺狼在邑**：指安禄山占据长安。**龙在野**：指唐玄宗奔逃至蜀地。⑧**衢**：大路。⑨**斯须**：一会儿。⑩**花门**：回纥。**劗面**：匈奴风俗在宣誓仪式上割面流血，以表诚意。⑪**狙**：伺察，窥伺。⑫**佳气**：兴旺之气。**无时无**：时时存在。

诗 解

　　在长安城的墙头，伫立着一只白头乌鸦，它是不祥之物。夜幕降临了，它还飞进延秋门上哇哇地叫。这怪物，又向大官邸宅啄个不停，吓得达官们为避胡人逃离了家。玄宗出奔，慌忙地逃命，以至于把金子装饰的马鞭都打断了，打死了九匹马；而且他们在逃跑的时候因为特别急、特别快，以至于他们自己的孩子都没有能够完全带走。有个少年，腰间佩带玉玦和珊瑚，可怜呵，他在路旁哭得嗓子嘶哑。这些昔日的王公贵族的子孙们不敢说出自己的姓名，生怕被胡兵知道被抓去做俘虏，只是说他现在是困苦交加，哪怕做别人家的奴仆也心甘情愿，只要能够活命。再看他身上已经没有完好的肌肤，这个孩子已经在荆棘中躲藏了好多天了，身上没有一块完整的皮肤了，到处都是伤。凡是高帝子孙，大都是鼻梁高直，龙种与布衣相比，自然来得高雅。豺狼在城称帝，龙种却流落荒野，王孙啊，你一定要珍重自己身价。在十字路口，不敢与你长时交谈，只能站立片刻，交代你重要的话。昨天夜里，东风吹来阵阵血腥味，长安东边，来了很多骆驼和车马。北方军队，一贯是交战的好身手，往日勇猛，如今何以就流水落花。私下听说，皇上已把皇位传给太子，南单于派使拜服，圣德安定天下。他们个个割面，请求雪耻上前线，你要守口如瓶，以防暗探的缉拿。善保千金躯，相信唐兵一定会打回来的。长安城里的王气依然存在，国家不会亡。那种昔日的繁华一定会再回来。

赏 析

　　通篇哀痛顾惜，潦倒淋漓，似乱似整，断而复续，无一懈语，无一死字，真下笔有神。

——明·王嗣奭《杜臆》

卖炭翁

唐·白居易

题 解

　　《卖炭翁》是白居易创作的《新乐府》组诗中的一篇。此诗以个别事例来表现普遍状况，描写了一个烧木炭的老人谋生的困苦，通过卖炭翁的遭遇，深刻地揭露了"宫市"的腐败本质，对统治者掠夺人民的罪行给予了有力的鞭挞与抨击，讽刺了当时腐败的社会现实，表达了作者对下层劳动人民的深切同情，有很强的典型社会意义。

原 文

　　卖炭翁，伐薪烧炭南山中①。满面尘灰烟火色，两鬓苍苍十指黑。卖炭得钱何所营②？身上衣裳口中食。可怜身上衣正单，心忧炭贱愿天寒。夜来城外一尺雪，晓驾炭车辗冰辙③。牛困人饥日已高，市南门外泥中歇。翩翩两骑来是谁④？黄衣使者白衫儿⑤。手把文书口称敕⑥，回车叱牛牵向北⑦。一车炭，千余斤，宫使驱将惜不得。半匹红纱一丈绫⑧，系向牛头充炭直⑨。

注 释

　　①伐薪：砍柴。南山：终南山，在长安（今西安市）南面。②何所营：派什么用途。③辗：同"碾"，轧的意思。辙：车轮轧出的痕迹。④翩翩：轻快得意的姿态。⑤黄衣使者白衫儿：唐朝的宦官品级较高的穿黄衣，无品级的穿白衣。⑥敕：皇帝的命令。⑦牵向北：指把炭车赶向皇宫。唐代皇帝的宫殿在长安的北边。⑧"半匹"句：唐代商品交易，绵帛等丝织品可以代货币使用。⑨直：通"值"，价格。

诗 解

　　有一位卖炭的老翁，整年在南山里砍柴烧炭。他满脸灰尘，显出被烟熏火燎的颜色，两鬓头发灰白，十个手指也被炭烧得很黑。卖炭得到的钱用来干什么？买身上穿的衣裳和嘴里吃的食物。可怜他身上只穿着单薄的衣服，心里却担心炭卖不出去，还希望天更寒冷。夜里城外下了一尺厚的大雪，清晨，老翁驾着炭车碾轧冰冻的车轮印往集市上赶去。牛累了，人饿了，但太阳已经升得很高了，他们就在集市南门外泥泞中歇息。那得意忘形的骑着两匹马的人是谁啊？是皇宫内的太监和太监的手下。太监手里拿着文书，嘴里却说是皇帝的命令，吆喝着牛朝皇宫的方向拉去。一车的炭，一千多斤，太监差役们硬是要赶着走，老翁是百般不舍，但又无可奈何。那些人把半匹红纱和一丈绫，朝牛头上一挂，告诉老翁说就用来充当炭的价钱吧。

赏 析

　　宫市者，乃贞元末年最为病民之政，宜乐天《新乐府》中有此一篇。且其事又为乐天所得亲有见闻者，故此篇之摹写，极生动之致也。……更有可论者，此篇径直铺叙，与史文所载者不殊，而篇末不著己身之议论，微与其他者篇有异，然其感慨亦自见也。

——陈寅恪《元白诗笺证稿》

桃源行

唐·王维

题 解

　　此诗将陶渊明的叙事散文《桃花源记》改用诗歌形式表现出来，成功地进行了再创作。

原 文

　　渔舟逐水爱山春①，两岸桃花夹古津②。坐看红树不知远③，行尽青溪忽值人。山口潜行始隈隩④（wēi yù），山开旷望旋平陆⑤。遥看一处攒云树⑥（cuán），近入千家散花竹。樵客初传汉姓名（qiáo），居人未改秦衣服。居人共住武陵源⑦，还从物外起田园⑧。月明松下房栊静⑨（lóng），日出云中鸡犬喧。惊闻俗客争来集，竞引还家问都邑。平明闾巷扫花开⑩，薄暮渔樵乘水入。初因避地去人间，及至成仙遂不还。峡里谁知有人事，世中遥望空云山。不疑灵境难闻见，尘心未尽思乡县。出洞无论隔山水，辞家终拟长游衍⑪。自谓经过旧不迷，安知峰壑今来变⑫。当时只记入山深，青溪几曲到云林。春来遍是桃花水⑬，不辨仙源何处寻。

●桃　源

横江词 六首

唐·李白

乐府诗集

题 解

　　这六首都是写景诗，主要是写横江的地势险峻，气候多变，长江风浪大且恶的景象。作品名为写景，实为写心，处处流露出李白北上的急切和恶劣天气下不可渡江北上的惆怅与焦虑。全诗想象丰富奇伟，意境雄伟壮阔，充分体现了浪漫主义特色。

原 文

其 一

人言横江好①，侬道横江恶。

一风二日吹倒山，白浪高于瓦官阁。

注 释

①横江：横江浦，在今安徽和县东南，古长江渡口。

诗 解

　　从横江浦观看长江江面，有时风平浪静，景色宜人，然而，有时则风急浪高。这里的大风吹上两日就能刮倒大山。巨浪滔滔，一泻千里，向着瓦官阁铺天盖地奔去，那汹涌雄奇的白浪高高腾起，似乎比瓦官阁还要高，真是蔚为壮观。

原 文

其 二

海潮南去过浔阳^{xún}①，牛渚^{zhǔ}由来险马当②。

横江欲渡风波恶，一水牵愁万里长。

注 释

①南去：从横江浦流往浔阳的水是西南向，所以说南去。浔阳：今江西九江市。

②**牛渚**：山名，在安徽当涂县长江边，北部突入江中，山下有矶，是唐代大江南北的重要渡口之一。**险马当**：险过马当。马当，山名，在今江西彭泽县东北，山形似马，横枕长江，回风撼浪，船行艰阻。

诗　解

　　倒灌进长江的海水从横江浦向南流去，途中要经过浔阳。牛渚山北部突入江中，山下有矶，地势本就十分险要，马当山横枕长江，回风撼浪，船行艰阻。横江欲渡风波十分险恶，跨渡这江水万里愁。

原　文

其　三

横江西望阻西秦①，汉水东连扬子津②。

白浪如山那可渡？狂风愁杀峭帆人③。

注　释

　　①**西秦**：借指长安。②**汉水**：长江的最大支流，发源于陕西西南部，东南流经湖北至武汉入长江。**扬子津**：古代长江下游的重要渡口之一，在今江苏扬州市南，长江北岸。③**峭帆**：高耸的船帆。

诗　解

　　长江天堑阻隔了李白北上的路途，只能站在横江向西望了，长江由东西走向变为南北走向。汉水东与扬子津相连。正赶上那天狂风大浪，白浪如山，根本无法渡船过江。这狂风愁煞了出行的船夫。

原　文

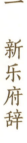

其　四

海神来过恶风回，浪打天门石壁开①。

浙江八月何如此②？涛似连山喷雪来。

注　释

　　①**天门**：山名，由东、西梁山组成。东梁山位于当涂西南方，西梁山位于和县以南，两山隔江相对如门，故称天门。②**浙江**：钱塘江。钱塘江潮水汹涌，夏历八月十八更

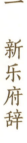

为猛烈。**此**：指横江浦浪涛。

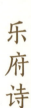
【诗 解】

　　这里刚刚涨潮，潮还没退，狂风又来了，浪打在天门石壁上，似乎打开了天门的大门。农历八月是浙江潮最为壮观的时候，那凶险的程度非比寻常，而横江潮后之浪好似连山喷雪，可与浙江潮相匹敌。

【原 文】

其 五

横江馆前津吏迎①，向余东指海云生②。
郎今欲渡缘何事③？如此风波不可行！

【注 释】

　　①**横江馆**：横江浦渡口的驿馆。**津吏**：管理渡口的小吏。②**海云生**：指海上升起了云雾，这是大风雨的预兆。③**郎**：古时对年轻男子的称呼。这里是津吏对作者的称呼。**缘何事**：到底为了什么事？

【诗 解】

　　横江驿馆面前渡口的官吏来送，他对这里的气候变化了如指掌，他遇到李白后，伸出手臂，用手指一指东边，说："你看，海云出现了，马上海潮就要来了，渡船不能渡人了。"接着问道："大人，您今天渡船北方有什么事呀？不管有什么事，是大事或小事，反正今天是行不得了。"

【原 文】

其 六

月晕天风雾不开，海鲸东蹙百川回①。
惊波一起三山动，公无渡河归去来②。

【注 释】

　　①**蹙**：迫。②**公无渡河**：乐府《瑟调曲》调名。据《古今注》记载，朝鲜水夫霍里子高早起撑船，见一白发狂夫横渡急流，其妻阻之不及，夫堕河死，妻弹箜篌而唱："公无渡河，公竟渡河，渡河而死，当奈公何！"曲终，也投河而死。这里是借用乐府曲调。

名告诫人，横江水势湍急，勿轻易渡江。

诗 解

横江之上经常月晕起风，整日笼罩在风雾中，江里的海鲸东向，百川倒流。波涛大浪一起，声势浩大，三山都会被之摇动，横江水势湍急，千万不要轻易渡江，如果轻易而渡，将会有去无回。

赏 析

《横江词》，即《子夜歌》之类。美人香草，皆词客之寓言。……诗固代女郎致殷勤临别之词，而诗外微言，喻名利驰逐之地，人哄而路不平。人情险巇，等于连云蜀栈，亦如涉江者犯风浪而进舟，太白之寄慨深矣。

——清·俞陛云《诗境浅说续编》

静夜思①

唐·李白

题 解

《静夜思》是诗人离开家人后，于秋日夜晚抬头望月有感写出的诗句。全诗仅短短四句，却意味深长地表达出一位远在他乡的游子对故乡那深深的怀念之情。

原 文

床前明月光②，疑是地上霜③。
举头望明月④，低头思故乡。

注 释

①**静夜思**：在静静的夜晚所引起的思念。②**床**：今传五种说法，一指井台，二指井栏，三是"窗"的通假字，四是本义，即坐卧的器具，第五种解释为胡床，可折叠坐具，类似小板凳。③**疑**：怀疑，以为。④**举头**：抬头。

坐在井床上看天上明月洒在地上的月光，宛如层层的白霜。仰首看那空中的一轮明月，不由得低下头来沉思，愈加想念自己的故乡。

赏 析

摹写静夜之景，字字真率，正济南所谓"不用意得之"者。

——明·唐汝询《唐诗解》

兵车行①

唐·杜甫

题 解

此诗是历史生活的真实记录。全诗借征夫对老人的答话，倾诉了人民对战争的痛恨和战争给人民带来的痛苦。地方官吏在这样的情况下还要横征暴敛，百姓更加痛苦不堪。这是诗人深切地了解民间疾苦和寄予人民深刻同情的名篇之一。

原 文

车辚辚②，马萧萧③，行人弓箭各在腰④。爷娘妻子走相送⑤，尘埃不见咸阳桥⑥。牵衣顿足拦道哭，哭声直上干云霄⑦。道旁过者问行人⑧，行人但云点行频⑨。或从十五北防河⑩，便至四十西营田⑪。去时里正与裹头⑫，归来头白还戍边。边庭流血成海水，武皇开边意未已⑬。君不闻汉家山东二百州，千村万落生荆杞⑭。纵有健妇把锄犁，禾生陇亩无东西。况复秦兵耐苦战⑮，被驱不异犬与鸡。长者虽有问⑯，役夫敢申恨⑰？且如今年冬，未休关西卒⑱。县官急索租，租税从何出？信知生男恶，反是生女好。生女犹得嫁比邻⑲，生男埋没随百草。君不见青海头⑳，古来白骨无人收。新鬼烦冤旧鬼哭㉑，天阴雨湿声啾啾！

●车辚辚，马萧萧

吐蕃曾多次与唐发生战争，安史之乱后，唐朝连连失地，吐蕃甚至一度威胁到长安。为了在边境防御吐蕃，唐王朝不得不从内地调集大量兵力，杜甫此诗即反映了玄宗时期征兵征战给人民带来的灾难。

注 释

①**行**：本是乐府歌曲中的一种体裁，但《兵车行》是杜甫自创的新题。②**辚辚**：车轮声。③**萧萧**：马鸣声。④**行人**：新征军士。⑤**走**：奔跑。⑥**咸阳桥**：又叫便桥，在咸阳西南，横跨渭水的一座大桥。⑦**干**：冲。⑧**过者**：过路的人，这里是杜甫自称。⑨**点行**：清点人名以征兵。⑩**或**：不定指代词，有的、有的人。**防河**：当时常与吐蕃发生战争，曾征召陇右、关中、朔方诸军集结河西一带防御。因其地在长安以北，所以说"北防河"。⑪**西营田**：古时实行屯田制，军队无战事即种田，有战事即作战。"西营田"也是防备吐蕃的。⑫**里正**：唐制，每百户设一里正，负责管理户口、检查民事、催促赋役等。**裹头**：男子成丁，即裹头巾，犹古之加冠。以黑绫三尺裹头，曰头巾。新兵因为年纪小，所以需要里正给他裹头。⑬**武皇**：汉武帝刘彻。唐诗中常用以汉指唐的委婉避讳方式。这里借武皇代指唐玄宗。因为二者都有穷兵黩武之举。**开边**：用武力开拓边疆。⑭**荆杞**：荆

棘与杞柳，都是野生灌木。⑮**秦兵**：指关中一带的士兵。⑯**长者**：上文的"道旁过者"，即杜甫。征人敬称他为"长者"。⑰**役夫敢申恨**：征人自言不敢诉说心中的冤屈愤恨。这是反诘语气，表现士卒敢怒而不敢言的情态。⑱**关西**：当时指函谷关以西的地方。⑲**比邻**：近邻。⑳**青海头**：指今青海省青海湖边。唐和吐蕃的战争，经常在青海湖附近进行。㉑**烦冤**：不满、愤懑。

诗 解

大路上车轮滚滚战马嘶叫，出征的青年弓箭挂在腰间。父母和妻儿纷纷跑来相送，灰尘弥漫天空不见咸阳桥。亲人们牵衣顿足拦路痛哭，凄惨的哭声直冲九天云霄。过路的人站在旁边询问原因，回说官府征兵实在太频繁。有人十五岁就到北方驻

防，四十岁又被派到河西去营田。走时年少里长替他缠头巾，归来时头发已白又要去戍边。边疆的战士已经血流成河，而皇上扩张领土没有穷尽。你没听说华山东边二百里州，千村万寨野草丛生田荒芜。即使那有健壮妇人来耕种，田里庄稼东倒西歪不成行。即使关中兵能吃苦耐鏖战，被人驱遣与鸡狗没有两样。老人即使问了，征夫又怎敢诉说苦怨，今冬关西兵仍打仗未休整。县官紧催的租税从哪里出？百姓相信生儿不如生女好。生女还能嫁到街坊四邻处，生儿白死埋没在荒郊野草里。你没看见在那青海湖的边上，自古以来白骨遍野无人收。那里的新鬼含冤旧鬼痛哭，阴天冷雨凄惨哀叫声不断。

塞上曲①

唐·王昌龄

题解

这首乐府诗歌是写非战的。诗由征戍边塞庶几不回，而告诫少年莫夸武力，抒发非战之情。写边塞秋景，无限萧败悲凉，写戍边征人，寄予深切同情；劝世上少年，声声实在，句句真情。从对塞外景色的描写，表现出羁旅远游者惆怅迷茫的心境。

原文

秋风夜渡河，吹却雁门桑①。
遥见胡地猎，鞲马宿严霜②。
五道分兵去，孤军百战场。
功多翻下狱，士卒但心伤。

注 释

①**雁门**：雁门关在今山西代县，为古塞，地势雄险。②**鞴马**：谓装备坐骑。鞴，把鞍鞯等套在马上。

诗 解

秋风在夜晚悄悄地吹过边塞的河流，吹过雁门的桑田，遍地一片萧瑟。远远地能够看见胡地有人在打猎，虽说还不是秋天，边塞却已经十分寒冷，战士们只能在严霜中风餐露宿。在战场上，兵士们被分成五路作战，孤军奋战，身经百战。战士们虽然英勇，结果功劳多的反而会被下狱，想起这，真是让战士们伤心哪。

塞下曲 六首

唐·李白

题 解

这组诗主要叙述了汉武帝平定匈奴侵扰的史实，以乐观高亢的基调和雄浑壮美的意境反映了盛唐的精神风貌。诗中有对战士金戈铁马、奋勇战斗的歌颂，也有对闺中柔情的抒写，内容极为丰富，风格疏宕放逸，豪气充溢，表达了诗人高尚的爱国情操。

原 文

其 一

五月天山雪①，无花只有寒。
笛中闻《折柳》②，春色未曾看。
晓战随金鼓③，宵眠抱玉鞍④。
愿将腰下剑，直为斩楼兰⑤。

注 释

①**天山**：指祁连山。②**《折柳》**：即《折杨柳》，古乐曲名。③**金鼓**：以金装饰的珍贵的鼓，古代军队在作战时要击鼓前进。金鼓与玉鞍对举，金和玉都是修饰语，金

非指锣。④**玉鞍**：装饰华贵的马鞍。⑤**楼兰**：汉代西域国名，在今新疆鄯善县东南。这里指楼兰国王。据《汉书·西域传》记载，楼兰地当汉通西域的要冲，汉使经过常被杀害。西汉大将军霍光派傅介子设计杀死了楼兰王。这里借用典故表示愿意身赴绝域，为国立功。

● 五月天山雪，无花只有寒

　　五月的祁连山大雪纷飞，那里没有鲜花盛开，只有彻骨的寒冷。战士们只能在笛声中听到《折杨柳》的乐曲，却看不到柳色青青的春景。他们戍守边疆，十分辛劳。拂晓随金鼓声与敌作战，晚上抱着马鞍露宿守卫。战士们来戍守边塞，早已把生死置之度外，他们愿意腰挎宝剑，身赴楼兰绝域，为国立功。

原 文

其 二

> 天兵下北荒①，胡马欲南饮。
> 横戈^{gē}从百战，直为衔恩甚②。
> 握雪海上餐③，拂沙陇头寝④。
> 何当破月氏⑤，然后方高枕⑥。

注 释

　　①**天兵**：指汉朝军队。②**直**：但，只。**衔恩**：受恩。**甚**：很多。③**握雪**：捏雪成团。**海**：瀚海，大沙漠。④**陇头**：田野。⑤**何当**：何日。**月氏**：汉代西域国名，在今甘肃西部一带。⑥**高枕**：高枕无忧。

诗 解

　　汉朝军队向北方荒漠进军，匈奴贵族妄图向南方侵袭，两方都期望在战争中取得胜利，好夺取更多的土地。汉军的战士们在战场奋力拼杀，只是因为他们受到朝廷和皇帝的恩典很多。他们在沙漠上抟雪而食，在田野里拂沙露宿，条件虽然很艰苦，但绝不后退。什么时候消灭掉月氏，才是全国百姓安居乐业、高枕无忧的时候。

原　文

其　三

骏马似凤飙①，鸣鞭出渭桥②。

弯弓辞汉月③，插羽破天骄④。

阵解星芒尽⑤，营空海雾消⑥。

功成画麟阁⑦，独有霍嫖姚⑧。

注　释

①飙：暴风。②鸣鞭：挥鞭，因鞭挥动即发出响声，故称。渭桥：长安城西面咸阳东南渭水河上的一座大桥，是古代从长安到西域的要道。③辞汉月：离开中原的意思。④羽：指箭，因箭杆上有羽毛。天骄：指匈奴。据《汉书·匈奴传》记载，匈奴首领单于曾自称："胡者，天之骄子也。"⑤阵解：指队伍瓦解。星芒：星的光芒。古代迷信说法，当客星的光芒变成白色时战争就要爆发。⑥海雾：喻指战场上烟尘弥漫。这句指战争胜利结束。⑦麟阁：麒麟阁，汉高祖时造。据《汉书·苏武传》记载，汉宣帝甘露三年，曾画十一位功臣像于阁上。这里是用画像于麒麟阁来表示卓越的功勋和荣誉。⑧霍嫖姚：指霍去病。汉武帝时抗击匈奴的名将，因功封嫖姚校尉。

诗　解

骏马像暴风一般在驰骋，战士们鸣鞭纵马出了渭桥。背着弓箭辞别了汉地的明月，在战场上弯弓射箭打败了胡人。战争结束后天上的客星也为之暗淡，军营渐空，海雾已消。功成之后，在麒麟阁的功臣像上，却只有霍去病的画像。

原　文

其　四

白马黄金塞，云砂绕梦思①。

那堪愁苦节，远忆边城儿。

萤飞秋窗满，月度霜闺迟。

摧残梧桐叶，萧飒沙棠枝②。
无时独不见③，流泪空自知。

注 释

①**云砂**：细碎的石粒，指边塞风光。②**沙棠**：植物名，果味像李子。③**独不见**：《独不见》是乐府古题，吟诵的是思而不得见的落寞愁绪。

诗 解

白色的骏马在多沙的边塞飞驰，细碎的石粒勾起我对你的梦牵魂萦。这愁苦的日子真不堪忍受，我远远地思念戍守边疆的你。萤火虫在秋窗前飞来飞去，边城之月在闺房门前远近徘徊。秋霜凋落了梧桐的残叶，西风在沙棠树枝间沙沙作响。常常独自吟唱着《独不见》，相思的泪水只有暗自空流。

原 文

其 五

塞虏乘秋下①，天兵出汉家。
将军分虎竹②，战士卧龙沙③。
边月随弓影，胡霜拂剑花④。
玉关殊未入⑤，少妇莫长嗟⑥。

注 释

①**塞虏**：对匈奴的贬称。②**分虎竹**：受命带兵出征的意思。虎竹，古代发给将帅的兵符，分铜虎符和竹使符两种，朝廷和领兵将领各执一半，发兵或调动军队时对合起来作为凭信。③**龙沙**：也称白龙堆。这里泛指塞外沙漠之地。④**"边月"二句**：月光伴着弓影，霜花拂着剑锋。描写战士夜行军的情状。⑤**殊**：远。⑥**嗟**：叹词，表示忧叹。

诗 解

胡虏乘着秋高马肥之际兴兵南侵，唐朝大军出动兵马前去迎敌。将军带着虎符出征，战士们在龙沙坚守御敌。夜晚的月亮弯如弓影，胡地的霜雪凝剑成花。大军尚未进入玉门关，闺中的少妇还是不要太着急了吧。

其 六

烽火动沙漠①，连照甘泉云②。
汉皇按剑起③，还召李将军④。
兵气天上合⑤，鼓声陇底闻⑥。
横行负勇气⑦，一战静妖氛⑧。

注 释

①**烽火**：古代边境上夜间举火报警的信号。②**甘泉**：陕西淳化县有甘泉山，秦时在此山造甘泉宫，汉武帝曾加固修理，作为避暑处。《史记·匈奴列传》："胡骑入代（郡名）勾注（山名）边，烽火通于甘泉、长安。"这句指报警的信号传到京城。③**汉皇**：指汉武帝。④**李将军**：西汉名将李广，陇西成纪（今甘肃静宁西南）人，善骑射。文帝时击匈奴有功，为武骑常侍。武帝时任右北平太守，匈奴数年不敢犯界，称之为"飞将军"。后随大将军卫青攻匈奴，以失道被责，自杀。⑤**兵气**：战斗气氛。**合**：满，弥漫的意思。⑥**陇底**：山坡下。⑦**负**：凭，靠。⑧**静**：平息。**妖氛**：指侵扰边疆的匈奴贵族。

诗 解

烽火在沙漠深处燃起，战火映红了甘泉宫的天空。汉皇勃然大怒，按剑而起，召李将军率领大军前去迎敌。杀气直冲云霄，鼓声震天动地，天兵英勇战斗，所向无敌。横行战场靠的是勇敢的气魄，一战而扫清胡虏，平定天下。

赏 析

此（指《塞下曲六首》）《从军乐》体也。

——元·萧士赟

征妇怨

唐·张籍

题解

全诗以汉喻唐，描写战争的残酷及其给人民带来的灾难。

原文

九月匈奴杀边将，汉军全殁辽水上①。
万里无人收白骨，家家城下招魂葬②。
妇人依倚子与夫③，同居贫贱心亦舒④。
夫死战场子在腹，妾身虽存如昼烛⑤。

注释

①**殁**：覆没、被消灭。②**招魂葬**：民间为死于他乡的亲人举行的招魂仪式。用死者生前的衣冠代替死者入葬。③**依倚**：依赖、依靠。④**同居**：与丈夫、儿子共同生活在一起。⑤**昼烛**：白天的蜡烛，意为暗淡无光，没用处。

诗解

深秋九月，匈奴兵再次起兵屠杀汉朝的边地将领。汉军伤亡惨重，全部丧生在辽水边境。万里白骨无人收，由于无法收尸入殓，所以家家都在城下招魂安葬他们。那些牺牲者的家属生怕亲人的灵魂不知所归，于是高声呼唤亲人姓名，招引魂兮归来，并以死者衣冠葬入棺木。征妇曾经设想与丈夫、儿子共同生活的舒心光景，但面对现实，向往破灭。丈夫死在战场上，今后谁才是她的依靠？肚子里的遗孤生下来怎

●妾身虽存如昼烛

样哺育？征妇欲死但遗腹有子，求生则衣食无着。她的生活黯淡无光，有什么意思呢？

【赏析】

说征妇者甚多，惨淡经营，定推文昌此首第一。

——清·吴瑞荣《唐诗笺要》

节妇吟①

唐·张籍

【题解】

此诗有双层面内涵。表面上描写了一位忠于丈夫的妻子，经过思想斗争后终于拒绝了一位多情男子的追求，守住了妇道；实则表达了作者忠于朝廷，坚定的决心。

【原文】

君知妾有夫②，赠妾双明珠。

感君缠绵意③，系在红罗襦④。

妾家高楼连苑起⑤，良人执戟明光里⑥。

知君用心如日月，事夫誓拟同生死⑦。

还君明珠双泪垂，何不相逢未嫁时。

【注释】

①节妇：能守住节操的妇女，特别是对丈夫忠贞的妻子。吟：一种诗体的名称。②妾：古代妇女对自己的谦称，这是诗人的自喻。③缠绵：情意深厚。④罗：一类丝织品，质薄，手感滑爽而透气。襦：短衣、短袄。⑤苑：帝王及贵族游玩和打猎的风景园林。⑥良人：丈夫。戟：一种古代的兵器。明光：明光殿，此指皇宫。明光本为汉代宫殿名，这里指宫殿。此句言其丈夫地位高贵。⑦事：服侍、侍奉。拟：打算。

【诗解】

你明知我已经有了丈夫，还偏要送给我一对明珠。我心中感激你情意缠绵，把明珠系在我红罗短衫。我家的高楼就连着皇家的花园，我丈夫拿着长戟在皇宫里值班。虽然知道你是真心朗朗无遮掩，我侍奉丈夫发誓要生死共患难。归还你的双明珠我两眼泪涟涟，只恨没有遇到你在我未嫁之前。

赏 析

张籍《节妇吟》，亦浅亦隽。

——清·毛先舒《诗辩坻》

上阳白发人①

唐·白居易

题 解

这首诗，诗人通过对上阳女子一生遭遇的叙述，揭露了封建帝王荒淫无耻、摧残无辜女性的罪恶行径，同时也揭露了封建社会的黑暗。

原 文

上阳人，红颜暗老白发新。绿衣监使守宫门②，一闭上阳多少春。玄宗末岁初选入，入时十六今六十。同时采择百余人，零落年深残此身。忆昔吞悲别亲族，扶入车中不教哭。皆云入内便承恩，脸似芙蓉胸似玉。未容君王得见面，已被杨妃遥侧目③。妒令潜配上阳宫④，一生遂向空房宿。秋夜长，夜长无寐天不明。耿耿残灯背壁影⑤，萧萧暗雨打窗声。春日迟，日迟独坐天难暮。宫莺百啭愁厌闻，梁燕双栖老休妒。莺归燕去长悄然，春往秋来不记年。唯向深宫望明月，东西四五百回圆。今日宫中年最老，大家遥赐尚书号。小头鞋履窄衣裳，青黛点眉眉细长。外人不见见应笑，天宝末年时世妆。上阳人，苦最多。少亦苦，老亦苦，少苦老苦两如何。君不见昔时吕向《美人赋》⑥，又不见今日《上阳白发歌》。

注 释

①**上阳**:唐宫名,在洛阳皇宫内苑的东面。**白发人**:指年老宫女。②**绿衣监使**:太监。唐制中太监着深绿或淡绿衣。③**杨妃**:杨贵妃。**遥侧目**:远远地用斜眼看,表嫉妒。④**妬**:同"妒",妒忌的意思。⑤**耿耿**:微微的光明。⑥《**美人赋**》:"天宝末,有密采艳色者,当时号花鸟使,吕向献《美人赋》以讽之。"

诗 解

　　上阳那老宫女呀,青春红颜已悄悄地溜走了,而白发不断地新生。太监把守着宫门,自从被关进上阳宫以后,一幽闭就是多少年过去了。天宝末年,刚被选入宫时才十六岁,现在已六十岁了。同时从民间采选来的宫女有百十多个,一个个都凋零死去了。多年后只剩下这一个老宫女了。她从妙龄少女变成白发老妇,四十来年苦度韶光。回想当年离别亲人时,自己忍悲吞声被家人扶进车里边,并嘱咐她不要哭。因你长得很美,身材也很好,大家都说你一入宫里就会受到皇帝恩宠的,可哪知事情并不如此。来到宫中还没容得君王看见自己,就已被杨贵妃发现了,远远地对她加以目击、妒忌。杨贵妃由于妒忌就下令把她发配到上阳宫,于是她一生就在空房里度过了。空房秋夜,谁能入睡! 秋风冷雨,孤灯相伴,形影相吊。春天白日长,虽春光好,但自己是孤独一人坐在那儿,总是希望天快点黑。可天又长,很难黑。空中飞来的莺鸟叫得很好听,但由于自己愁绪难展不愿听;春天燕子来了在梁间做窝,总是双栖双宿,可自己已老了无须再去妒忌燕子的双栖双宿了。春天过去了,春往秋来自己总是这样单调度过,不记得哪个年头了。只是因为在深宫常常看月亮,似乎还记得从东边升起,西边落下,大约有四五百回了。到现在她已成了宫中最老的一个宫女了,皇帝听说后,遥赐她一个尚书官衔。老宫女仍旧穿小头鞋窄衣裳,用青黛画细长细长的眉。外人是看不到的,如果一旦看到她了,谁都要笑的。因为这种小头鞋窄衣裳画细长眉,都是天宝末年流行的一种服装打扮,落后了半个世纪了。上阳宫女苦是最多的,年轻时也苦,到老了也苦。一生孤苦,可又能怎样呢?你不知道天宝末年有到民间采集美女的叫花鸟使,当时吕向作了《美人赋》,那你还要读读这首《上阳白发歌》。

杜陵叟

唐·白居易

题解

　　这首诗的内容是同情农民生活的困苦。全诗可分为前后两部分，前半部分写了两个使农民的生活受苦受难的直接原因，一个是上天的自然灾害，另一个则是人为的灾祸；后半部分指出官僚制度的黑暗与腐败，横征暴敛，巧取豪夺，是全诗的深刻之处。

原文

　　杜陵叟①，杜陵居，岁种薄田一顷余②。三月无雨旱风起，麦苗不秀多黄死③。九月降霜秋早寒，禾穗未熟皆青干。长吏明知不申破④，急敛暴征求考课⑤。典桑卖地纳官租，明年衣食将如何！剥我身上帛，夺我口中粟，虐人害物即豺狼，何必钩爪锯牙食人肉。不知何人奏皇帝⑥，帝心恻隐知人弊⑦。白麻纸上书德音⑧，京畿尽放今年税⑨。昨日里胥方到门⑩，手持敕牒榜乡村⑪。十家租税九家毕，虚受吾君蠲免恩⑫。

注释

　　①**杜陵叟**：杜陵，秦为杜县，汉宣帝在此筑陵，改名杜陵，在今西安市东南。叟，年老的男人。②**薄田**：贫瘠的田地。**顷**：中国市制田地面积单位，一顷等于一百亩。③**秀**：谷类抽穗开花。④**长吏**：县级官吏中的尊者，也泛指地方长官。**申破**：上报说明。⑤**考课**：考察官吏的政绩。此处是说长官力求完成征收赋税的任务，作为考核的资本。⑥**不知何人**：实指作者本人。⑦**恻隐**：怜悯，同情。**知人弊**：知道百姓困顿的情况。弊，疲劳困乏。⑧**白麻纸**：唐代中书省所用公文纸分黄白两种。重要的诏书如任命将相、豁免、征讨等用白麻纸，一般的诏令则使用黄麻纸。**德音**：指皇帝颁布的减免赋税的"好消息"。⑨**京畿**：国都所在地及其行政官署所直接管辖的地区。**放**：免除。⑩**里胥**：里正，古时的乡村小吏。唐代一百户为里，设里正一人。⑪**牒**：文书，这里指免税的公文、

告示。**榜**：张贴，动词。⑫**蠲**：免除。

诗 解

●岁种薄田一顷余

　　杜陵老者居住在杜陵，每年耕种一顷多贫瘠的田地。三月份没有雨刮着旱风，麦苗不开花，大多都枯黄死了。秋天寒冷早，九月份就降了霜，禾穗没成熟都已经干枯。官吏明明知道却不向上级报告说明真相，仍旧急迫收租、凶暴征税以求通过考核得到奖赏。杜陵老者只能靠典当桑园、出卖田地来缴纳官府规定的租税，可是明年的衣食将怎么办？他们剥去我们身上的衣服，夺掉我们口中的粮食。虐害人、伤害物的就是豺狼，何必爪牙像钩、牙齿像锯一样地吃人肉！不知什么人报告了皇帝，皇帝心生怜悯，了解了人民的困苦。于是，白麻纸上书写着施恩布德的诏令，京城附近全部免除今年的租税。昨天里长才到门口来，手里拿着公文张贴在乡村中。可是，十家缴纳的租税九家已送完，白白地受了我们君王免除租税的恩惠。

青青水中蒲 三首

唐·韩愈

题 解

　　本组诗是韩愈西游凤翔时代其妻子卢氏所作的组诗。这三首诗全以"青青水中蒲"起兴，色调明快，回环往复，淳朴得如同民歌一般。三首诗的意思层层加深，第一首是远行，第二首是不舍，第三首是相思凄苦。

其 一

青青水中蒲^①，下有一双鱼。
君今上陇去^②，我在与谁居？

①**青青**：形容颜色很青。**蒲**：菖蒲，一种很美的水生植物。②**陇**：陇州，位于今甘肃省东部。

水中蒲草青青，鱼儿成双成对，在水中香蒲下自由自在地游来游去，您如今要上陇州去，谁跟我在一起呢？

其 二

青青水中蒲，长在水中居。
寄语浮萍草^①，相随我不如。

①**浮萍**：一种水面浮生植物。

蒲草青青，长期生活在水里，哪及浮萍可以自由自在地随水漂流，而我却不能如浮萍般随你而去。

其 三

青青水中蒲，叶短不出水。
妇人不下堂，行子在万里。

青青的蒲草，短叶而伸不出水。我很难离开正堂，你却在万里之外。

赏 析

古意，古音。妇人治闺内，男子志四方，占今定分，何用许多纠缠？小小词章，具见大儒本领。

——清·吴瑞荣《唐诗笺要》

堤上行 三首

唐·刘禹锡

题 解

这组诗描绘了江边居民的生活图景和码头上商船来往不绝的繁荣景象，从一个侧面反映了中唐时期发达的商业经济和长江两岸的风土人情。

原 文

其 一

酒旗相望大堤头，堤下连樯堤上楼①。
日暮行人争渡急，桨声幽轧满中流②。

注 释

①樯：原指帆船上挂风帆的桅杆，引申为船。②幽轧：划桨声。中流：在水流之中。

诗 解

酒旗相望着在大堤的上头，堤下船连船，堤上楼挨楼。天色将晚，行人急忙争渡，桨声幽轧轧，船儿满中流。

原 文

其 二

江南江北望烟波，入夜行人相应歌。

桃叶传情竹枝怨①，水流无限月明多。

注释

①桃叶：乐府歌曲名，属吴声歌曲，泛指民间流行的表达爱情的歌。**竹枝怨**：《竹枝词》诉说哀怨。竹枝词是一种诗体，是由古代巴蜀间的民歌演变过来的，刘禹锡把民歌变成了文人的诗体。这些民歌中有一些情歌，但多表达怨苦之情。夔州一带，是竹枝词的故乡。

诗解

江南江北同望波浪江烟，入夜行人还对歌在江边。《桃叶歌》表达了爱情，《竹枝词》诉说着哀愁，水流和月光无穷无尽哟，恰似歌声中的情意绵绵。

原文

其 三

长堤缭绕水徘徊，酒舍旗亭次第开。
日晚上楼招贾客，轲峨大舸落帆来①。

注释

①轲：高大的样子。舸：大船。

诗解

长堤弯弯曲曲围起来，堤内的水循环流动，酒舍旗亭一家挨一家地排开。傍晚时挑出杏帘儿招徕顾客，高高的大船落帆靠岸停下来。

更衣曲

唐·刘禹锡

题解

这首乐府诗以卫子夫侍武帝更衣得幸之事而作。

原文

博山炯炯吐香雾^①，红烛引至更衣处。

夜如何其夜漫漫，邻鸡未鸣寒雁度。

庭前雪压松桂丛，廊下点点悬纱笼^②。

满堂醉客争笑语，嘈囋琵琶青幕中^③。

注释

①博山：博山炉，汉晋时期常见的焚香器具。因图案象征传说中的海上仙山博山而得名。②纱笼：纱质的灯笼。③嘈囋：喧闹，古同"嘈杂"。

诗解

博山炉吐露出香气，子夫手拿红烛引武帝至换衣处。长夜漫漫，天还未明，寒雁已过。庭前雪花纷纷，松桂落雪，与廊下的灯笼交相辉映。堂上宾客们还在饮酒作乐、欢声笑语，帘幕中乐声缭绕。

农臣怨^①

唐·元结

题解

此诗托古讽今，揭露朝廷失政，农民积怨，奔走呼号。这首诗虽是咏叹前朝，但借古讽今，对时政弊端的揭露相当深刻。

原文

农臣何所怨，乃欲干人主^②。

不识天地心，徒然怨风雨^③。

将论草木患，欲说昆虫苦。

巡回宫阙傍^④，其意无由吐。

一朝哭都市，泪尽归田亩。

谣颂若采之，此言当可取。

诗解

农民怨恨连年的灾害，欲向君主申诉他们生活的困苦。他们不知道这是上天的旨意，只知道埋怨风不调雨不顺。田里庄稼歉收，虫害又很严重。当朝言路闭塞无处申诉，只好来到京城，徘徊在宫阙门外，也无法见到皇帝吐露自己的悲苦。整天在都城里痛哭，泪水都哭干了才回到乡里。采诗官如果采到这首诗，诗中所说的情况是可补时政之缺失的。

织妇词

唐·元稹

题解

此诗作于元和十二年（817），以荆州首府江陵为背景，描写织妇被剥削被奴役的痛苦。

原文

织妇何太忙，蚕经三卧行欲老①。蚕神女圣早成丝②，今年丝税抽征早③。早征非是官人恶，去岁官家事戎索④。征人战苦束刀疮，主将勋高换罗幕⑤。缲丝织帛犹努力，变缉撩机苦难织。东家头白双女儿，为解

●织　妇

挑纹嫁不得。檐前袅袅游丝上⑥，上有蜘蛛巧来往。羡他虫豸解缘天⑦，能向虚空织罗网。

注释

① "蚕经"句：蚕有眠性，文中的蚕种三卧之后进入四眠，四眠后即结茧。古织妇往往亦为蚕妇，所以要提前做准备。②**蚕神女圣**：古代传说黄帝妃嫘祖是第一个发明养蚕抽丝的人，民间奉之为蚕神，诗中称她为"蚕神女圣"。③**丝税**：唐代纺织业极为发达，荆、扬、宣、益等州均设置专门机构，监造织作，征收捐税。④**戎索**：本义为戎法，此处引申为战事。⑤**罗幕**：丝罗帐幕。⑥**袅袅**：摇曳、飘动的样子。⑦**虫豸**：虫子。泛指虫类小动物。可比喻碌碌无为、弱小的人。

诗解

织妇为什么忙呢？原来蚕种三卧之后就要老了。织妇们诚心祷告蚕神保佑蚕儿早点出丝，因为今年官家要提前抽征丝税。今年提前征税并不是因为官员横征暴敛，而是去年发动了战争。打仗艰苦，丝织品可供伤兵包扎伤口，也可制成丝罗帐幕赏给军功赫赫的将军。一般的缫丝织作本来已够费力的了，织有花纹的绫罗更是难上加难。拨动织机、变动丝缕，在织品上挑出花纹极为不易，需要很高的工艺水平。培养挑纹能手实为不易，竟有巧女因手艺出众为娘家羁留而贻误青春。在檐前飘动的丝网上，蜘蛛来回爬动。这小虫的织网，纯出天性，无催逼之虞，无租税之苦，比织户生活胜过百倍。

青楼曲 二首

唐·王昌龄

题解

诗组描写了少妇在家中的所见所感，描绘了大军胜利归来的盛大场面，从而反映出国力的强大。

其 一

白马金鞍从武皇①，旌旗十万宿长杨②。

楼头小妇鸣筝坐③，遥见飞尘入建章④。

①**鞍**：套在骡马背上便于骑坐的东西。②**旌旗**：旗帜，这里借指军士。**长杨**：长杨宫的省称，西汉皇家射猎、校武的大苑子。③**鸣筝**：弹奏筝曲。④**飞尘**：飞扬的尘土。**建章**：建章宫的省称。汉武帝所建造，在西汉都城长安的近郊。

将军乘坐佩饰金鞍的白马随皇帝出征，十万军士在长杨宫宿下。楼上窗边的少妇弹奏着筝曲，远望着队伍行进卷起的尘土进入建章宫。

其 二

驰道杨花满御沟①，红妆缦缛上青楼。

金章紫绶千余骑②，夫婿朝回初拜侯。

①**驰道**：古代供君王行驶车马的道路。泛指供车马驰行的大道。**御沟**：流经皇宫的河道。②**金章紫绶**：原指紫色印绶和金印，古丞相所用。后用以代指高官显爵。

大军从驰道回来，把满路杨花都吹散到御沟里，盛装打扮的女子登上高楼，迎接夫君带着千余兵马征战胜利归来，拜官赐爵。

田家行

唐·王建

卷十一 新乐府辞

题 解

此诗以"乐"来写农家之苦。仲夏时节，农民麦、茧喜获丰收，却被官府洗劫一空，无法享受自己的劳动果实，只能过着"衣食无厚薄"的悲惨生活，讽刺了当时赋税苛重的现实。

原 文

男声欣欣女颜悦①，人家不怨言语别②。

五月虽热麦风清，檐头索索缫车鸣③。

野蚕作茧人不取，叶间扑扑秋蛾生。

麦收上场绢在轴，的知输得官家足④。

不愿入口复上身，且免向城卖黄犊⑤。

田家衣食无厚薄，不见县门身即乐。

注 释

①**欣欣**：欢喜的样子。**颜悦**：脸上含笑。②**别**：特别，例外。③**索索**：缫丝声。**缫车**：也作"缲车"，抽丝的器具，因有轮旋转抽丝，故名。④**输**：交纳赋税。⑤**犊**：小牛，泛指耕牛。

诗 解

看着眼前丰收的景象，男人们的话语里充满了喜悦，女人们的脸上也洋溢着笑容，家家户户再也没有怨言，说的话也和往常不一样了。虽然五月天气炎热，此时

●缫 车

的麦风却给人以清凉的感觉。在村中的屋檐下，妇女们正忙着用缫车缫丝，缫车上发出一阵阵轻细的声音。家蚕丰收，野蚕做的茧再也没有人来收取，于是这些茧在树上就变成了秋蛾，在树叶间扑扑地飞舞着。麦子收割以后一筐一筐地堆放在麦场上，绢布织成后一匹一匹地缠在轴上，农民们可以确认今年的收成已足够缴纳官府的赋税了。不指望还有入口的粮食，也不指望还有绢布剩下来做件衣服穿在身上，只是暂且可以免除前往城中卖掉自己的小黄牛了。农民家庭的衣食实在谈不上什么好与坏，只要家里人不被捉进县衙门，便是一件很值得高兴的事情了。

田家词

唐·元稹

题解

　　唐朝自安史之乱起，战祸连年不断，繁重的军事开支压得劳动人民直不起腰、喘不过气来。元稹自幼家贫，并亲眼看到战争给人民带来的巨大灾难。这首诗生动形象地表达了他"息兵革"的政治主张。

原文

　　牛咤咤①，田确确②，旱块敲牛蹄趵趵③。种得官仓珠颗谷，六十年来兵簇簇④，日月食粮车辘辘⑤。一日官军收海服，驱牛驾车食牛肉，归来收得牛两角。重铸锄犁作斤劚⑥，姑舂妇担去输官，输官不足归卖屋。愿官早胜仇早覆⑦，农死有儿牛有犊，不遣官军粮不足。

注释

　　①咤咤：农民的叱牛声。②确确：土块坚硬。③趵趵：象声词，形容牛蹄踏地的声音。④簇簇：丛集的样子，此处以兵器的丛集象征战事的频繁。⑤辘辘：车轮声，象征着农民军输的繁重和急迫。⑥斤劚：泛指农具。斤，斧子一类的工具。劚，锄一类的农具。⑦覆：覆灭，灭亡。

诗 解

　　天气干旱，烈日炎炎，农民挥动着鞭子，牛发出"吒吒"的声音，驱使着，吆喝着。土地被烤得坚硬如石块，牛蹄踏上去发出"趵趵"的声音。然而农民终年劳累，用血和汗水换来的珍珠般的果实，却全进了官仓，自己一无所得。因为六十年来，战争不断，年年月月、日日餐餐，官兵们吃的粮食全由农民供给，并由农民驾驶的大车不停地运往前线。自从官军征伐藩镇的战争开始以来，朝廷就把农民连人带牛和车以及农具一并征用了。农民驱牛驾车千里迢迢地把粮食运到前线后，结果连牛也被官兵宰杀吃掉了，农民只收得两只牛角而返。但是战争还在没完没了地打下去，新的军输又在等待着他们。农民只得重铸犁锄，重做斤劅，重新开始一年的辛勤耕作，收获之后，运到官仓，终年辛勤劳动所获还交不够，甚至回来连房屋也被迫卖掉买粮纳税。但愿官军早日胜利，以报藩镇叛乱的仇恨，我们这一代被压榨、折磨死了，下一代还要继续受压榨、折磨；老牛被杀了，小牛还会面临同样的命运，战争一天不停止，农民的沉重灾难就会永无止境地继续下去。

红线毯

唐·白居易

题 解

　　本诗揭露了当时的统治者为了一己之欲，不顾劳动者的死活，任意压榨、浪费人力物力财力的罪行，表达了对底层劳动人民的同情。

原 文

　　红线毯，择茧缲丝清水煮^①，拣丝练线红蓝染^②。染为红线红于蓝^③，织作披香殿上毯^④。披香殿广十丈余，红线织成可殿铺。彩丝茸茸香拂拂，线软花虚不胜物。美人踏上歌舞来，罗袜绣鞋随步没。太原毯涩毳缕硬^⑤，蜀都褥薄锦花冷。不如此毯温且柔，年年十月来宣州。宣城太守加样织，自谓为臣能竭力。百夫同担进宫中，线厚丝多卷不得^⑥。宣城太守知不知？一丈毯，千两丝，地不知寒人要暖，少夺人

衣作地衣⑦。

注 释

①**缲丝**：将蚕茧抽为丝缕。②**练**：亦作"涷"。把丝麻或布帛煮得柔软洁白。《周礼·天官·染人》："凡染，春暴练。"③**红于蓝**：指染成的丝线，比红蓝花还红。蓝，指红蓝花，箭镞锯齿形蓝色叶，夏开红黄花，可制胭脂和红色颜料。④**披香殿**：汉朝殿名，汉成帝皇后赵飞燕曾在此歌舞，这里泛指宫廷里歌舞的处所。⑤**毳**：指鸟兽的细毛。⑥**线厚**：丝毯太厚。**卷不得**：卷不起来。⑦**地衣**：地毯。

诗 解

　　因为红线毯是高档丝织品，织毯以茧丝为原料。择（茧）—缲（线）—（水）煮—拣（丝）—练（线）—（红蓝）染—织（毯）是红线毯制作工艺的顺序。这费尽了心血和汗水的作品却被铺在宫殿地上当作地毯，其松软的质地、幽幽的芳香、美丽的图案无人爱惜欣赏，任美人们在上面踩踏歌舞，随便踏践。太原出产的毛毯硬涩，四川织的锦花褥又太薄，都不如这种丝毯柔软暖和，于是宣州岁岁上贡线毯。宣州太守为表对上位者的尽心竭力，令织工翻新

●**练 丝**

花样、精织勤献。线毯线厚丝多不好卷送，还得千百劳力担抬入贡。得享高官厚禄的宣州太守怎会想到，织就一丈毯，需费千两丝，多么劳民伤财，地本不知寒，却为它铺满地毯；人需温暖却无衣裹体，请不要再掠夺人民用来御寒和生活来源的丝去做地毯了。

卷十二 古诗十九首

古诗十九首，组诗名，五言诗，是乐府古诗文人化的显著标志。是在汉代汉族民歌基础上发展起来的五言诗，内容多写离愁别恨和彷徨失意，思想消极，情调低沉。但它的艺术成就却很高，长于抒情，善用事物来烘托，寓情于景，情景交融。

卷十二　古诗十九首

行行重行行

题　解

　　本诗是汉末动荡岁月中的相思乱离之歌。此诗抒写了一个女子对远行在外的丈夫的深切思念之情。全诗结构严谨,层次分明;运用比兴,形象生动;语言朴素自然,通俗易懂,自然地表现出思妇相思的心理特点,具有淳朴清新的民歌风格。

原　文

行行重行行①,与君生别离②。

相去万余里③,各在天一涯。

道路阻且长④,会面安可知⑤?

胡马依北风,越鸟巢南枝⑥。

相去日已远,衣带日已缓⑦。

浮云蔽白日⑧,游子不顾反⑨。

思君令人老⑩,岁月忽已晚。

弃捐勿复道⑪,努力加餐饭。

注　释

①**重**:又。这句是说行而不止。②**生**:硬。③**相去**:相距,相离。④**阻**:指道路上

的障碍。**长**：指道路间的距离很远。⑤**安**：怎么，哪里。⑥**越鸟**：南方的鸟。⑦**日**：一天又一天，渐渐的意思。**缓**：宽松。⑧**白日**：原是隐喻君王的，这里喻指未归的丈夫。⑨**顾**：顾恋、思念。**反**：同"返"，返回，回家。⑩**老**：这里指形体的消瘦，仪容的憔悴。⑪**弃捐**：抛弃，丢开。**复**：再。**道**：谈说。

[诗 解]

　　你走哇走哇老是不停地走，就这样活生生分开了你我。从此你我之间相距千万里，我在天这头你就在天那头。路途那样艰险又那样遥远，要见面可知道是什么时候？北马南来仍然依恋着北风，南鸟北飞筑巢还在南枝头。彼此分离的时间越长越久，衣服越发宽大人越发消瘦。飘荡游云遮住了太阳，他乡的游子不想回还。只因为想你使我都变老了，又是一年很快地到了年关。还有许多心里话都不说了，只愿你多保重切莫受饥寒。

青青河畔草

[题 解]

　　本诗写的是一位歌舞女子思念在外游荡的丈夫，难以忍受一个人的寂寞。诗人在自然率真的描摹中，显示了从良倡家女的个性，也通过她使读者看到在游宦成风而希望渺茫的汉末，中下层妇女的悲剧命运。

[原 文]

　　青青河畔草，郁郁园中柳。
　　盈盈楼上女①，皎皎当窗牖②。
　　娥娥红粉妆③，纤纤出素手④。
　　昔为倡家女⑤，今为荡子妇。
　　荡子行不归，空床难独守。

①**盈盈**：形容举止、仪态美好。盈，同"嬴"。《广雅·释诂》曰："嬴嬴，容也。" ②**皎皎**：皎洁。**牖**：窗的一种，用木条横直制成，又名"交窗"。"窗"和"牖"本义有区别：在屋上的叫作"窗"，在墙上的叫作"牖"。 ③**娥娥**：形容容貌的美好。**红粉妆**：指艳丽的妆饰。红粉，原为妇女化妆品的一种。 ④**纤纤**：细，指手的形状。**素**：白，指手的肤色。 ⑤**倡家女**：歌伎。凡是以歌唱为业的艺人就叫作"倡"。

诗 解

　　河边的草地草儿青绿一片，园中茂盛的柳树郁郁葱葱。站在绣楼上的那位女子体态盈盈，她靠着窗户容光照人好像皎皎的明月。她打扮得红妆艳丽，伸出纤细白嫩的手指扶着窗儿向远方盼望她的亲人。从前她曾经是个青楼女子，希望过上正常人的生活，才成了游子的妻子。不想游子远行在外总是不回来，丢下她一个独守空房实在难以忍受寂寞。

青青陵上柏

题 解

　　本诗的主人公游戏宛洛，意在仕途。他发现这个宫殿巍峨、甲第连云，权贵们朋比为奸、苟且度日的都城，并非是属于他的世界。借由他所看到的当时政治首都洛阳的一些现象，写出了个人不平之感和不满现实的心情，并抒发了生命短促、天地之大、何处安身立命的慨叹。

原 文

青青陵上柏①，磊磊涧中石②。

人生天地间③，忽如远行客④。

斗酒相娱乐⑤，聊厚不为薄⑥。

驱车策驽马⑦，游戏宛与洛⑧。

洛中何郁郁⑨，冠带自相索⑩。

长衢罗夹巷⑪，王侯多第宅⑫。

两宫遥相望⑬，双阙百余尺⑭。

极宴娱心意，戚戚何所迫⑮？

【注 释】

①**青青**：本义为蓝色，引申为深绿色，这里的"青青"，犹言长青青，是说草木茂盛的意思。②**磊**：石头多。③**生**：生长，生活。④**忽**：本义为不重视、忽略，此处指快的意思。**远行客**：在此有比喻人生的短暂如寄于天地的过客的意思。⑤**斗酒**：指少量的酒。斗，我国市制容量单位，十升为一斗。⑥**薄**：指酒味淡而少。⑦**驽马**：本义为劣马，走不快的马。亦作形容词，比喻才能低劣。⑧**宛**：南阳古称宛，位于河南西南部，与湖北、陕西接壤，因地处伏牛山以南，汉水之北而得名。**洛**：洛阳的简称。⑨**郁郁**：盛貌，形容洛中繁华热闹的气象。⑩**冠带自相索**：贵人只和贵人来往，不理别人。冠带，官爵的标志，用以区别于平民，此作贵人的代称。索，求也。⑪**衢**：四达之道，即大街。**夹巷**：夹在长衢两旁的小巷。⑫**第宅**：此指大官的住宅。⑬**两宫**：指洛阳城内的南北两宫。⑭**阙**：古代宫殿、祠庙或陵墓前的高台，通常左右各一，台上起楼观，二阙之间有道路。亦为宫门的代称。⑮**戚**：忧思、忧伤的样子。

【诗 解】

陵墓上长得青翠的柏树，溪流里堆聚成堆的石头。人生长存活在天地之间，就好比远行匆匆的过客。区区斗酒足以娱乐心意，虽少却胜过豪华的宴席。驾起破马车驱赶着劣马，照样在宛洛之间游戏着。洛阳城里是多么热闹，达官贵人彼此相互探访。大路边夹杂着小巷子，随处可见王侯贵族的宅第。南北两个宫殿遥遥相望，两宫的望楼高达百余尺。达官贵人们虽尽情享乐，却忧愁满面不知何所迫。

【赏 析】

那些权贵豪门原来是戚戚如有所迫的，弦外之音是富贵而可忧，不如贫贱之可乐。

——余冠英《汉魏六朝诗选》

西北有高楼

题解

　　传说伯牙善弹琴，子期善听琴，子期死后，伯牙再不弹琴，因为再没有知音的人了。这一"知音难逢"的故事，历代相传。这首诗的主题也是感叹知音难遇。作者先描写高楼的华美壮观，衬托歌者身份的高雅，然后才着意写歌声的哀怨感人，激越悲凉，最后抒发知音难逢的感叹，表示听者对歌者寄予深切的理解和同情。诗人从一曲琴声的描写中，展示了听者的内心活动。他写高楼景色及引用杞梁妻的故事做比喻，从听者对琴声的主观感受的层层刻画，使听音人与弹琴人在乐曲声中成为知音，思想感情融合在一起。这样一来，整首诗所抒写的情景，都处于感情不断发展的激荡之中，最后达到了高潮，引入了比翼奋翅高飞的境界。

原文

西北有高楼，上与浮云齐。
交疏结绮窗①，阿阁三重阶②。
上有弦歌声，音响一何悲！
谁能为此曲？无乃杞梁妻③。
清商随风发④，中曲正徘徊⑤。
一弹再三叹⑥，慷慨有余哀⑦。
不惜歌者苦⑧，但伤知音稀⑨。
愿为双鸿鹄⑩，奋翅起高飞。

注释

　　①交疏：窗户格子，指窗制造的精致。疏，镂刻。绮：有花纹的丝织品。②阿阁：四面有檐的楼阁。三重阶：指台。楼在台上。阿阁建在有三层阶梯的高台上，形容楼

阁之高。③**无乃**：莫非、大概。**杞梁妻**：齐国杞梁的妻子。杞梁战死，其妻孤苦无依，枕尸痛哭，其遭遇极人世之至悲。④**清商**：乐曲名。曲音清越，声清悲怨。⑤**徘徊**：来往行走，不能前进的样子。这里借以形容曲调旋律的回环往复。⑥**一弹**：指奏完一曲弦歌。**再三叹**：指歌词里复沓的曲句和乐调的泛声，就是上句所说的"徘徊"。⑦**余哀**：指作者悲哀的情绪，对别人的感染，不随乐曲的终止而终止。⑧**苦**：指曲调的哀怨缠绵，也借以渲染歌者的内心忧伤。⑨**知音**：识曲的人，这里借指知心的人。源于伯牙子期"知音难逢"的故事。⑩**鸿鹄**：朱骏声《说文通训定声》："凡鸿鹄连文者即鹄。"鹄，即天鹅，一作鸣鹤。这里以鸿鹄比喻情志相通的人，即听歌者和歌者，是说愿与歌者同心，如双鹄高飞，一起追求美好的理想。

诗　解

　　从那西北方向，隐隐传来铮铮的弦歌之音。寻声而去，蓦然抬头，便已见有一座高楼矗立在眼前，这高楼是那样堂皇。刻镂着花纹的木条，交错成绮文的窗格；四周是高翘的阁檐，阶梯有层叠三重，一片帝宫气象。楼上飘下了弦歌之声，这声音是多么让人悲伤啊！所听到的高楼琴曲，似乎正有杞梁妻那哭颓都之悲。商声清切而悲伤，随风飘发多凄凉！这悲弦奏到中曲，便渐渐舒徐迟荡回旋。那琴韵和叹息声中，抚琴堕泪的佳人慷慨哀痛的声息不已。再莫要长吁短叹！在这茫茫的人世间，自有和你一样寻觅"知音"的人儿，能理解你长夜不眠的琴声。希望伤心的佳人，能听到这旷世"知音"的深情呼唤。愿我们化作心心相印的鸿鹄，从此结伴高飞，去遨游那无限广阔的蓝天白云！

冉冉孤生竹

题　解

　　此诗主要抒写女子对相爱的男子（或丈夫）的各种疑虑与哀伤，表达了女主人公对爱情的希望与忠贞，表现了中国古代女子的婚姻观和爱情观。

原文

冉冉孤生竹①，结根泰山阿②。

与君为新婚，菟丝附女萝③。

菟丝生有时④，夫妇会有宜⑤。

千里远结婚，悠悠隔山陂⑥。

思君令人老⑦，轩车来何迟⑧！

伤彼蕙兰花⑨，含英扬光辉⑩。

过时而不采，将随秋草萎。

君亮执高节⑪，贱妾亦何为！

注释

①冉冉：本义为毛柔弱下垂的样子，这里引申为柔弱的样子。②阿：本义指山坳，山的凹曲处，借喻女子的孤独无依，这里指曲处。③女萝：地衣类植物，依附他物生长，但不能为它物所依附，这里比作女子的丈夫，前面的菟丝是女子自比。④生有时：是说草木有繁盛即有枯萎，比喻人生有少壮即有衰老。时，本义指季度、季节。⑤会：聚会，指夫妇的同居。宜：犹言适当的时间。⑥"千里"二句：上句说离家远嫁，结婚不容易，是回想过去；下句说婚后远别，久别，是现在的悲哀。悠悠，遥远山坡，此处泛指山和水。陂，水岸。⑦老：五十岁至七十岁为老。这位女子正是青春时期，此处是极言相思之苦，并非她真的老去。⑧轩车：是有篷的车。这里指迎娶的车。⑨蕙兰花：这里是女子自比。蕙、兰，都是香草。⑩含英：指即将盛开的花朵，比喻人的青春活力正在旺盛的时期。含，含苞。英，花。⑪亮：通"谅"，料想。

诗解

　　我像茕茕孑立而无依靠的野竹，你像竹结，根植于大山，又在山坳之处，可以避风，我希望可以依靠你。你我订婚时你远赴他乡，犹如菟丝附女萝，我仍孤独而无依靠。菟丝有繁盛也有枯萎的时候，既然订婚，就及时结合，不要错过了自己的青春时光。我远离家乡，千里来与你结婚，正是新婚恩爱时，你却离我远赴他乡。相思苦岁月催人老，青春短暂、人生有限，多么盼望夫君早日功成名就归来。我像娇艳的含苞待放的蕙兰花，如果不及时采摘就会错过时候，娇艳美丽的蕙兰花就将像秋草一样枯黄凋萎。我相信你一定会坚持高尚的节操，一定会回来的，我自己则不必怨伤。

涉江采芙蓉

题 解

　　此诗借助他乡游子和家乡思妇采集芙蓉来表达相互之间的思念之情，深刻地反映了游子思妇的现实生活与精神生活的痛苦。

原 文

涉江采芙蓉①，兰泽多芳草②。
采之欲遗^{wèi}谁③？所思在远道。
还顾望旧乡④，长路漫浩^{hào}浩⑤。
同心而离居⑥，忧伤以终老⑦！

注 释

　　①**芙蓉**：荷花的别名。②**兰泽**：生长着兰草的湖泽。③**遗**：赠予。④**还顾**：回顾，回头看。**旧乡**：故乡。⑤**漫浩浩**：路途的广宽无边。⑥**同心**：夫妻融洽。⑦**终老**：度过晚年直至死去。

诗 解

　　在江南家乡的思妇（妻子），踏过江水去采荷花，湖岸泽畔，还有很多的兰、蕙草，发出阵阵幽香。采了花要送给谁呢？想要送给那远在天涯的爱人。远方的丈夫此刻也正带着无限思念，回望妻子所在的故乡。然而，展现在他眼前的，无非是漫漫无尽的长路和阻山隔水的浩浩烟云。心心相印的夫妻此刻天各一方，不免在忧伤中度过晚年。

乐府诗集

迢迢牵牛星

题 解

　　此诗借神话传说中牛郎、织女被银河阻隔而不得会面的悲剧，抒发了女子离别相思之情，写出了人间夫妻不得团聚的悲哀。字里行间，蕴藏着一定的不满和反抗意识。

原 文

迢迢牵牛星①，皎皎河汉女②。
纤纤擢素手③，札札弄机杼④。
终日不成章，泣涕零如雨⑤。
河汉清且浅，相去复几许⑥？
盈盈一水间，脉脉不得语⑦。

注 释

　　①迢迢：遥远。②皎皎：明亮。河汉：银河。女：织女星的简称，在银河北，和牵牛星相对。③擢：本义为抽引、拉拔，这里引申为"举""伸出"的意思。④札札：形容使用机杼时的响声。机杼：为织机的总称。机，织机上转轴的机件。杼，织机的梭子。⑤零如雨：形容涕泪纵横的样子。零，落也。⑥几许：多少，谓距离之近。⑦脉脉：相视的样子。一作"默默"。

诗 解

　　牵牛星皎洁明亮，织女星迢迢千里。他们都是那样遥远，又是那样明亮。织女虽然伸出素手，但无心于机织，只是抚弄着机杼，泣涕如雨水一样滴下来。那阻隔了牵牛和织女的银河既清且浅，牵牛与织女相去也并不远，虽只一水之隔却相视而不能诉说衷肠。

生年不满百

题 解

　　本诗劝人通达世事，及时行乐，不必为那些毫无益处的事而日夜烦忧，讽刺了那些贪图富贵者不懂领悟人生的愚昧无知，同时也表现了对于人生毫无出路的痛苦。

原 文

生年不满百，常怀千岁忧①。
昼短苦夜长，何不秉烛游②！
为乐当及时，何能待来兹③？
愚者爱惜费④，但为后世嗤⑤。
仙人王子乔⑥，难可与等期⑦。

注 释

　　①千岁忧：深深的忧虑。②秉烛游：长夜之游。秉，本义为禾把、禾束，亦可引申为动词，意为手拿着、手持。③来兹：就是来年。④费：费用、钱财。⑤嗤：讥笑、嘲笑，此处指轻蔑地笑。⑥王子乔：古代传说中的仙人。⑦期：期待。

诗 解

　　纵然你能活上百年，也只能为子孙怀忧百岁，这是连小孩都明白的常识；何况你还未必活得了百年，偏偏忧虑那么深远，真是太愚蠢了！把夜晚的卧息时间，也都用来行乐，那就干脆手持烛火而游吧！时光易逝太匆匆行乐要及时，怎么可以等到来年再说呢？愚笨的人锱铢必较吝啬守财，死时两手空空被后人嗤笑。像王子乔那样驾鹤升天成仙，这样的事情难以期待成真。

赏 析

　　仙不可学，愈知愚费之不可惜矣。

——清·朱筠《古诗十九首说》

回车驾言迈

题 解

　　这是一首通过对客观景物荣枯更替的描写，来抒发人生短暂，所以人应尽早建功立业的说理诗，同时也是一首抒写仕宦虽有建树，但又并不十分得意的士子对人生的感悟和自励自警的诗。

原 文

　　回车驾言迈①，悠悠涉长道②。
　　四顾何茫茫③，东风摇百草。
　　所遇无故物，焉得不速老④？
　　盛衰各有时⑤，立身苦不早⑥。
　　人生非金石⑦，岂能长寿考⑧？
　　奄忽随物化⑨，荣名以为宝⑩。

注 释

　　①回：转。**驾**：象声词。**迈**：远行。②**悠悠**：远而未达到。③**茫茫**：广大而无边际的样子。这里用以形容"东风摇百草"的客观景象。④**"焉得"句**：是由眼前事物而产生的一种联想，草很容易由荣而枯，人又何尝不很快地由少而老？⑤**各有时**：犹言"各有其时"，是兼指百草和人生而说的。"时"的短长虽各有不同，但在这一定时间内，有盛必有衰，而且是由盛而衰的。⑥**立身**：树立一生的事业基础。**早**：指盛时。⑦**金**：其坚。**石**：其固。⑧**寿考**：老寿。考，老。⑨**奄忽**：急遽、迅速。**随物化**：指死亡。⑩**荣名**：荣誉和名利。

诗 解

　　回车远行，长路漫漫，回望但见旷野茫茫，阵阵东风吹动百草。眼前看到的都不是过去的事物，人怎么能够不迅速衰老？盛和衰各有不同的时间，只恨建立功名的机会来得太迟。人不像金石般坚固，生命是脆弱的，怎么能够长寿不老？当人的身躯归化于自然之时，如果能留下一点美名和荣誉为人们所怀念，那也就不虚此生吧。

今日良宴会

题　解

　　此诗所描写的是作者听曲之后的慨叹。借写宴会中对酒听歌，阐明曲中的真意，从而抒发了一番议论，不要因不得志而郁郁寡欢。

原　文

　　今日良宴会①，欢乐难具陈②。
　　弹筝奋逸响③，新声妙入神④。
　　令德唱高言⑤，识曲听其真⑥。
　　齐心同所愿⑦，含意俱未申⑧。
　　人生寄一世，奄忽若飙尘⑨。
　　何不策高足⑩，先据要路津⑪？
　　无为守贫贱，辗轲常苦辛⑫。

注　释

　　①**良**：好。②**难具陈**：难以一一述说。③**奋逸**：不同凡俗的音响。④**新声**：指当时最流行的曲调，指西北邻族传来的胡乐。**妙入神**：称赞乐调旋律达到高度的完美调和。⑤**令德**：有令德的人，就是指知音者。**唱高言**：发高论。唱，古作"倡"，这里泛用于言谈。⑥**真**：曲中真意。指知音的人不仅欣赏音乐的悦耳，而且能用体会所得发为高论。⑦**齐心同所愿**：这里是说对于听曲的感慨是人人心中所有，内容大致也差不多的。同，一致的意思。⑧**申**：表达。⑨**奄忽**：急遽。**飙尘**：指狂风里被卷起来的尘土。用此比喻人生，言其短促、空虚。⑩**策高足**：就是捷足先登的意思。⑪**据要路津**：是说占据重要的位置。路，路口。津，渡口。要想"先据要路津"，就必须"策高足"。⑫**辗轲**：不得志。

诗　解

　　今天的宴会啊，真是太棒了！那个欢乐劲儿，简直说不完，光说弹筝吧，弹出的声调多飘逸！那是最时髦的乐曲，妙极了！有美德的人通过乐曲发表了高论，懂得音乐，便能听出其真意。那真意，其实是当前一般人的共同心愿，只是谁也不肯明白地说出。大家都能体会，但并不是可意会不可言传，而是不愿意说出来。人生一世，犹如旅客住店。又像尘土，一忽儿便被疾风吹散。为什么不捷足先登，高踞要位？这样不但安享富贵荣华，而且也不再浪费生命。不要因贫贱而常忧愁失意，不要因不得志而辛苦地煎熬自己，要把自己的想法说出来，不要憋在心里。

庭中有奇树

卷十二　古诗十九首

三二七

题 解

此诗写一个妇女对远行的丈夫所产生的深切怀念之情，以及长期盼归又寄情无望而产生的忧愁。

原 文

庭中有奇树①，绿叶发华滋②。
攀条折其荣③，将以遗（wèi）所思。
馨（xīn）香盈怀袖④，路远莫致之⑤。
此物何足贵⑥，但感别经时⑦。

注 释

①**奇树**：佳美的树木。②**发华滋**：花开得正繁。华，指花。滋，繁盛。③**荣**：木本植物开的花叫作华，草本植物开的花叫作荣，但可通。④**盈**：充盈、充积。⑤**路远莫致之**：路远而无人为之送达。致，送达。⑥**贵**：珍贵。⑦**别经时**：离别之后的时光。

诗 解

在春天的庭院里，有一株佳美的树，在满树绿叶的衬托下，开出了茂密的花朵，显得格外生机勃勃。思妇面对这繁花似锦的景象，忍不住攀着枝条，折下了最好看的一束花，要把它赠送给日夜思念的亲人。它的香气特别浓郁芬芳，不同于一般的杂花野卉，天遥地远，这花无论如何也不可能送到亲人的手中。人生苦短，女人也如手中的鲜花，经不起时间的等待，更经受不起风吹雨打。

凛凛岁云暮

题 解

　　此诗通过对寒冬深夜里梦境的描写，抒发了主人公因相思而坠入迷离恍惚中的惆怅心情。

原 文

　　凛凛岁云暮①，蝼蛄夕鸣悲②，
　　凉风率以厉③，游子寒无衣。
　　锦衾遗洛浦，同袍与我违。
　　独宿累长夜，梦想见容辉④。
　　良人惟古欢⑤，枉驾惠前绥⑥，
　　愿得常巧笑⑦，携手同车归。
　　既来不须臾⑧，又不处重闱⑨；
　　亮无晨风翼⑩，焉能凌风飞？
　　眄睐以适意⑪，引领遥相睎⑫。
　　徙倚怀感伤⑬，垂涕沾双扉⑭。

注 释

　　①凛凛：寒气很重。②蝼蛄：害虫。③率：大概的意思。④"独宿"二句：由于长期的独宿，所以分外感到夜长。累，积累，增加。容辉，犹言容颜，指下句的"良人"。⑤良人：古代妇女对丈夫的尊称。惟古欢：念旧情。惟，思。古，故。欢，指欢爱的情感。⑥"枉驾"句：是说不惜委屈自己驾车而来。枉，屈也。惠，赐予的意思。绥，挽人上车的绳索。⑦常：一作"长"。巧笑：是妇女美的一种姿态，出自《诗经·卫风》，这里是对丈夫亲昵的表示。⑧来：指"良人"的入梦。不须臾：没有一会儿。须臾，极短的时间，这里是说梦境的短暂。⑨重闱：深闺。闱，闺门。⑩晨风：鸟名，飞得

最为迅疾。⑪**眄睐**：斜视，斜睨。**适**：宽慰的意思。⑫**引领**：伸长脖子，凝神远望的形象。⑬**徙倚**：低回。⑭**沾**：濡湿。**扉**：门扇。

诗 解

　　寒冷的冬天到了，寒气逼人，虫豸一类不是被冻死就是藏起来了，只有那害虫蟋蟀在彻夜鸣叫，悲声不断。冷风大概给人冻得够呛，想到那游子漂泊在外地一定也没有寒衣穿吧。结婚定情后不久，良人便经商求仕远离家乡。独宿而长夜漫漫，梦想见到亲爱的容颜。梦中的夫君还是殷殷眷恋着往日的欢爱，梦中见到他依稀还是初来迎娶的样子。但愿此后长远过着欢乐的日子，生生世世携手共度此生。好梦不长，良人归来既没有停留多久，更未在深闺中同自己亲热一番，一刹那便失其所在。只恨自己没有晨风一样的双翼，不能凌风飞去，飞到良人的身边。在无可奈何的心情中，只有伸长脖子远望寄意，聊以自遣。只能悲伤地倚着门，低头哭泣的眼泪都沾到了门扇上。

驱车上东门

题 解

　　这首诗，是流荡在洛阳的游子因为看到北邙山的坟墓而触发的人生慨叹，表现了东汉末年大动乱时期一部分生活充裕但在政治上找不到出路的知识分子的颓废思想及悲凉心态，批判了社会的黑暗。

原 文

　　驱车上东门①，遥望郭北墓②。
　　白杨何萧萧③，松柏夹广路。
　　下有陈死人④，杳杳即长暮⑤。
　　潜寐黄泉下⑥，千载永不寤⑦。
　　浩浩阴阳移⑧，年命如朝露⑨。
　　人生忽如寄⑩，寿无金石固。
　　万岁更相送⑪，圣贤莫能度⑫。

服食求神仙，多为药所误。
不如饮美酒，被服纨与素^⑬。

注 释

①**上东门**：洛阳城东面三门中最北头的门。②**郭北**：城北。洛阳城北的北邙山上，古多陵墓。③**白杨**：古代多在墓上种植白杨、松、柏等树木，作为标志，便于子孙祭扫。④**陈死人**：久死的人。⑤**杳杳**：幽暗。**即**：就，犹言"身临"。**长暮**：长夜。⑥**潜寐**：深眠。⑦**寤**：醒。⑧**浩浩**：流貌。**阴阳**：古人以春夏为阳，秋冬为阴。⑨**年命**：寿命。⑩**寄**：旅居。⑪**万岁**：自古。**更**：更迭。⑫**度**：过，超越。⑬**被**：同"披"，穿戴。

诗 解

驾车来到洛阳城东门，遥望邙山，只见累累坟墓。墓道萧萧白杨声，松柏夹路气阴森。墓里纵横的死人，如堕暗夜永不明。默默长卧黄泉下，千年万年永不醒。四时运行无停歇，命如朝露短时尽。人生匆促如寄宿，寿命怎有金石坚？自古生死相更替，圣贤难过生死关。服丹药，求神仙，也没法长生不死的。既然如此，还不如饮美酒，穿绸缎，图个眼前快活，快快乐乐走过短暂的一生。

去者日以疏

题 解

此诗抒写游子路出城郊，触景生情，感慨世路艰难、人生无常、遭逢乱世、羁旅天涯，表达了诗人思归故乡而不得的悲苦感伤之情，表现了找不到出路的知识分子的悲凉迷茫之感。

原 文

去者日以疏，来者日以亲^①。
出郭门直视^②，但见丘与坟。
古墓犁为田，松柏摧为薪^③。
白杨多悲风^④，萧萧愁杀人。

思还故里闾^⑤，欲归道无因^⑥。

注 释

①**去者、来者**：指客观现象中的一切事物。**疏**：疏远。**日以亲**：一天比一天亲近。
②**郭门**：外城的城门。③**"古墓"二句**：古墓已平，被人犁成田地；墓上的柏树，被人砍断，当作柴烧。犁，农具，这里作动词用，就是耕的意思。摧，折断。④**白杨**：种在丘墓间的树木。⑤**故里闾**：故居。里，古代五家为邻，二十五家为里，后来泛指居所，凡是人户聚居的地方通称作"里"。闾，本义为里巷的大门。⑥**因**：原因。

诗 解

　　死去的人因岁月流逝而日渐疏远了啊，活着的人却会因离别越远而越感亲切。走出城门，来到郊外，放眼望去啊，却只见遍地荒丘野坟。古墓被犁成了耕地啊，墓地中的松柏也被摧毁而成为柴薪。白杨树在秋风吹拂下发出悲凄的声响啊，那萧萧悲凄的声响使人愁煞。身逢乱世，羁旅天涯的我唯一的希望是及早返回故乡，以期享受乱离中的骨肉团圆之乐。

明月皎夜光

题 解

　　此诗前半部分从描述秋夜之景入笔，抒写诗人月下徘徊的哀伤之情；后半部分入木三分地刻画了同门好友"一阔脸就变"的卑劣之态，同时又表露了诗人不谙世态炎凉的惊讶、悲愤和不平之情。

原 文

明月皎夜光^①，促织鸣东壁^②。
玉衡指孟冬^③，众星何历历^④。
白露沾野草，时节忽复易^⑤。
秋蝉鸣树间，玄鸟逝安适^⑥。
昔我同门友，高举振六翮^⑦。

不念携手好⑧，弃我如遗迹。
南箕北有斗，牵牛不负轭⑨。
良无盘石固⑩，虚名复何益？

诗 解

在皎洁的月光下，蟋蟀在低吟，并交织成一曲无比清切的夜之旋律。北斗横转，那由"玉衡""开阳""摇光"三星组成的斗柄（杓），正指向天象十二方位中的"孟冬"，闪烁的星辰，更如镶嵌天幕的明珠，把夜空辉映得一片璀璨。晶莹的露珠啊已沾满了地上的野草，时节流转转瞬间又是夏去秋来。树枝间啊传来秋蝉断续的鸣叫，燕子啊不知又要飞往何方？昔日与我携手同游的同门好友，已经举翅高飞腾达青云了。可是他们一点也不念曾经的交情啊，就像行人遗弃脚印一样把我抛弃！南箕星、北斗星都不能用来盛物斟酒啊，牵牛星也不能用来负轭拉车！再好的友情也不能像磐石那样坚固，仔细想来炎凉世态虚名又有何用？

赏 析

妙在忽蒙上文"众星历历"，借箕、斗、牵牛有名无实，凭空作比，然后拍合，便顿觉波澜跌宕。

——清·张玉毂《古诗赏析》

东城高且长

题解

此诗通过对客居他乡的游子因触景伤情而引发内心遐想的描写，反映出诗人空虚孤独而无着落的苦闷与悲哀的情怀。

原文

东城高且长，逶迤自相属①。

回风动地起②，秋草萋已绿③。

四时更变化④，岁暮一何速！

晨风怀苦心⑤，蟋蟀伤局促⑥。

荡涤放情志⑦，何为自结束⑧？

燕赵多佳人⑨，美者颜如玉⑩。

被服罗裳衣，当户理清曲⑪。

音响一何悲！弦急知柱促⑫。

驰情整中带⑬，沉吟聊踯躅⑭。

思为双飞燕，衔泥巢君屋。

注释

①逶迤：道路、河道等曲折而绵长的样子。②回风：空旷地方自下而上吹起的旋风。③萋已绿：犹言"绿已萋"，是说在秋风摇落之中，草的绿意已凄然向尽。萋，通"凄"。绿，是草的生命力的表现。已，一作"以"。④更变化：互相更替变化。更，替。⑤晨风：鸟名，一种健飞的鸟。⑥蟋蟀：承上文"岁暮"而言。"蟋蟀在堂"就是"局促"的意思。⑦荡涤：洗涤，指扫除一切忧虑。⑧自结束：指自己在思想上拘束自己。结束，拘束。⑨燕赵：今河北一带是古燕赵之地。⑩如玉：形容肤色洁白。⑪理：指"乐理"，当时艺人练习音乐歌唱叫作"乐理"。⑫弦急、柱促：是一个现象的两面，都是表明弹者情感的激动。⑬驰情：遐想、深思。中带：内衣的带子。一作"衣带"。⑭沉吟：沉思

吟咏。**聊**：姑且。**踟蹰**：驻足，且前且退貌，是一种极端悲哀的情感的表现。

乐府诗集

诗 解

　　帝都洛阳东面高高的城墙啊，曲折绵长又回环相连。旷地上那强劲的旋风拔地而起啊，原野上那葱绿的青草已变得一片枯黄。四季交替不断地变化啊，转瞬之间一年又将要过去！鸷鸟在风中忧伤地盘旋啊，蟋蟀也因寒秋降临而不断地悲鸣。为什么不消除烦忧放开情怀去寻求生活的乐趣啊，人生苦短何必处处自我约束！燕赵之地自古以来就有很多美女啊，那个美丽的女子肤色真是如玉般皎洁秀美。身穿飘逸薄柔的罗裳啊，仪态雍容地端坐在窗前弹奏着清商的曲子。那乐曲为何是这样悲伤啊，弦音这样高亢激越原来是弦柱调得太过紧促的缘故。令人无限遐想情动难禁不由得抚弄衣带，反复沉吟体味曲中的含义而踟蹰不前。我愿与君化作那恩爱的双飞燕啊，衔泥筑巢永结同心相伴终生！

赏 析

　　凡人心慕其人，而欲动其人之亲爱于我，必先自正其容仪……感到佳人也。

——清·张庚《古诗十九首解》

孟冬寒气至

题 解

　　此诗抒写的是寒冬长夜里深闺思妇的离愁别恨，表现其坚定不移的爱情。诗先写季节转换、外界风寒，用景物的凄清衬托女主人公内心的凄凉；再集中描写她夜不能寐，只好仰观星月，借以打发漫漫长夜的生活场景；然后用她极其珍视游子书信的情节，写出她对远方游子的思念感情；最后女主人公袒露自己的内心世界，既表现了她真挚不变的感情，又展示了她自己可悲的遭遇。

原 文

孟冬寒气至①，**北风何惨慄**②。

愁多知夜长③，仰观众星列④。

三五明月满⑤，四五詹兔缺⑥。

客从远方来，遗^{wèi}我一书札⑦。

上言长相思，下言久离别⑧。

置书怀袖中，三岁字不灭⑨。

一心抱区区⑩，惧君不识察⑪。

注释

①**孟冬**：冬季的第一个月，即十月。②**惨**：指残酷、狠毒，或指悲痛、伤心、心情不舒畅。**栗**：冷得发抖。③**"愁多"句**：时入孟冬，主人公不仅感觉到"寒气"，同时感到"夜长"。④**列**：割、分，"裂"的古字，这里是排列的意思。⑤**三五**：农历十五日。⑥**四五**：农历二十日。**詹兔**：即"蟾兔"，月的代称。⑦**遗**：给予、馈赠。**书札**：引申为书信。札，古代用来写字的小木片。⑧**上、下**：分别指书札的开头和结尾。此处以二者概括书信的主要内容。⑨**灭**：本义指消灭、灭亡、磨灭。⑩**区区**：犹拳拳，诚恳而坚定。⑪**察**：明察、知晓。

诗解

　　初冬十月寒气就袭来了，呼啸的北风多么凛冽。心多忧愁就知道夜晚长，抬头看天上星斗罗列。每月的十五日月亮就圆满，到二十日就已残缺。有客人从远方到来，带来了你给我的书信一封。信中前半讲长久的相思，后半讲长时间的离别。把书信放在衣袖里面，三年后字迹也没有泯灭。我一心怀抱着钟爱之意，只怕你不知道这一切。

客从远方来

题解

　　此诗以奇妙的思致，抒写了一位思妇的意外喜悦和痴情的浮想。

原文

客从远方来，遗^{wèi}我一端绮^{qǐ}①。

相去万余里，故人心尚尔②！
文彩双鸳鸯③，裁为合欢被④。
著以长相思⑤，缘以结不解⑥。
以胶投漆中⑦，谁能别离此⑧？

注释

①**遗**：赠予。**一端**：半匹，长二丈。**绮**：绫罗一类的丝织品。织成彩色花纹的叫"锦"，织成素色花纹的叫作"绮"。②**故人**：这里是指远离久别的丈夫。**尚**：犹也。**尔**：如此。指思旧之情。③**文彩**：指绮上面所织的花纹。④**合欢被**：是指把绮裁成表里两面合起来的被，所以有合欢之义，象征夫妇同居的愿望。合欢，原是植物名，汉朝凡是两面合来的物件都称为"合欢"。⑤**著**：往衣被中填装丝绵。⑥**缘**：被的四边缀以丝缕，叫作"缘"。⑦**投**：本义为投掷，这里是加入、混合的意思。⑧**别离**：分开。

诗解

客人风尘仆仆，送来了二丈织有纹彩的素绮，并且郑重其事地告诉我，这是我夫君特意从远方托他捎来的。上面还织有纹彩的鸳鸯双栖之形，倘若将它裁作被面，则可以做条温暖的合欢被。床被内须充实以丝绵，被缘边要以丝缕缀。丝绵再长，终究有穷尽之时，缘结不解，终究有松散之日。就让我与夫君如胶似漆一样投合、固结吧，看谁还能将我们分隔！

赏析

（"故人"一句）"直是声泪俱下""不觉兜底感切"。

——清·张庚《古诗十九首解》

明月何皎皎

题解

在汉末那个时代，文人往往为营求功名而旅食京师，却又仕途阻滞，进退两难。此诗刻画了一个久客异乡、愁思辗转、夜不能寐的游子形象。

原文

明月何皎皎^①，照我罗床帏^②。

忧愁不能寐^③，揽衣起徘徊^④。

客行虽云乐，不如早旋归^⑤。

出户独彷徨，愁思当告谁^⑥？

引领还入房^⑦，泪下沾裳衣^⑧。

注 释

①皎：本义为洁白明亮。此处为月光照耀的意思。②罗床帏：指用罗制成的床帐。③寐：睡着。④揽：本义指执、持，引申为提、撩起。这里的揽衣犹言披衣。⑤旋：返回或归来。⑥告：指把话说给别人听。⑦引领：伸颈，抬头远望。⑧裳衣：一作"衣裳"。裳，本义为下衣，指古人穿的遮蔽下体的衣裙，男女都穿。

诗 解

　　银色的清辉透过轻薄透光的罗帐，照亮了罗制的床帏。可是，夜已深沉，他辗转反侧，尚未入眠。他怎么也睡不着，便索性起身披起衣服，在室内徘徊起来。心想：外面的世界虽然有趣，但是怎比得上早日回家呢。一个人出门忧愁，独自彷徨，满心愁苦应该向谁诉说呢？抬头远望，一片迷茫，还是只能回到房间，不觉间眼泪沾湿了衣裳。

赏 析

　　客行有何乐？故言乐者，言虽乐亦不如归，况不乐乎！

　　　　　　　　　　　　——清·陈祚明《采菽堂古诗选》